두 코드를 가진 문학 읽기

김현숙(金鉉淑)

1962년에 태어나 동덕여자대학교 국어국문학과 및 동대학원을 졸업했다. MBC와 금성출판사가 공동 주관하는 창작동화대상전(1994)과 조선일보 신춘문예 동화 부분 당선(1999)을 통해 동화작가로 등단하고, 1995년 『아동문학평론』지를 통해 아동문학 평론 활동을 시작했다. 그후 『아동문학평론』지 편집위원으로 활동하면서 꾸준히 평론을 써왔다. 한우리 독서문화운동본부에서 연구원으로 일하며 아동문학 작품을 통한 독서 교육에 관여하고, 이후 어린이들을 직접 만나 함께 동화 읽기를 지속해 왔다. 현재는 『아동문학담론』지의 편집위원으로 활동중이다.

이 아동문학 평론집은 한국문화예술진흥원으로부터
문예진흥기금을 지원받아 발간되었습니다.

청동거울 문화점검 ⑲

두 코드를 가진 문학 읽기

2003년 2월 3일 1판 1쇄 인쇄 / 2003년 2월 10일 1판 1쇄 발행

지은이 김현숙 / 펴낸이 임은주
펴낸곳 도서출판 청동거울 / 출판등록 1998년 5월 14일 제13-532호
주소 (137-070) 서울 서초구 서초동 1360-28 익산빌딩 203호 / 전화 02)584-9886~7
팩스 02)584-9882 / 전자우편 cheong21@freechal.com

편집장 조태림 / 편집 조은정 하은애
북디자인 이미선 / 표지그림 강영숙 / 영업관리 정재훈

값 10,000원

ISBN 89-88286-93-6

청동거울 문화점검 ⑲

두 코드를 가진 문학 읽기

김현숙 아동문학 평론집

청동거울

책머리에

서른을 훌쩍 넘긴 나이에 동화작가로 등단을 했습니다. 동화가 무엇인지 모르는데 동화작가가 되었다는 것이 두려웠습니다. 문학이며 아동문학을 착실히 공부하고자 모교 대학원으로 달려갔고, 어느덧 아동문학 평론가가 되었습니다. 손연자, 이금이, 정채봉, 황선미 들의 동화들……. 읽고 생각하는 일에 서툴러 이들과 맞서는 일이 힘들었지만 그 자체로는 행복했습니다.

여기에 실린 글들은 1995년부터 최근까지 쓰고 발표한 글들 중에서 일부를 모은 것입니다. 아동문학에서의 제 뿌리가 동화에 있는 까닭에 동화에 관한 글들이 많습니다. 동화를 잘 쓰려고 공부하다가 들어선 평론가의 길이라, 텍스트를 통해서 개개 작가들이 어떻게 아동문학을 하고 있고, 글쓰기에 대한 어떤 문학적 자의식을 견지해 나갔는지 살피는 일에 초점을 두고 소박하게 읽고 생각을 정리하는 쪽을 택했습니다. 그러다 보니 여러 가지 문학 연구 방법을 토대로 한 본격적인 분석은 뒷전으로 물러났습니다. 이런 태도 때문인지 평론집을 펴내려고 다시 들춰 보니 퍽 부끄러운 글들입니다. 매 편마다 깁고 때웠지만 글의 어수룩함이 지워지질 않습니다. 그러나 많은 사람들이 아동문학 평론에 동참하여 다양한 입장의 의견을 주고받을 것을 기대하며 저의 소박한 접근을 과감히 드러내기로 했습니다.

아동문학에 관한 여러 가지 정의가 있지만, 아동문학은 어른과 아이라는 두 개의 코드를 가진 문학이라는 진술에 가장 공감하고, 고심하고 있습니다. 아동문학이 문학의 한 영역이라는 사실은 이 정의를 알기 전부터 평론 쓰기에서 염두에 둔 사항입니다. 어린이가 주독자층이라고 해서 어린이에게 지나치게 초점을 맞춰 문학의 본질을 망각하는 평가를 내린다든지, 아동발달론을 논거로 마구잡이로 들이미는 태도와는 거리를 두고자 했습니다. 그러나 두 개의 코드를 가지고 있는 장르라는 진술을 읽은 다음부터는 평론하기가 더욱 어려웠습니다. 아동문학 평론은 어른을 독자로 한 글입니다. 하지만 평론이 대상으로 삼은 텍스트가 이중의 코드를 가진 특수한 문학이니, 평론도 이에 걸맞아야 한다는 생각이 저를 감쌌기 때문입니다. 한 텍스트 안에서 어른과 아이 두 코드가 길항하며 형성하는 특별한 문학의 무늬를 잡아내는 일은 아직 저의 과제로 남아 있습니다.

이 책이 나오기까지 감사드려야 할 분들이 많지만, 고(故) 정채봉 선생님과 이재철 박사님께 특히 감사드리고 싶습니다. 책이 발간될 때마다 보내 준 동료 아동문학가들, 그리고 만남의 자리에서 어깨를 두드리며 격려해 주시던 선배들에게 고마움을 전하고 싶습니다. 인터넷에서 어린이 책을 두고 의견을 나누었던 사람들에게도 정말 감사드립니다. 마지막으로 이 책이 세상에 나오도록 도와준 청동거울에도 고마움을 표합니다.

딸이 하는 일이 좋은 것이라고 믿으며 아직도 용돈을 쥐어 주시는 엄마, 아버지께 이 책을 바칩니다.

2003년 김현숙

차례

제1부 동화 읽기

제2부 동시 읽기

제3부 1990년대 아동문학의 흐름

제1부 동화 읽기

태극기의 진정한 힘은 어디에서 오는가
— 손연자의 동화들

맨발의 뜻
— 이금이의 동화들

동심을 의역하면
— 정채봉의 동화들

황선미 동화의 매력
— 황선미의 동화들

안데르센 동화 세계의 탐험
— 안데르센의 동화들

태극기의 진정한 힘은 어디에서 오는가

— 손연자의 동화들

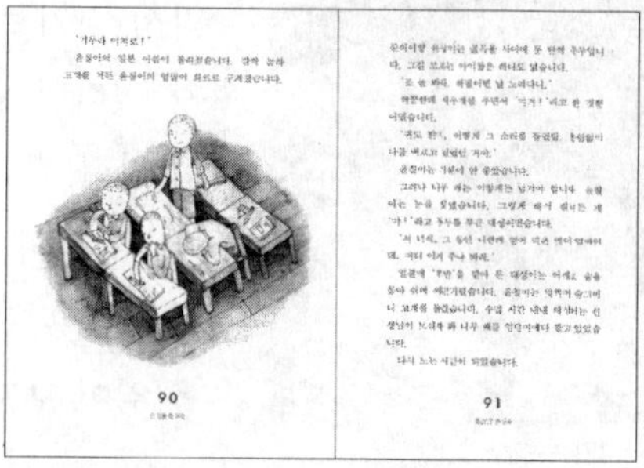

손연자 글, 박수지 그림 『요 알통 좀 봐라』(두산동아, 1997).

1. 밀린 원고의 독촉장을 받은 작가

웬만한 한국 사람이라면 프랑스 사람인 알퐁스 도데의 작품 「마지막 수업」을 읽어 본 적이 있을 것이다. 지금도 초등학교 6학년 아이들은 등교 시간이 훨씬 지나서야 학교에 가는 프란츠 이야기를 교과서에서 읽는다. 나랏말을 빼앗긴 서러움과 비참함을 똑같이 경험한 우리이기에 교과서에 실어 그 아픔을 곱씹는 것이리라. 그러나 작가로서 입술 깨물 일이 또 있다.

'우리는 왜 남의 나라 작품을 통해 제 아픔을 돌이켜야 하는 것일까? 우리는 왜 이런 작품을 못 써낼까? 같은 경험을 하고도 프랑스인의 글로 제 경험을 반추해야 한다면, 60여 년 전 일본어로 자기 생각과 감정을 표현해야 했던 일과 또 무엇이 다른가?'

한국 작가로서 통절한 자기 반성에 묻히게 하는 이 질문들은 한국판 「마지막 수업」을 써야만 비로소 해결되는 밀린 원고의 독촉장이다. 따

동화작가 손연자.

라서 작가로서 이 질문을 던지고 대답한 이가 있다면 우리는 그를 반드시 주목해 보아야 한다.

손연자의 「꽃잎으로 쓴 글자」[1]는 그런 생각 끝에 나온 작품이라고 한다. 잠시 이 작품을 읽어 보자.

선생님은 팔을 있는 대로 벌려 교탁 양쪽 끝을 잡았습니다. 작달막한 키가 더욱 작아졌습니다. 아이들은 주눅이 잔뜩 든 얼굴로 몸을 사렸고, 눈이라도 마주치면 폭폭 고개를 떨구었습니다.

"너희들! 오늘부터 선생님이 아주 재미있는 놀이를 하도록 해 주겠다."

뜻밖에도 선생님의 목소리는 쾌활했습니다. 더구나 재미있는 놀이라는 건 더 뜻밖이었습니다. (86쪽)

"반장은 잘 들거라. 너는 그 패를 가지고 있다가 노는 시간에 조선말을 쓰는 자가 있거든 그걸 주어라. 그걸 받은 자는 조선말을 하는 동무가 눈에 띄는 즉시 다시 넘겨 주어라. 선생님은 종례 시간에 누가 저 패를 가지고 있나 보겠다. 맨 마지막으로 가지고 있는 자는 무조건 손바닥 열 대씩이다. 자, 서로 서로 잘 살피도록. 알았나?" (88쪽)

'위반'의 나무 패는 교실 여기저기를 바쁘게 돌고 돌았습니다. 그 때마다 동무를 원망하는 마음들을 가슴에다 죽죽 긋고 떠났습니다. 그걸 넘겨 받은 아이는 유리창을 스치는 바람결에도 고개를 홱홱 돌렸습니다. (92쪽)

1) 『요 알통 좀 봐라』(두산동아, 1997)에 수록.

승우가 다나카 선생한테 피멍이 들 정도로 손바닥을 맞은 건 '놀이' 때문이었다. 한국어를 놀이로 삼아 조선을 제압하는 기쁨은 일본이 누렸고, 모국어를 사용함으로써 매를 맞는 쓰라림은 한국인이 맛보아야 했다. 식민 통치자가 식민국의 말을 눌러 그 나라를 지배하려는 전략 앞에 승우 어머니는 이렇게 저항한다.

> "승우야, 이담에 어른이 되거든 넌 시인이 되거라. 조선말 조선글로 제일 먼저 시를 쓴 시인이 되거라. 남을 밟고 올라서지 말고 남의 아픔을 잘 이해하는 시인이 되거라. 오늘부터 엄마가 글을 가르쳐 주마." (99쪽)

그리고선 한겨울을 이기고 피어난 복사꽃잎으로 한 자 한 자 글자를 쓴다. 다나카는 말을 쓰지 못하게 하고 엄마는 이에 맞서 꽃잎으로라도 말을 쓰게 하려는 이 대결 구도는, 말이 가진 힘이 어떤 것인지 상징적으로 드러낸다. 다음 장면에서 작가는 자기 말이 가진 힘을 쉽고 감동적으로 느끼게 한다.

> '야마', '소라', '호시'로 불렀을 때는 아무렇지도 않았던 말들이었습니다. 그러던 것이 이제 '산'과 '하늘'과 '별'로 불리자 그 말들은 두릿두릿 살아나 승우에게로 왔습니다. (100쪽)

> 꽃잎으로 쓴 산이 우뚝 솟았습니다.
> 꽃잎으로 쓴 하늘이 새파래졌습니다.
> 꽃잎 별은 잘강잘강 맑은 소리를 냈습니다. (101쪽)

자기 느낌을 온전하게 표현할 수 있는 것은 타국어가 아니라 모국어임이 분명하다. 모국어는 자기를 분명하게 드러낼 수 있는 수단이므로 이것의 망실은 자기 상실과 연결된다. 자기 말이 통제 수단으로 유린되는 참담한 교실과 꽃잎으로 자기 글을 지켜 가는 비장한 안방. 두 대결 장면을 통해, 자기 말과 글의 중요성을 또렷하고 부드럽게 일깨워 주는 이 작품은 한국의 「마지막 수업」이라고 해도 괜찮을 것이다. 우리가 손연자를 주목해야 하는 까닭은 그가 「꽃잎으로 쓴 글자」 앞뒤로 끊임없이 한국, 한국인, 한국어를 묻고 있기 때문이다.

2. 세 가지 렌즈로 포착한 하나의 화두—태극기

손연자는 1984년 『소년』지 추천으로 문단에 등단했다. 이듬해 동아일보 신춘문예에 동화를 당선시키고, 1998년 8월까지 6권의 책을 냈다. 유년동화집인 『까치네 집에 숨은 댕글이』(아이템플, 1994), 『뾰보네 시계방』(바오로딸, 1996), 단편동화집 『세상에서 제일 좋은 선물』(새남, 1992), 『날고 싶은 나무』(성바오로, 1996), 『요 알통 좀 봐라』(두산동아, 1997), 그리고 장편 아동소설인 『까망머리 주디』(지식산업사, 1998)가

손연자의 동화집 『날고 싶은 나무』(성바오로, 1996), 『세상에서 제일 좋은 선물』(새남, 1992).

그것이다. 유년동화집을 뺀 나머지 네 권을 좀더 주목해 보면, 그가 태극기로 표상되는 자신의 화두를 쉼없이 진행시켜 왔음을 알 수 있다.

『세상에서 제일 좋은 선물』에서 「흙으로 빚은 고향」, 『날고 싶은 나무』에서 「파티에서 무슨 일이 있었나요」와 「넌 어느 나라 사람이니」, 『요 알통 좀 봐라』에서의 「요 알통 좀 봐라」 「꽃잎으로 쓴 글자」「긴 하루」, 그리고 장편 『까망머리 주디』가 이 글이 다룰 대상 작품들이다. 1997년 『시와동화』 봄호에 발표한 「마사코의 질문」도 같은 문제 의식의 소산이다. 이 여덟 편을 검토하면 그가 자신의 화두를 대체적으로 세 가지 층위로 나누어서 성찰하고 있음을 알 수 있다.

1) 일상 생활에서

「파티에서 무슨 일이 있었나요」 「넌 어느 나라 사람이니」 「요 알통 좀 봐라」에서는 음식과 옷이라는 가장 일상적인 생활문화를 통해 한국 사람들이 얼마나 주체적으로 자기 생활을 영위하고 있는지 점검한다. 외국 사람들이 많이 오는 파티에 참석한다면 대부분의 사람들은 외국인들의 기호에 맞춰 드레스 차림의 성장을 염두에 둔다. 「파티에서 무슨 일이 있었나요」에서 수지 엄마도 마찬가지였다. 그런데 이러한 상식적인 옷차림을 되돌아보게 하는 사건이 생긴다. 외국 여성이 한복을 입고 나온 것이다. 손연자는 수지 엄마와 피터슨 부인과의 옷차림, 그리고 이를 뒷받침하고 있는 의식을 대비시킨다.

손연자의 동화집 『요 알통 좀 봐라』 (두산동아, 1997).

▶ 외국 사람들 앞에서 한복 입는 것을 촌

스럽게 여긴다./수지 엄마가 입기 부끄러워했던 한복을 입는다.

▶ 외국에서 만든 옷, 핸드백과 구두, 그리고 장신구를 기를 쓰고 빌려서 치장한다./삼작 노리개를 곁들인 세모시 한복을 입고, 가르마를 탄 머리에 댕기를 드려 쪽을 찌고 옥비녀를 꽂는다.

▶ 그래야 기가 죽지 않는다고 생각한다./외국인 손님으로서 방문국의 문화를 존중한다.

이런 대비는 주체성을 망각한 우리 모습을 선명히 드러내는 의도를 갖는다. 수지 엄마는 주체성을 잃어버린 자기 모습에 부끄러움을 느끼고 피터슨 부인은 현지인들로부터 감탄을 받는다는 결말은, 작의를 더 단단하게 굳힌다.

위 작품이 어른들의 주체성 없는 의복 문화를 꼬집었다면, 「넌 어느 나라 사람이니」는 외제 브랜드를 선호하는 아이들의 옷차림 문화를 신랄하게 지적한다. 장훈이의 어머니는 미국 아이 밥의 집에서 파출부 일을 한다. 장훈이가 밥의 집에 심부름을 갔는데, 장훈이를 본 밥이 이렇게 내뱉는다.

"야! 넌 참 부자구나!"

〔… 중략 …〕

"오우, 굉장해. 정말 부러운데! 아디다스 티셔츠에다 죠다쉬 청바지, 나이키 운동화에다 미즈노 가방. 그 전자 손목 시계는 일본 거니, 독일 거니?"

〔… 중략 …〕

"헤이, 요보세요. 미스터 김치! 너는 어느 나라 사람이니? 네가 입은 속옷도 남의 나라 거니?" (114쪽)

장훈이는 이죽대는 밥을 향해 주먹을 날린다. 롤러 스케이트를 신고 있던 밥이 넘어지고, 장훈은 롤러 스케이트에 얼굴이 부딪쳐서 코피를 흘린다. 주먹을 날리는 기세대로라면 빨갛게 젖어 가는 티셔츠를 보며 코피가 난다고 호들갑을 떨어야 하지만, 장훈은 흐르는 코피를 그대로 둔다. 코피가 셔츠에 프린트된 영문 글자를 지워 갔기 때문이다. 밥을 때린 행동과는 달리 마음속으로는 밥의 지적에 코피만큼이나 붉은 부끄러움을 느낀 것이다.

「요 알통 좀 봐라」를 읽으면 신토불이라는 말이 절로 떠오른다. 도시에 사는 의진이는 사촌 동생 홍이네 집에 왔다. 그곳은 서울에서 거의 하루가 걸려야 오는 시골이다. 소꿉놀이를 하는 두 아이는 작은 다툼을 벌인다. 도시 아이 의진이는 외래 음식을, 시골 아이 홍이는 전통 음식을 차려내려고 하기 때문이다. 작가는 독자가 쉽게 이해하라고, 다음처럼 전통과 외래 음식문화를 이항대립적으로 짝지워 놓는다. 텃밭/슈퍼(음식 재료를 구하는 곳), 고추장/토마토 케첩, 국수/스파게티, 빈대떡/피자, 숭늉/아이스크림(후식). 분명 두 아이의 다툼은 단순한 식성 차이 때문은 아니다.

"누나는 이태리 사람도 아닌데 왜 이태리 국수를 먹어?"
"이태리 사람만 스파게티 먹니? 맛있으면 아무나 먹는 거지. 냠냠냠."
"싫어. 나는 우리 집에서 난 우리 국수 먹을겨. 냠냠냠." (62쪽)

외래 문물에 대한 두 수용자의 의식이 분명히 다른 것이다. 두 의식을 놓고 '맛있으면 아무나 먹는 거지' 하며 작가는 도시인들의 세계화된 음식문화를 짐짓 변호해 준다. 그러나 이러한 변호는 작가 자신의 진의를 더 잘 드러내려는 수단에 불과할 뿐이다. '우리 나라 거는 안 먹고 남의 나라 거만 먹는대요'라고 놀리는 홍이를 뒤쫓는 의진이는 금세 숨차 한다. 반대로 홍이는 '우리 나라 사람은 우리 나라 땅에서 나는 걸 먹어야 힘이 세진다'며 맷돌을 들어올린다. 작가의 진짜 의도는 '입맛만 생각한다면 무엇을 먹는들 어떠랴' 할 수가 없다는 것이다. 신토불이 섭생으로 힘을 키운다는 것은 반드시 몸에서 나는 힘만이 아님을 행간을 통해서 읽을 수 있다.

일상을 떠받치고 있는 밥과 옷을 문제삼은 세 편의 작품에서 손연자가 하려는 말은 서양 문화를 받아들이는 한국인들의 주체성이다. 그가 주체성을 잃은 우리 모습을 꼬집는 방식은 단적인 대비나 외국인의 눈이라는 거울을 들이밀기이다. 이런 방법들은 주체성을 망각한 채 외래 문화를 받아들이는 우리 모습을 드러내는 데는 효과적이다. 그런데 주체성 환기라는 측면에서 이러한 방식들은 단편적인 효과만을 가질 뿐이다. 남의 것을 거부하기라는 단편적 주장을 넘어서려는 의도가 있었다면, 외래 문화를 받아들이는 과정과 그 이후를 생각하게 하는 것이 더 좋았을 것 같다. 지구촌이라는 말을 누구나 실감토록 외국 문화는 홍수를 이루며 밀려들고 있다. 여기서 우리가 겪는 마음의 진통, 더 나아가 우리 사이에 존재하는 반응 방식의 차이에서 빚어지는 갈등, 여기서 비롯되는 주체성의 재확립 문제는 단순한 이분법적 비교를 통해서는 쉽사리 드러나지 않는다. 결국 이 세 작품에는 정체성과 주체성을 묻는 문제 의식은 담겨 있지만, 이에 대한 작가 특유의 치열한 눈길을 느끼기에는 다소 미흡했다고 할 수 있다.

2) 역사 속에서

「꽃잎으로 쓴 글자」「긴 하루」「마사코의 질문」. 이 세 편은 손연자의 더욱 깊어진 문제 의식을 드러낸다. 이들을 한꺼번에 읽으면 작가가 가장 열정적으로 화두를 정진시킨 곳은 역사 속에서 살펴보는 나라와 민족임을 알 수 있다.

「꽃잎으로 쓴 글자」부터 보자. 승우의 담임 다나카는 반 아이들에게 놀이의 정신과 반대되는 놀이를 하게 한다. 놀이란 함께 하는 사람들을 결속시키는 역할을 하지만, 다나카가 제시한 놀이는 그 반대이다. 조선말을 못 쓰게 하면서 동시에 조선 아이들이 서로 감시하며 원망하는 마음을 잔뜩 불어넣어 그들간의 결속을 막는 놀이이다. 규칙 위반은 다나카의 지침을 거스르는 것과 동일한 행위이다. 위반자 승우에게 가차없는 응징이 가해진다. 승우의 손바닥에 맺힌 피멍은 조선 사람 가슴에 맺힌 쓰라린 아픔으로 읽힌다.

손바닥을 맞고 돌아온 아들에게 어머니는 한글을 가르친다. 그리고 시인이 되라고 주문한다. 타국어만이 허용되는 세상에서 모국어를 갈고 다듬는 시인이 되라는 것은, 맞섬을 뜻한다. 남을 밟고 올라서지 말고 남의 아픔을 잘 이해하는 시인 되기, 어머니의 이러한 구체적 주문은 어떻게 시로써 맞설 수 있는지 일러 준다. 시인으로서 자신의 입신양명을 도모하지 말고 겨레의 아픔을 드러내라는 것이다.

승우에게 던져진 언어는 침략욕에 훼절된 언어이다. 조선 사람을 가리키는 일상어인 조센징이라는 일본어는, 조선인에 대한 무시와 경멸이 잔뜩 배어 있으며, 일본인의 뜻대로 조선 사람을 무참하게 대우해도 얼마든지 괜찮으며, 침략을 정당화하는 의식을 저변에 깔고 있다. 조선 사람으로서 이를 듣기만 할 때는 기분 나쁜 정도에서 끝난다. 그러나 이 말을 자기 일상어로 사용한다면 스스로를 가치 없이 여기게 된다. 이 말은 일본의 한국 지배를 한국인들이 시나브로 받아들이게 하는 힘을 발휘하는 것이다.

승우에게 감춰진 언어인 한국어는 한국 사람을 그렇게 대접하지 않는다. 오히려 자신을 비하시키는 남의 말에 맞서 자신을 지킬 수 있는 말이다. '소라'라고 하면 아무 느낌이 없지만, '하늘'이라고 하면 비로소 느낌이 솟아난다. 침략을 받고 있는 우리의 분노와 절망을 우리말만이 선명하게 드러낼 수 있다. 왜냐하면 제 감정과 생각을 제대로 토로해야 비로소 고통 극복에 대한 의지를 다지고 그 방법을 모색해 볼 수 있기 때문이다. 나라를 빼앗기고 말을 빼앗긴 사람들에게 모국어는 침략받는 고통을 드러낼 뿐만 아니라 침략에 맞서 침략을 극복하는 기능까지 담당한다. 시인은 한국어에 배태된 한민족의 정신까지 새롭게 일깨우기 때문에, 나라를 되찾으려는 무장 독립군만큼 소중한 존재이다. 따라서 감춰진 언어를 사용하는 시인이 되라는 주문은 장엄하기까지 하다.

모진 고문으로 오빠를 미치게 하고, 언니를 정신대로 보내 버린 데라우치. 「긴 하루」의 순이는 그를 왜 살려 주었을까? 아버지가 숫돌에 낫을 갈고 데라우치를 향하고 있을 때, 순이는 엄마에게 등 떠밀려 이를 알려 주러 데라우치에게 간다. 손연자는 순이 엄마를 빌려 데라우치를 낫으로 친다는 것은 살인을 한다는 것이고, 이는 죄를 짓고 사는 일이라고 적고 있다. 몸을 숨길 동굴을 일러 주고 음식을 갖다 주는 순이에게 데라우치는 비로소 용서를 구한다.

이 흔치 않은 장면이 시사하는 바를 따져 보자. 여기에는 '이에는 이'라는 말처럼 받은 만큼 되갚는 일로는 진정한 응징이 불가능하다는 통찰이 깔려 있다. 복수의 악순환은 인간이 누려야 할 삶의 평화를 깨뜨리며, 사람이 삶의 뜻을 추구하며 살아가는 행복을 배반하면서 새로운 비극을 배태한다. 따라서 문제 해결은 데라우치가 뿌린 폭력에 똑같이 맞서 그 폭력을 응징하는 것이 아니다. 데라우치처럼 폭력을 행사하면 그것 역시 죄라는 순이 엄마는, 죄를 짓지 않으려는 소극적인 차원에서 데라우치를 살려 준다. 그러나 그 결과는 폭력의 종식이라는 엄청난 결과를 초래한다. 데라우치가 진정으로 뉘우치고 용서를 구하는 것이다. 폭력의 종식은 또 다른 폭력의 개입이 아니라 폭력을 휘두른 자의 진정한 반성이 진행될 때만이 가능함은 누구나 다 아는 일이다.

비록 순이 엄마의 논리는 소극적이고 소박한 것일지라도, 폭력의 비극성을 통찰하고 있다는 점에서 올바르고 힘이 있다. 순이 엄마는 폭력이 만들어낸 비극적 상황의 희생자이지만, 그 상황에 비주체적으로 동요되지 않은 인물이다. 폭력의 비극성을 나름대로 직시하고 이를 거부한, 그리고 자신의 생각을 행동으로 옮긴 주체적인 인물로 평가될 수 있다.

모두가 피해 의식에 젖어 원폭의 참상을 되새기며 미국을 미워하고 있을 때, 마사코는 왜 미국이 일본에 폭탄을 던졌는지를 묻는다. 마사코는 계속 피해를 주는 친구를 때린 경험을 가진 아이이다. 이런 마사코를 통해 원폭 투하의 근원을 살피는 것은 왜일까? 고통을 겪었다는 것으로 사건의 본질을 덮어 버리는 일본의 잘못된 태도를 효과적으로 지적할 수 있기 때문이다. 「마사코의 질문」을 읽은 독자라면 원폭 참상의 일차적 책임은 적대 행위를 한 미국보다 원인 제공자인 일본에서 찾아야 한다는 대답을 쉽게 내놓을 수 있다. 이런 맥락에서 '마사코의 질문'은 당돌해 보이지만 근원적이다.

> "그러니까 우리 일본도 가만히 있었으면 꼬마[2] 같은 건 안 떨어뜨렸을 거야. 그렇지, 할머니? 그치, 응?"
>
> "마사짱, 하여튼 우린 당했단다. 우린 피해자란 말이야."
>
> "글쎄 뭘 잘못해서 그랬냐니까? 아무 이유도 없이 그렇게 무서운 꼬마를 떨어뜨리지는 않았을 거 아냐, 할머니?" (85쪽)[3]

할머니와 마사코의 대화에서 일본인들이 미국에 대한 피해 의식에만 집착하고 있으며 자신들의 과오에 대해서는 함구하고 있음을 알 수 있

---

2) 원자 폭탄에 대한 미국의 암호.
3) 이 쪽수는 『시와동화』의 것이 아니라 출판사 '나무와숲'에서 묶은 창작동화 모음집 『내 친구 왕뚜껑』의 것이다. 작가는 잡지에 발표한 원고를 고쳐 모음집에 냈다며 이를 완성본으로 여긴다고 말했다. 따라서 모음집의 작품을 텍스트로 삼고자 한다.

다. 일본의 진주만 기습에 대한 역사적 지식을 가진 독자라면, 마사코가 그런 질문을 던지게 하는 일본인들의 역사 의식에 분노와 한심함을 느끼게 마련이다. 이런 느낌은 두 가지 성찰로 우리를 안내한다.

하나는 원폭 참상을 이해하는 일본인들의 역사 의식을 살핌으로써 우리 상대국으로서의 일본의 본질 알아가기이다. 평화공원을 찾아가며 들은 할머니의 이야기와 평화공원을 통해 일본인들이 겪은 고통이 어떤 것인지 잘 알 수 있다. 그들에게 미국은 공포스럽고, 원망에 사무치고, 당했다라는 참혹한 기억을 주는 존재임이 이해된다. 그러나 마사코가 던지는 질문에 우물거리며 피해자임만을 강조하는 태도에서는 일본이 겪은 아픔에 안타까움을 접을 만큼 화가 난다. 고통을 겪었다는 것으로 자신의 원죄 행위를 무마시키고 슬쩍 넘어가는 모습은, 누가 보아도 가증스럽다. 평화공원은 가증스런 그들의 의식을 닮아 있다. 전쟁을 기억함으로써 전쟁을 그치게 하려는 공원이지만, 실은 현장감 있게 원폭의 참상을 들려주면서 폭탄을 투하한 미국에 대한 적대감을 돋우며, 자신들이 벌인 전쟁에 대한 뼈아픈 반성은 슬쩍 빼버리고, 이제는 자신의 힘으로 평화를 구축해야 한다는 의지를 다듬고 있기 때문이다. 마사코의 질문은 이러한 일본의 속셈을 단박에 겉으로 빼주는 갈고리이다.

다른 하나는, 마사코의 질문을 그대로 우리에게 돌려 한국이 일본의 침략을 당한 원인 생각하기이다. 삼십 년 이상 일본의 식민지로 지낸 우리는, 일본이 원폭 투하로 받은 피해 의식 이상의 상처를 가지고 있다. 그런데 왜 침략을 당했는지 따져 보면 일본의 제국주의적 속성에서 그 이유를 다 찾을 수는 없다. 우리가 강했다면 지정학적 위치에도 불구하고 제국주의의 폭력적 발톱 아래에서 무참히 찢기지는 않았을 것이다. 식민의 처참하고 굴욕적인 역사를 낱낱이 살펴보는 일은 그들의 폭력성을 확인하는 일이기도 하고, 약하면 어떤 일을 당하는지를 아로새기는 일이기도 하다.

역사가 과거와 현재의 대화라면, 역사적인 소재를 다룰 때 작가는 과거의 재현이 아니라 과거의 사실에 현재적 의미를 투영시켜야 한다. 세 이야기는 일본 제국주의 침략에 당한 아픔을 망각하지 말아야 한다는 차원을 뛰어넘어 보다 깊이 있는 통찰을 전한다.

우선은 폭력에 대한 생각이다. 승우 엄마는 물리적 폭력으로 귀결되는 한국말 금지 놀이에 맞서, 아들에게 말을 살리는 시인이 되라고 한다. 나라 잃은 아픔을 드러내고 아픔을 극복하라고 주문한다. 폭력을 폭력으로 대항하지 않고 있는 것이다. 순이 엄마는 낫으로 죽여도 시원치 않을 데라우치의 목숨을 살린다. 이는 폭력을 뛰어넘는 논리로 폭력을 무릎 꿇게 한 일이다. 원폭을 투하한 미국을 영원한 원수로 미워하기에 앞서 미국의 원폭 투하 이유를 따져 본 마사코의 자세도 두 엄마와 동일한 논리 위에 서 있다. 내게 폭력을 행사한 자에게 똑같은 물리적 힘으로 되갚음을 하지 않음으로써 폭력을 넘어서려는 두 엄마와, 상대의 폭력을 유발한 자기 잘못을 숨김없이 인정하려는 마사코 모두 폭력에 대한 마땅하고 성숙된 대응이라고 할 수 있다.

폭력에 대한 이러한 성찰에 동반되는 것은 주체성의 문제이다. 손연자는 사람들의 아픔을 밝히면서 이 고통을 조장하고 있는 폭력의 비극성을 드러낸다. 아울러 그 비극의 고리를 끊는 방식으로서 비폭력의 논리를 펼치는데, 여기에는 폭력적 상황을 반성적으로 볼 수 있는 주체가 전제되어 있다. 그의 작품은 일본과 당당한 관계를 맺기 위해서 우리가 주체성을 확립하고 보존해야 한다는 사실에 보다 깊은 의미의 추를 드리우고 있다고 할 수 있다. 그에게 식민 역사란 상처받음이라는 피동적인 경험 영역에 놓인 것만이 아니다. 주체로서의 우리의 모습을 검증하는 기간이기도 하다. 그가 보기에 역사를 통해 우리 주체성에 대한 반성적 성찰을 가하는 일이야말로 쓰라린 아픔을 되풀이해서 겪지 않는 가장 기초적인 작업이기 때문이다.

우리가 제국주의 일본의 폭력에 어떻게 저항하며, 그들을 어떻게 용서하며, 그들이 왜 우리를 침략했는가를 성찰할 때, 손연자는 늘 주체성 문제에 초점을 겨눈다. 그리하여 자기 언어와 정신을 잃지 않는 시인으로 자신을 다져 가고(「꽃잎으로 쓴 글자」), 데라우치를 살려 줌으로써 폭력의 논리를 굴복시키고(「긴 하루」), 상대의 잘못을 드러내면서 역으로 우리 자신을 검토하게 하는 질문을 던져 본다(「마사코의 질문」). 세 작품 모두에서 그 한 가운데에 자기 스스로 자기의 삶을 주체적으로 껴안는 힘이 굳건히 서 있음을 발견할 수 있다. 아픔을 겪고 치유하여 마침내 성숙에 이를 때야 비로소 고통의 의미는 살아난다. 타국의 악행을 상기하고, 적절한 보상과 용서의 말을 듣고, 다시는 당하지 않겠노라는 결의를 굳히는 단계는 상처를 치유하는 구체적인 과정들이다. 손연자의 작품은 주체에 대한 자각과 성숙한 반성적 통찰을 동반하기에 역사의 상처만 반추하고 마는 작품들과 구별된다. 따라서 그의 문학은 독자를 의미 있는 성찰의 장으로 뛰어들게 하는 통로로 기능한다고 할 수 있다.

3) 재외 한국인들의 삶 속에서

「흙으로 빚은 고향」은 일본에 사는 사치코라는 재일 교포 아이에 대한 이야기이다. 미국에 사는 주디의 이야기인 『까망머리 주디』는 마치 외국 작품을 읽는 듯한 착각이 들 정도이지만, 실은 한국인 입양아에 관한 이야기이다. 재일 교포 3세 사치코와 한국인 입양아 주디, 이들은 오늘을 살아가는 재외 한국인 아이들로 각기 처한 상황은 다르다. 그러나 자기가 속한 사회의 또래들로부터 분리를 경험하고, 또래들과의 단절 원인이 한국과 관련되었으며, 이 때문에 심각한 정체성 혼란이라는 공통된 시련을 겪는다. 주디와 사치코 이야기를 보면, 손연자의 화두 풀기 세 번째 가닥은 재외 한국인의 뿌리 찾기임을 알 수 있다. 즉, 이들의 뿌리 찾기를 통해서 한국, 한국인의 정체성을 물으려는 것이다.

손연자의 동화 『까망머리 주디』(지식산업사, 1998).

「흙으로 빚은 고향」은 전후 일본의 기만적인 한국 인식이 심화시킨 깊은 민족 갈등을 배경으로 2세, 3세로 이어지는 한국 교포들의 고통을 다루고 있다. 즉 어린 한국 소녀 사치코가 정체성 혼돈을 경험하고 이를 극복하는 과정을 보여주는데, 사치코가 겪는 자기 부정의 경험은 특수한 한일 관계에서 유발되는 것들이다.

사치코의 담임 선생이나 반 아이들은 조선에 대해 사죄하기는커녕, 재일 조선인들을 분노와 적개심, 그리고 멸시와 조롱의 대상으로 삼는다. 그러나 사치코는 이런 현실의 불합리성을 명확하게 인식하지 못한다. 우등생이라는 사실이 작은 방패막이가 되었고, 무엇보다도 유리코라는 다정한 일본인 친구가 있기 때문이다. 그랬기에 아픔을 뼈아프게 느끼지 못하도록 막아 준 유리코의 입에서 나온 조센징이라는 말은 어느 것보다도 자신이 처한 상황을 명료하게 인식하게 한다. 자신이 유리코를 아름답다고 생각하고 있을 때 그는 자신을 멸시하고 조롱하고 있었음을 확연히 깨닫는 것이다. 사치코는 처절한 자기 부정의 고통을 겪는다. 유리코 앞에서 못 본 척했던 할머니가 자전거에 다쳐 입원하자, 적극적으로 병구완을 하며 자신이 조센징이라는 사실을 조금씩 받아들이기 시작한다. 사치코는 이렇게 묻는다.

"할머니, 저어, 일본서 태어나고 일본에서 자라고 일본 말을 하고 일본 학교에 다니면 일본 사람이겠지요?"

"뭐라카노 니, 택도 없다. 일본서 낳스믄 다 일본 사람이가? 그라믄 까치가 참새 둥지에서 깨났다고 까치가 참새 되는 거 봤나? 참새도 까치를 지 새끼로 쳐주지 않는다. 야아, 우쨌든 니는 한국 사람인기라. 절대로 일본 사람 뿐 볼라고 하지 말그라. 뭐라캐도 사람은 제 근본을 알아야 되는기다. 지 근본도 모르면 그게 사람이가? 그게 짐승이지." (88쪽)

자기가 어느 나라 사람인지 또렷해지자, 사치코는 조선인으로서의 자신을 완전히 받아들인다. 그리하여 유리코에게 찰흙으로 만든 한국 지도를 건네 주며 이렇게 말한다.

"오늘부터 난 가나이 사치코가 아냐. 내 이름은 김행자. 그리고 난 한국 사람이야. 내 앞에서 조센징이라는 말은 삼가 주기 바래." (92쪽)

사치코가 겪는 아픔은 일본에 사는 한국 아이들이 겪는 경험을 대변한다. 아울러 일본이 과거의 한국 침략자로 끝나지 않고 현재에도 여전히 폭압적인 존재로 군림하고 있음을 드러낸다. 작가가 종국적으로 묻는 것은, 이런 때 우리 한국인이 어떻게 살아야 하는가라는 질문이다. 나라 밖 조선인들의 처절한 뿌리 찾기를 바라보며, 나라 안 사람들의 나라와 민족에 대한 생각은 그 질량이 가볍지 않다.

노랑머리가 판치는 서구에 던져진 한국 아이는 또 어떤 아픔을 겪는지, 손연자는 『까망머리 주디』를 통해 섬세하고 서정적인 필치로 아로새긴다. 미국에서 사는 한국인은 미국 사회의 이방인으로서 순탄치 못한 뿌리 내리기나 자신의 뿌리인 조국과 민족에 대한 뼈아픈 성찰 과정에서 고통을 겪는다. 그런데 입양아는 더 두꺼운 고통의 옷을 입는다. 친구들과 다른 인종이라는 사실 이외에 친부모로부터 버림을 받았다는 아픔이 덧붙여지기 때문이다.

주디는 양부모의 극진한 사랑 속에서 황인종이라는 것도, 입양아라는 것도 크게 의식하지 못하고 커 왔다. 그러나 '노랑 원숭이'라는 말을 듣고서는 모든 게 달라진다. '노란 원숭이'란 말은 사치코가 들었던 '조센징'이란 말과 같은 작용을 일으킨다. 모멸감이 흠뻑 배인 이 한 마디는, 그 동안 그가 누렸던 타인과의 일치성을 깨뜨리며 동시에 자신을 소수의 부적절한 존재로 규정케 한다. 인종적 편견으로 가득 찬 그 말은 주디가 아무런 고민 없는 행복한 미국인 소녀로 더 이상 머무르지 못하게 한다. 미국 사람으로서 보편적이지 못한 외모도 고통스러운 것이었지만, 이 사실이 버려진 아이라는 자각으로 이어지기에 주디의 고통은 가중된다. 정체성에 대한 혼돈 속에서 주디는 점점 자신감을 잃고 부정적으로 생각하며 공격적인 아이로 변한다.

> "난 내가 누구인지도 몰라. 난 말야, 생각하는 것도 말하는 것도 완전히 미국 아이야. 그런데 얼굴은 아니야. 내 진짜를 알고 싶어. 그런 걸 생각하면 너무나 혼란스러워." (78쪽)

> "하느님, 난 고아예요. 난 거지이고 쓰레기예요. 얼굴도 모르는 우리 부모가 날 낳아서는 버렸어요. 난 용서 안 할 거예요. 날 버린 부모를 절대로 용서하지 않을 거예요. 날 이렇게 만든 하느님도 용서할 수 없어요. 절대로!"
>
> 주디는 세상의 모든 것들이 다 미웠다. 쎌머가의 사람들도 친구들도 모두 미웠다. 무엇보다 자신이 미워서 어떻게 할 수가 없었다. 그래서 머리를 감싸쥐고 울었다. (64쪽)

친부모와 할머니라는 보호막이 있는 사치코보다 피부색마저 다른 데다가 친부모에게 버림받은 존재이기에 주디는 훨씬 격렬한 자기 부정을 경험한다. 극심한 고통을 치유하는 일은 길고 더디게 진행된다. 한국인 입양아라는 사실이 파급시키는 내면의 갈등은 주디가 누리는 미국 사회의 풍요로움이 해결해 줄 수 없는 것이었다. 양부모의 사랑을 확인하면서도 정돈되지 않던 혼란은 한국 사람들을 만나 한국말을 배우면서 빠르게 치유된다. 자기 뿌리를 확인함으로써 비로소 예전의 모습으로 돌아가는 것이다.

자기 정체성을 재확립하는 여러 계기 중에서 주디와 사치코 두 사람 모두에게 공통된 것은 한글을 배우는 것이다. 이미 「꽃잎으로 쓴 글자」에서 나라와 민족의 뿌리는 얼과 말과 글임을 밝히고 있어서, 이 작가에게 말이란 민족과 나라를 인식시키는 핵심어임을 알 수 있다. 사람의 감정과 사상은 언어를 통해서 표출된다. 민족 구성원의 경우, 그들만이 공유하는 정서와 사유를 자신들만의 고유한 언어로 주고받으면서 서로의 동질성을 확인한다. 언어야말로 같은 집단을 가장 먼저 둘러싸는 속포장지인 것이다. 손연자는 이 점을 놓치지 않았던 것이다.

사치코와 주디의 혼란과 뿌리 찾기는 손연자가 되풀이해서 묻는 한국, 한국인, 한국말이라는 질문과 잇닿아 있다. 재일 교포와 입양아 그 자체가 한국의 굴절된 역사를 반영한다는 측면에서는, 뒤틀린 역사를 은연중에 보여줌으로써 한국을 다시 한번 생각하라고 촉구하고 있다. 타지에 흩어진 또 하나의 우리 모습을 살핀다는 측면에서는, 냉정하고 객관적인 상황 제시를 통해 한국인으로 태어났다는 것의 뜻을 절실하게 느끼도록 유도한다. 교포나 입양아 등 재외 한국인이라는 거울을 통해서 그가 진행하려는 조국과 겨레에 대한 성찰도 충분히 진행되었다고 판단된다.

3. 근원을 물어 아동문학의 지평을 넓히는 작가

손연자의 일련의 작품들을 검토하면서 그가 한국, 한국인, 한국말이라는 문제를 다른 작가들보다 훨씬 비중 있게 껴안고 있음을 알 수 있었다. 태극기로 표상되는 그의 화두는 일상 생활, 식민의 역사, 재외 한국인의 삶이라는 세 가지 층위에서 풀려 나갔다. 그의 작품을 보면 그의 의식은 자못 비판적이다. 나라 안에서의 한국인은 외래 문물을 비주체적으로 수용한다. 일본은 한국을 폭압적으로 통치하며 사람과 말과 의식을 짓밟으면서, 자신의 폭력은 감추고 당한 폭력에만 가증스럽게 대처한다. 나라 밖 한국 아이들은 한국의 피를 가지고 있다는 것 때문에 곤고한 삶을 살고 있다.

그러나 이것 너머에 묵직한 내질이 감지된다. 작가는 진정성을 살피는 사람이다. 작가의 시선은 삶의 표면에서 그치지 않고 표피를 꿰뚫어야 한다. 이면에 놓인 의미 탐색을 제 몫으로 삼아야 한다. 근원을 캐려는 손연자의 태도는, 주체성 심각하게 따져 보기라는 과제로 이어진다. 다시 말해, 한국이라는 화두는 그 주변국과의 관계를 통해 성찰되는데, 이 성찰은 올바른 관계란 무엇인지 묻고 결국 그 근원은 주체성이라는 결론에 도달하고 있는 것이다. 일상 생활에서 외국의 문물을 무비판적으로 수용하는 모습은 우리 주체성의 현주소 드러내기이다. 일본의 폭력을 비폭력으로 뛰어넘으려는 모습에는, 폭력에 대한 근원적 대항은 복수가 아니라 폭력적 상황을 끊어내는 주체적 태도라는 통찰이 담겨 있다. 우리와 오랫동안 굴곡진 관계를 가진 일본과 새롭게 떠오른 상대인 미국에서 사는 우리 아이들의 삶을 조명하는 것은, 나라 밖에서 사는 어린이들이 겪는 정체성 혼란을 보여줌으로써 주체성을 깊고 곧게 내리게 하려는 노력과 관련된다.

손연자를 통해서 민족의 문제는 타민족과의 관계성 속에서 형성되며, 자기 민족의 역사는 타민족의 힘이 아니라 민족 구성원의 주체적인 성찰과 행위를 통해서 진행될 때 올바로 노정되는 것임을 명확히 깨달을 수 있다. 손연자가 민족과 나라에 작가 의식을 들이밀 수 있었던 것은 그가 연세대 한국어학당에서 한국어를 가르친다는 사실과 무관하지 않을 것이다. 그는 외국인과 교포들에게 우리 글을 가르치면서 민족성, 타인에게 비춰질 한국의 모습, 한국의 자존심, 그리고 애국심에 유난히 민감한 촉수를 갈아 왔던 것이다.

자신의 생업을 통해 작가 의식을 꾸준히 연마시킬 수 있었던 것은 그의 복이지만, 이런 작가를 가질 수 있다는 것은 우리 아동문학계의 복이기도 하다. 자기만의 작품 세계나 문제 의식을 튼실하게 구축한 작가가 많지 않은 아동문학계에서 그는 중요한 작가로 다루어져야 할 것이다. 손연자의 작품이 도데의 작품만큼 명작인가를 따진다면 기준점에 따라 판정이 다를 것이다. 중요한 것은 우리가 남의 나라 작품을 빌리지 않고 우리 작품으로 아픔을 되돌아볼 수 있다는 점이다. 이제 우리는 프랑스에 「마지막 수업」이 있다면, 한국에는 「꽃잎으로 쓴 글자」가 있다고 말할 수 있게 되었다. 주체적인 어법에 따른다면 한국에는 「꽃잎으로 쓴 글자」가 있고, 프랑스에는 「마지막 수업」이 있다고 할 수 있으리라.

그는 근원적이면서 거시적이고, 현재의 문제를 직시하면서도 통시적 역사 의식을 늦추지 않는 작가이다. 동화작가들이 각기 개성껏 특유의 작품 세계를 구축하기는 하지만, 이만한 폭과 깊이를 가진 작가가 드문 것은 사실이다. 그가 아동문학사에서 큰 작가로 기억될 가능성을 가진 글쟁이임을 짐작하며, 동료 작가들과 함께, 혹은 한 발 앞서 걸으며 끊임없이 아동문학의 수준을 높은 곳으로 밀어 올리는 역할을 담당하라고 주문한다. 그에게 기대를 거는 것은 그가 아동문학의 지평을 확대시킬 수 있는 의식과 역량을 가지고 있기 때문이다.

마지막으로, 손연자를 읽는 방법으로 페미니즘 관점이나, 그의 작품 기법에 대한 연구도 덧붙여져야 함을 지적하고 싶다. 승우 엄마, 순이 엄마, 마사코, 사치코와 주디는 모두 여성이다. 비폭력으로써 폭력에 맞서는 두 엄마의 모습이나, 상대의 폭력을 복수 의지로 응징하려는 태도를 비껴 간 마사코는 여성이 가지고 있는 특성과 무관하지 않을 것이다. 사치코와 주디의 정체성 재확립도 여성성에 입각해서 살펴볼 수 있을 것이다.

치열한 의식은 서투른 작품 기법을 용납하지 않는다. 이 글은 손연자가 어떤 문제 의식을 작품 편편에 새겨 두었는가만을 살펴 왔다. 그러나 주제 의식을 드러내는 구성과 문체적 특징도 반드시 적실한 평가를 받아야 할 부분이다. 독자가 적극적인 읽기를 통해서만이 작의를 파악할 수 있는 「마사코의 질문」의 시점 활용 요령과, 교실과 안방이라는 두 개의 시퀀스를 통해 주제를 선명하게 제시한 「꽃잎으로 쓴 글자」의 기법, 그리고 『까망머리 주디』의 놀라운 흡인력의 원동력은 따로 탐구할 만하다. 이 세 작품은 그가 치열하게 가꾸어 온 장인 의식의 결과물들로, 장면 제시의 다양한 활용과 계발이 그리 활발하지 않은 아동문학에서 퍽 눈에 띈다. 이에 대한 마땅한 탐색이 주어져야 할 것이다. (1998년)

맨발의 뜻
— 이금이의 동화들

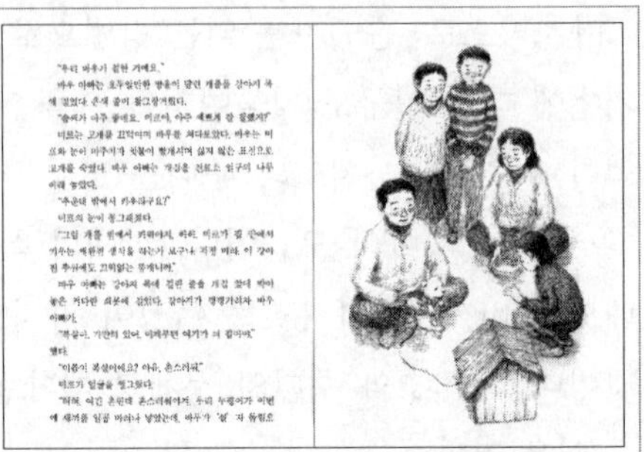

이금이 글, 송진헌 그림 『너도 하늘말나리야』(푸른책들, 1999).

1. 아동소설 작가

1999년 현재 이금이는 등단 16년을 헤아리며 열 권의 작품집을 내놓은 중견급 작가이다. 그 모두를 읽고 나면 가장 크게 눈에 띄는 것은 그가 아동소설 작가라는 점이다. 다시 말해 그는 환상을 중요한 속성으로 삼는 동화를 거의 쓰지 않았다. 총칭 동화작가, 즉 아동산문문학을 기본적인 글쓰기로 삼는 사람들은 본격적인 판타지까지는 아니더라도 비현실적인 존재를 등장시켜 이야기를 풀어 나가는 작품에 어렵지 않게 손을 대기 마련이다. 그런데 이금이에게서는 동식물을 의인화해서 쓴 작품마저 찾아보기 어렵다. 이금이는 전문적인 아동소설 작가인 것이다.

이 아동소설 작가는 단편보다 장편에 주력한다(열 권 중에서 여섯 권이 장편). 우리 아동문학에서는 흔치 않은 경향이다. 그래서 이 작가의 장편은 어떤 것인지 자못 흥미롭다. 우선 그의 작품 보기에 도움이 되도록 그의 문학적 자취를 간략히 살펴보자.

2. 이금이의 문학 여정

이금이가 아동문학 문단에 나온 것은 1984년 스물셋의 나이였다. 비교적 이르게 등단했다. 하지만 그의 말을 들어 보면, 문학에 발을 디딘 것은 그보다 십여 년쯤 훌쩍 거슬러 올라간다. 할머니가 들려주는 옛이야기를 듣고 남독에 가까운 책읽기를 통해 이야기 세계에 빠져들었던 이금이는, 중학생 때 막연하게나마 작가를 제 삶으로 받아들였다. 고등학교 시절, 선생님 설명을 들으며 작품을 구상했다가 판서가 시작되면 구상한 것을 노트에 적으며 수업 시간을 보냈다. 이금이가 쓴 소설은 다른 반 아이들 손으로까지 돌아다녔다. 인문고에 간 친구들은 연암이 허생전을 썼다는 사실을 배우고만 있을 때, 그는 허생전을 읽었다. 아버지가 사들인 문학 잡지와 소설들까지 읽어 치우면서 여상을 졸업했다. 그러나 어디에 취직할 것인가보다 작품을 쓰기 위해 어떻게 하면 목장에 가서 목부로 일할까 하는 궁리에 더 바빴다.

어디에도 적을 두지 않고 한 삼 년쯤 글쓰기로 보내던 그가 문단의 문을 두드렸다. 오랫동안의 습작기를 거친 탓인지 어느 문학공모 최종심에서 고배를 한 번 마시더니, 이듬해에 「영구랑 흑구랑」이라는 단편으로 새벗문학상을 받았다. 그리고 1985년에는 「봉삼 아저씨」로 소년중앙문학상을 받았다. 작가라는 이름을 얻은 후 글쓰기에 더 전념하기 위해 충북 청원에 있는 할머니댁으로 거처를 옮겼다. 그 땅은 이금이의 출생지였고, 도시에서 자라고 배우는 동안에는 방학 때마다 달려가던 곳이었다. 그 해 겨울, 장편 『가슴에서 자라는 나무』로 계몽아동문학상을 거머쥠으로써 작가적 역량을 두루 검증받았다. 이듬해에는 장

동화작가 이금이.

편 『목장에 부는 꽃바람』을 냈다. 1991년에 출판된 단편집 『영구랑 흑구랑』(현암사)에 실린 대부분의 작품도 이 시기에 쓰여진 것이라고 한다.

이금이를 농촌 사람으로 꽉 붙들어 맨 것은 결혼이었다. 농민 운동을 하던 총각을 만나 1989년 부부의 연을 맺었다. 농부의 아낙으로, 아이들의 엄마로 들판을 종종걸음칠 때, 비로소 농촌의 고단한 현실은 이금이의 생활이 되었다. 아이를 낳고 키우며 동네 아이들에게도 깊은 관심을 기울였다. 자기 집에 자주 찾아오던 어려운 처지의 동네 아이를 모델로 해서 쓴 것이 1994년에 발표한 장편 『밤티마을 큰돌이네 집』(대교출판)이다. 같은 해 『목장에 부는 꽃바람』을 개작해서 『솔모루 목장의 아이들』(동아출판사, 1994)이라는 새 이름으로 펴냈다.[1] 그러면서 자신의 삶터인 농촌이 겪는 현실에 대해 문제 의식을 가진 눈길로 정리해 나갔다. 그 결과물이 1996년에 펴낸 단편집 『맨발의 아이들』(현암사)이다. 이 작품은 작가의 큰아이가 학교에 입학하자 농촌의 삶을 본격적으로 다뤄 보겠다는 마음을 먹었던 결과라고 한다.

1996년은 그간의 글쓰기 농사를 잘 갈무리해서 풍성한 소출을 낸 해이다. 『맨발의 아이들』 말고 단편집 『지붕 위의 내 이빨』(푸른책들)과 저학년 장편집 『모래밭 학교 빵호돌』(대교출판)이 출판된 것이다. 『지붕 위의 내 이빨』은 그간의 작품과 비교하여 도회적 느낌을 주는 작품집이다. 농촌문학 작가라는 테두리에 갇혀 버리지 않으려는 그의 의지가 반영된 결과이다. 『모래밭 학교 빵호돌』은 도시를 배경으로 한 장편

1) 이 글에서는 개작된 작품을 텍스트로 삼았다.

이금이의 동화 『도들마루의 깨비』(시공주니어, 1998), 『너도 하늘말나리야』(푸른책들, 1999).

이다. 그러나 배경만 바뀌었을 뿐, 그가 농촌을 배경으로 끊임없이 보여준 소박한 인정과 건강함은 그대로 유지되고 있다.

그는 『맨발의 아이들』을 써냄으로써 농촌에 대한 진술을 일단락짓고 싶었다고 고백했다. 그러나 그가 새롭게 바라본 곳은 도시가 아니었다. 자신이 경험하거나 잘 알고 있지 않은 것에 대해서 쓰기가 어려울 뿐만 아니라 내키지 않는다고 했으니, 몸담고 있지 않은 공간인 도시로 쉽사리 떠날 수 없었을 것이다. 농촌에서 도시라는 상식적인 공간 이동을 취하는 대신, 그답게 여전히 농촌을 바탕으로 하고 눈길을 인간 마음속으로 돌린다. 자신이 오랫동안 내보였던 소박한 인정의 본원을 들여다보려는 것이다. 1999년에 나온 두 편의 장편 『도들마루의 깨비』(시공주니어)와 『너도 하늘말나리야』(푸른책들)는 그런 의지를 확연하게 드러낸다. 이 해에 나온 단편집 『구아의 눈』(푸른책들)에 실린 글들은 도시를 배경으로 한 작품이 많다. 이런 면에서 모던한 느낌을 주었던 『지붕 위의 내 이빨』과 비교해 볼 수 있다. 『구아의 눈』은 독자층을 성인에게까지 확대했다는 점도 있지만, 『지붕 위의 내 이빨』에서 찾아지지 않던 내면에 대한 눈길과 성숙함을 담고 있다. 결국 1999년에 나온 세 발간물은 그 이전과 구별되는 새로운 세계를 열어 보였다는 공통성을 갖고 있다.

이금이의 글쓰기를 소략하게 훑어본 결과, 1999년에 들어서 일정한 변화가 있다는 사실과 아울러 그 변화와 무관하게 일관된 특징이 있다는 것을 알 수 있다. 일관된 특징은 농촌을 주요한 공간적 배경으로 삼는다는 점과[2] 불완전체 가족의 아이들을 주요 인물로 기용했다는 점이다. 이런 특징에 기대어 아동소설가 이금이의 작품 세계를 살피고자 한다.

3. 작품의 주요 배경―농촌

그에게는 농촌문학 작가라는 꼬리표가 붙어 있다. 이것은 그가 펴낸 작품집의 칠 할이 농촌을 배경으로 하고 있기 때문이지, 치열한 문제의식으로 농촌이라는 공간을 살펴 수 편에 걸쳐서 그 부조리와 구조적 모순을 드러냈기 때문이 아니다. 우리 문학에서 농촌문학이라고 이름붙이는 작품들이 공간적 배경이 농촌인 문학까지 아우르는 것이 아님을 생각할 때, 이금이를 농촌문학 작가라고 규정짓는 것은 다소 부적합하다. 물론 『맨발의 아이들』에서처럼 적극적으로 농촌 현실에 대면하는 작품도 있다. 그러나 이 작품은 이금이의 글쓰기에서는 돌출적이다.

그럼에도 불구하고 그의 작품에서 빈번하게 드러나는 농촌이라는 공간은 단순히 배경 역할만 하는 것이 아니라 상당한 의미가 있다. 따라서 농촌작가라는 선입견에서 벗어나서 그의 작품에 드러난 농촌이 어

---

2) 장편 다섯 권은 농촌을 배경으로 삼고, 주요 인물들은 불완전체 가정의 아이들이다. 단편집 두 권은 그런 아이들은 아니더라도 농촌을 배경으로 하고 있다. 나머지 두 단편집에서도 농촌을 직간접적인 배경으로 삼은 것이 여럿이다. 장편으로 도시를 배경으로 한 작품은 하나인데, 여기 주인공도 아버지가 같이 있지 못하는 아이이다.

떤 의미가 있는지를 살펴보아야 할 것이다.

먼저 농촌을 배경으로 한 작품집만을 뽑아 발표 시기별로 열거한 후, 이금이 작품이 농촌과 어떤 연관을 맺는지 대략의 성격을 간추려 보면 다음 표로 정리된다.

작품(집) 제목	대략의 성격
1987년 가슴에서 자라는 나무 1991년 영구랑 흑구랑(단편집으로 18편 중에서 11편이 농촌을 배경으로 함) 1994년 솔모루 목장의 아이들 1994년 밤티마을 큰돌이네 집	▪ 소박하고 따뜻한 정서를 그렸다. ▪ 농촌은 소박하고 따뜻한 정서를 드러내는 데 자연스럽고 적절한 배경으로 활용되었다. ▪ 농촌 현실에 대한 문제적 의식은 미흡하다. ▪ 장편에서 작가가 초점을 맞추고 있는 주요 인물들은, 완전한 가정을 이루고 사는 존재들보다는 그렇지 않은 존재들이다. 그들이 겪는 어려움은 가정적 처지에서 오는 것에 국한되며, 농촌이어서 겪는 삶의 고달픔은 거의 반영되어 있지 않다.
1996년 맨발의 아이들(단편집이며 전체가 농촌에 대한 이야기)	▪ 현실 농촌이 겪는 어려움을 다양하고 구체적으로 드러냈다. ▪ 농촌이 배경으로만 머물지 않는다. 삶을 조건짓는 곳으로 농촌 사회가 겪는 고통이 주인공들의 삶에 그대로 반영된다. 농민문학의 성격을 갖는다.
1999년 도들마루의 깨비 1999년 너도 하늘말나리야	▪ 순수한 마음이나 상처 입은 마음의 내면을 들여다보고, 그 마음들 사이의 교통을 그렸다. ▪ 농촌의 자연과 일상은 주요 인물들이 마음을 드러내고 서로 교호하는 장치들로 활용된다.

이금이에게 농촌은 한 가지 렌즈로만 포착되는 곳이 아니다. 그의 작품에서 농촌은 다양하게 변주된다. 그러나 한 가지 뚜렷한 사실은 그

에게 농촌이란 과거 자기가 살았던 장소로서 회고의 대상으로 머물지 않으며, 현실의 고달픔이 없는 아름다운 전원으로 미화되지도 않는다는 점이다. 농촌은 그에게 늘 지금 여기의 공간이다. 그가 하나의 현장으로 농촌을 말할 때(『맨발의 아이들』) 지나친 의식의 개입을 배제할 수 있었던 것도, 어떤 선험적 의식이 투영된 공간이기보다는 자기가 보고 살고 있는 공간으로 끌어안았기 때문이다. 이 점은 역으로 그가 개개 작품에서 농촌에 얽힌 문제를 주제로 삼지 않더라도, 농촌 현실을 간간이 드러내는 원인으로 작용한다.

이제 그가 왜 공간적 배경으로 농촌을 줄기차게 선택하고 있는지 물어 보자. 일차적으로 그가 갖는 친시골성에서 그 이유를 찾을 수 있다. 서울서 자라던 그가 시골로 달려가고, 시골에서 실생활의 터를 꾸렸던 것은 도시 지향적인 감성으로는 설명되지 않는다. 복잡하고 계산적인 도시 삶의 방식에 등을 보였던 것은, 그가 있는 그대로 주변을 받아들이려는 소박한 마음과 상처를 감싸 주려는 따뜻한 마음을 갖고 있었기 때문이다. 그런 성향은 시골의 정서와 맞아떨어진다. 자신이 지닌 정서를 유지할 수 있었던 곳은 농촌이었고, 그래서 농촌을 끈질기게 그리면서 자기 세계를 투영시키고 있는 것이다. 한편 그의 장편에서는 도시에 대한 날카로운 비판, 부정, 반감, 거부의 정서가 거의 드러나지 않는다. 많은 작가의 경우 농촌을, 도시를 부정한 후 눈길을 돌리는 일종의 대안 공간으로 파악한다. 그들은 쉽사리 도시를 농촌에 대한 적대적 타자로 인식하며, 도농의 관계를 이분법 도식선상에 올려놓는다. 그러나 이금이의 농촌 만남은 도시 부정 후 농촌 발견이라는 수순과 무관한 자신의 생래적인 정서를 만족시키는 곳으로의 회귀에서 이루어진다. 그래서 농촌을 바탕으로 한 그의 작품들은 자신의 건강한 기질을 넉넉하게 반영하고 있다.

이금이의 건강함은 그의 작품집의 미덕으로 이어진다. 고정되거나 단편적인 눈길로 농촌을 다루지 않으며, 농촌에서 호흡하여 그곳을 생생하게 반영하며, 농촌의 숨결을 흐트리지 않고 자기 작품 세계에 활용하고 있기 때문에, 그의 작품들은 칭찬받아 마땅하다. 그러나 그런 미덕에도 불구하고 때로 그의 작품들은 독특한 인상을 전하지 못하기도 한다. 그 까닭은 농촌이라는 배경 때문이 아니라 인물의 선택과 주제 의식 쪽에서 짚어 보아야 할 것 같다. 이에 대해서는 다음 장에서 살펴보겠다.

한편 '농촌'이라는 거름망에서 빠뜨릴 수 없는 것이 있다. 단편집 『맨발의 아이들』에 대한 것이다. 이금이의 글쓰기에서 『맨발의 아이들』은 일종의 돌연변이이다. 그는 주제 의식을 매섭게 갈아서 글을 쓰는 작가는 아니다. 사회나 이념에 대한 의식이 또렷하게 각성된 류의 작가도 아니다. 그렇기 때문에 농촌 사회 현실을 날카롭게 드러낸 『맨발의 아이들』은 돌출로 여겨진다. 물론 단순한 변종은 아니다. 이미 『영구랑 흑구랑』에 농촌 현실에 대한 문제 의식이 희미하게나마 내장되어 있는데, 그 문제 의식이 심화 확대된 결과이다. 무엇보다도 이 이야기들은 그에게는 자연스런 생산물이다. 즉, 1989년부터 시골 사람으로 자기 삶터에서 절실하게 체험했던 문제들이며, 자신이 농촌에 사는 작가인 이상 입을 다물고만 있을 수 없는 이야기들이었다.

이금이의 동화집 『맨발의 아이들』(현암사, 1996).

이 작품집은 1980년대 말에서 1990년대 중반까지의 한국 농촌 현실을 배경으로 삼아 한국 현대 사회의 구조적 특징에서 유발된 농촌 문제들을 거의 빠뜨리지 않고 다루고 있다. 이 점에서 1930년대 농민문학에 대한 논의보다 1970~80년대 농민문학의 흐름을 염두에 두고 글읽기가 진행되어야 한다. 한때 농민문학이 의식의 지나친 간섭으로 말미암아 문학으로서의 향취가 약화되거나 시류 문학으로 전락했다. 그렇기에 특유의 건강함을 바탕으로 과도한 이념적 색채에 물들지 않고 구체적 현실을 생생하게 전달함으로써, 독자에게 문제의식을 불러일으키고 있는 이 작품은 높은 평가를 받아야 한다. 해결책의 제시가 아니라 인간 사이에 벌어지는 갈등을 통해서 무엇이 문제이고, 어떻게 생각하고 판단할 것인지를 독자에게 남김으로써 현실과 삶에 대한 의식을 고취한다는 문학 본연의 자세에 부합되고 있기 때문이다.

이 작품집은 우리 나라 농촌문학 전체에서 가장 깊은 관심을 받아야 할 이유가 있다. 농촌의 아픔을 어른의 삶에 국한시키지 않고 아이들의 삶에는 어떻게 작용하고 있는지 보여주었기 때문이다. 이금이는 매편마다 아이들의 눈높이로 충분히 내려가 농촌의 현실을 드러내고 있다. 이것은 어린이 독자에 대한 배려라는 일차적 목적에서 당연한 일이지만, 결과적으로는 일정한 주관에 경도되어 자칫 인간보다 이념을 앞세울 수 있는 어른 독자가 문제의 핵심을 놓치지 않도록 하는 역할도 한다. 『맨발의 아이들』은 농촌 일반의 문제를 좋은 기획력과 생생한 현장감으로 전달했을 뿐 아니라, 독자층으로 아이는 물론 어른까지 끌어들이고 있으면서도 독자 일반에게 높은 문제 의식을 불러일으키고 있다는 점에서 한국 농촌문학에서 가장 뛰어난 작품의 하나로 평가할 수 있다. 농촌과 통하는 정서를 가진 한 작가가, 자기 시대에 대한 책무감을 저버리지 않음으로써 농촌에 대한 이야기 명품 하나를 만들어 냈던 것이다.

4. 주요 인물의 처지와 캐릭터

장편의 묘미는 개성적인 인물과의 만남에서 찾을 수 있다. 이금이의 장편 여섯 권을 보면 주요 인물들이 불완전체 가정(결손가정)의 아이들이라는 것이 눈길을 끈다. 완전하게 이루어진 가정에서 생활하지 못하는 존재들을 통해, 어떤 이야기를 하려는 것일까? 각 작품에 나온 인물들의 처지와 그들의 성격을 정리해 보면,[3] 이들 대부분은 결손가정의 아동이라는 엇비슷한 처지라는 것과 크게 보아 착한 아이들 범주에서 벗어나지 않는다는 공통점을 갖는다. 어려운 처지에 놓였지만 고운 심성을 잃지 않거나 엇나갔더라도 착한 아이로 돌아온다. 순박하거나 인정스럽거나 맑은 마음을 가지고 있는 존재들이 안타까운 처지에 놓여 있는 모습은 낯익다. 이들이 『빨간 머리 앤』『소공자』『소공녀』『집 없는 아이』『하이디』와 같은 전통적인 아동소설의 인물군에 포섭되기 때문이다. 익히 알려진 세계 명작의 주인공들은 친부모와 살고 있지 못하며, 착한 심성의 존재들이라 자신의 불행에 굴복하여 나쁜 길로 나가지 않는다. 이금이의 아이들도 그렇다.

20세기 후반을 살아가는 이금이의 인물들은 현대 사회가 배태시키는 영악하고 이기적으로 보일 정도로 자기 중심적이며 강한 개성을 지닌 동시대의 인물들과 거리를 두고 있다. 이런 면에서 그의 인물들은 독자들에게 새로움을 주고 있지는 못하다. 『너도 하늘말나리야』의 경우, 세 등장인물은 다른 작품들에 비해 개성적이다. 작가의 의도가, 결손이라는 공통된 상처를 가진 세 아이들이 저마다 어떻게 상처에 대응하며 성장하는가를 보이고자 했기 때문이다. 그러나 그렇기 때문에 한 아이쯤 삐딱한 인물이었으면 하는 아쉬움이 남는다. 나머지 여섯 작품의 주요 인물은 평면적 유형에 그치거나, 일말의 입체성을 갖더라도 개성적이라고 보기는 어렵다. 따라서 소설 쓰기가 인물을 그려내는 일이라면 이금이의 글쓰기는 그리 새로운 것이 없어 보인다.

그렇다면 이금이는 왜 줄기차게 이런 불완전체 가정의 아이들을 자기 작품의 주인공으로 기용하며, 왜 이들이 한결같다고 할 정도로 착한 심성의 소유자들인지 묻게 된다. 근본적인 이유는 이금이의 긍정적이며 수용적인 성향에서 찾을 수 있다. 회의하고 비판하는 정신은 비판적 이해를 통해 타인과 교류한다. 그러나 있는 그대로 받아들이며

---

3) 『가슴에서 자라는 나무』 — 은지: 엄마가 죽은 후 서울 고모집에 얹혀 살다가 아버지를 따라 시골로 오게 된다. 인정 넘치는 인물이어서 고아인 윤철과 마을 아이들 사이의 틈을 없애고자 한다./윤철: 고아로 동네 아이들에게 소외당한다. 그래서 은지의 관심을 끌게 된다. 따돌림을 받으며 배타적 성격을 가지나 은지의 노력으로 마을 아이들과 교류할 수 있게 된다./순혜와 경수: 마을의 평범한 아이들이다. 순혜는 은지의 친한 친구이다. 경수는 앞장서서 윤철을 따돌리지만 작품 말미에서는 화해를 이룬다.
『솔모루 목장의 아이들』 — 정호: 솔모루 목장의 큰아들로 입양아이다. 똑똑하고 의지적이나 자기 중심적인 성품이다. 자신이 입양아라는 사실을 알고 방황하지만 곧 목장으로 돌아온다. 이 과정을 통해 타인에 대한 이해가 깊어진다./정빈: 솔모루 목장의 둘째 아들로, 긍정적이고 밝은 성품을 가졌다. 작품에서 정빈은 늙은 목부를 드러내는 역할을 담당한다./늙은 목부: 이북 출신의 실향민으로 고향을 그리워하며 오랫동안 떠돌며 살아온 사람이다. 솔모루 목장의 따뜻한 인정으로 비로소 마음의 평온을 느낀다./태식: 솔모루 목장의 젊은 목부로 고아 출신이다. 솔모루 목장의 주인을 배반하나 솔모루 목장 식구들의 온정에 이끌려 바르고 성실한 삶을 결심한다.
『밤티마을 큰돌이네 집』 — 대석: 엄마 없이, 술주정뱅이 아버지와 병약한 할아버지와 사는 안타까운 처지이다. 순박한 성품이고 어린 여동생에 대한 우애가 깊다. 도망간 엄마를 기다리느라 좋은 새엄마에게 거리를 둔다./영미: 대석의 여동생으로 밝고 온순하다. 부유하며 성품이 좋은 부부의 양녀로 입양되어 양부모를 잘 따른다. 그러나 떨어져 있는 오빠에게 주려고 물건을 훔치기도 한다.
『모래밭 학교 빵호돌』 — 백호돌: 아버지는 교도소에 수감 중이라 엄마하고 산다. 엉뚱하고 순박하며 인정스럽다. 호적에 나이가 잘못 기재되어 제때에 입학하지 못한다. 유치원 친구들이 학교에 가 있는 동안 배회하다 교장 할아버지를 만난다./교장 할아버지: 정년 퇴임했으나 마땅한 소일거리를 찾지 못해 무료해 하는 노인이다. 자식들은 남부러운 직업을 가지고 있지만 이런 아버지를 이해하지는 못한다. 강직하며 따뜻한 성품을 지니고 있다. 외로움 속에서 호돌이를 만나 활기찬 시간을 보내다가, 호돌이네가 어려움에 처하자 도움을 베푼다.
『도들마루의 깨비』 — 은우: 소박하고 고운 성품을 가졌다. 모두가 괄시하는 동네 천덕꾸러기 모질이의 순수한 마음을 알아보고 그를 형으로 받아들인다./모질이 깨비: 엄마와 함께 살았으나 홍수에 고아가 되어 마을 천덕꾸러기로 자라났다. 지능은 모자라지만 순수하고 맑은 마음이 있다.
『너도 하늘말나리야』 — 미르: 이혼한 엄마를 따라 시골로 온다. 가정 파탄에서 오는 상처에 자기 중심적으로 반응한다. 엄마를 원망하여 마음 문을 열지 않고, 처지가 비슷한 소희와 바우에게도 차갑게 대한다. 그러나 아버지의 재혼으로 격심해진 상처를 드러내면서 두 아이와 가까워진다. 소희와 바우를 통해 상처를 객관화시키고, 바우가 언어 장애를 극복하는 데 도움이 되고자 한다./소희: 일찍 양친을 잃고 할머니와 산다. 심지가 굳은 의지적 성품이라 어려운 처지를 꿋꿋하게 이겨낸다. 미르의 슬픔을 바라보며 제 상처를 반추하며 이 과정을 통해 성장한다./바우: 엄마의 죽음 이후 언어 장애를 겪는다. 부드럽고 예민한 성품인데, 자기를 이해하지 못하는 아빠 때문에 마음의 상처가 격렬해졌기 때문이다. 미르의 변화와 소희의 출발을 지켜 보면서 마음의 키를 늘린다.

낙천적으로 삶을 대하는 정신은 수긍적 이해라는 안경을 가지고 있다. 그런 안경을 쓰고 있는 이금이는 착한 주인공에게 고통스런 현실을 주어 잘 견디게 해서 행복한 결말을 마련해 주고 싶었을 것이다. 이런 작가의 개인적 성향이, 그토록 오랫동안 동일한 배경에 등장인물을 배치시키면서도, 욕심스럽거나 독특한 개성을 지닌 인물들을 그리지 않았던 까닭일 것이다. 또한 농촌 정서에 상응되는 그의 심성도, 자기가 빚은 등장인물들이 순박하고 따뜻한 성품으로 힘겨움을 뚫고 나가도록 은근히 작용했을 것이다.

편모·편부 슬하거나, 조부모의 손에 맡겨 있거나, 아예 고아라는 처지란 아이들로서는 어려운 환경이다. 가난보다 견디기 힘든 상황이다. 주요 인물들이 이런 고달픔을 겪게 하는 것은, 이것이 소박함과 따뜻함을 가장 효과적으로 드러내기 때문이다. 결국 농촌에서 살아가는 불완전체 가정의 아이들이야말로 작가 이금이가 지닌 소박하고 따뜻한 음성을 들려주기에 가장 적합한 장치들이었던 것이다.

근래 이금이 작품에서 결손가정 아이들의 등장은 한결 깊어진 의미가 숨겨져 있다. 불완전한 상태라는 것은 반드시 부모의 온전한 손길을 받을 수 없다는 현상만 이르는 것이 아니다. 슬프고 부정하고 싶은 결손의 상태는 인간이라는 존재가 커 나가면서 내면에 갖게 마련인 외로움이나 응어리를 드러내는 효과적인 방법으로 활용될 수 있다. 다시 말해, 불완전체 가정의 아이들은 양친이나 혈육과 누리는 따뜻한 행복을 갖지 못하는 존재로서, 이들은 사람 사이에 흐르는 온기를 갈망하는 존재로 표상될 수 있다. 혹은 그런 시기를 상징하는 데도 유용하다.

『도들마루의 깨비』의 모질이는 서로 나누어야 비로소 간직할 수 있는 따뜻한 마음을 찾아 헤매는 존재이다. 『너도 하늘말나리야』에서 세 아이가 겪는 결손의 아픔은, 독립되고 성숙한 한 존재로 성장하기 위해 겪어야 하는 아픔과 맞물린다. 작품에서 세 아이가 불완전한 가정에서 비롯된 상처를 극복해 나가듯이, 인간이 성숙한 존재로 커 나가기 위해서는 의지처에서 분리되면서 겪는 고독감의 극복이라는 난관을 거치는 것이다. 그렇다면 이금이가 궁극적으로 추구하는 세상은 『너도 하늘말나리야』에서의 세 아이들은 물론 도들마루의 모질이 같은 존재들까지도 그 속내를 이해받고, 사람들 사이에서 교감을 이루어 가는 세계이다.

이것은 그의 소설 결말에서 확인된다. 그는 결말에서 현재의 고통을 극복하거나 그렇다는 암시를 줌으로써 독자들이 일정한 안도감을 느끼게 한다. 물론 그런 결말은 해피엔딩이라는 아동문학의 문법을 준수하고 있기 때문이기도 하다. 그러나 그 이전에 그에게 다음과 같은 성찰이 있기 때문이다. 즉, 삶의 본질은 인간이 내면을 응시하는 존재라는 점에서 찾아야 하며, 그 인간이 어떤 능력과 처지에 있는 존재일지라도 내면을 응시하는 한 타인과의 교감이 가능하며, 이 교류야말로 행복의 한 모습이라는 것이다. 착한 심성을 가지고 시골에서 자라는 불완전체 가정의 아이들이 맞았으면 하는 바람직한 결말이 있다. 그의 작품이 어김없이 그 결말을 맞고 있음은 그런 사고의 결과이다.

아동소설 서가에는 시골에 사는 불완전체 가정의 아이들을 그려낸 작품들이 계속해서 꽂히고 있다. 독자들은 새로운 것을 찾는다. 이런 면에서 이금이의 글은 식상하게 여겨질 수 있다. 그러나 묘하게도 그의 작품은 물리지 않는다. 이금이의 주인공들은 작가 자신의 정서와 이를 드러내는 데 적합하여 자연스럽고, 그렇기에 독자는 소박하고 따뜻한 마음에 대해서 반추할 수 있기 때문이다. 더 나아가 모자라든 충분하든 사람이면 누구나 맛보고자 하는 마음의 안식이 어떤 행로를 걸어야 얻어질 수 있는지 소담하게 깨닫게 하기 때문이다. 한편 개성적인 인물을 만나고 싶어하는 아동문학 일반에 대한 기대에서 이금이라고 자유로울 수는 없을 것이다. 근래 그가 인간 존재에 대한 심도 있는 탐구를 시작하여 이에 부응하려 했음은 『도들마루의 깨비』와 『너도 하늘말나리야』의 인물들을 통해 지적해 보았다.

5. 주제 의식

앞에서 그가 농촌을 중요한 배경으로 놓고 불완전체 가정의 아이 이야기를 되풀이해서 다루고 있음을 지적했다. 이 때문에 그는 일정한 주제 의식에 치열하게 매진하고 있는 작가처럼 보인다. 그러나 천착하고 있는 주제 의식은 또렷하게 잡히지 않는다. 즉, 강렬한 주제 의식으로 버려진 땅 혹은 결손의 땅 등이 갖는 상징적 의미를 농촌에 부여하고 그곳에서 살아가는 불행한 어린이들을 통해 또렷하게 형상화하는 식의 글쓰기를 하는 것은 아니라는 것이다. 특히 1999년 이전에 발표한 네 장편에서 나타난 주제 의식은 소박하다. 인간애가 가진 힘과 아름다움은 드러나지만, 치열하고 독특한 성찰의 결과물이라기보다는 보편적이고 당위적 차원의 것으로 보인다.

이금이의 동화 『가슴에서 자라는 나무』(계몽사, 1994).

한 마디로 특정 주제를 붙들고 씨름하여 문제 의식을 표출하는 류의 작가가 아니다. 삶에 대한 치열한 탐구를 진행했거나, 기존의 시각에 안주하지 않고 삶의 근원을 캐어 독특한 시선을 갈아 온 작가는 작품에 강렬한 주제 의식을 배태시킨다. 그랬을 때 많은 작가들에게 애용되는 배경과 인물들을 채택하더라도, 개성적인 인

이금이의 동화 『솔모루 목장의 아이들』(동아출판사, 1994), 『밤티마을 큰돌이네 집』(대교출판, 1994), 『모래밭 학교 빵호돌』(대교출판, 1996).

물을 그리거나 해피엔딩이라는 진부하도록 익숙한 마무리를 비켜 나면서 인간이 갖는 진실을 전달할 수 있었을 것이다. 그러나 이금이는 이런 글쓰기 방식을 선택하지 않는다.

『가슴에서 자라는 나무』는 엄마 없이 아빠와 둘이서 시골에 와서 사는 은지 이야기다. 주요 내용은 시골 생활에 잘 적응해 가는 은지가 마을 아이들과 고아원 아이들 사이의 간극을 메꿔 준다는 것이다. 이 작품에서 은지는 아빠하고만 사는데, 서울을 떠나 시골에서 지낸다는 것 때문에 갈등을 겪지 않는다. 은지는 고아 윤철이와 평범한 마을 아이들 사이에 벌어진 틈을 메꾸는 역할 이행에 충실하고, 별 무리 없이 주어진 임무를 감당하고 예상대로 틈은 메꿔진다. 독자는 아이들이 서로 친하게 돼서 잘됐다는 예정된 안도감을 느끼고, 고아원 아이들과도 잘 지내야 한다는 일상적인 교훈 이상을 읽어 내리기 어렵다. 작가가 은지가 왜 그런 일을 하려고 하는지, 그 일을 하는 동안에 은지가 사람에 대한 이해가 어떻게 성장해 가는지 관심을 거의 두지 못했기 때문이다.

『솔모루 목장의 아이들』은 솔모루 목장의 네 식구와 두 목부에 관한 이야기다. 중심 화자는 정호, 정빈 두 아들로 이들은 목장 주인의 친아이들이 아니라 입양아들이다. 주요 사건은 고향이 이북인 떠돌이 실향민인 늙은 목부가 정호와 갈등을 빚으며 목장의 식구로 받아들여지는 과정과, 늙은 목부를 거부했던 정호가 고아였다는 사실을 알고 방황하는 것, 목장주의 사랑을 배신하고 돈을 가지고 도망쳤던 고아인 젊은 목부 태식이가 돌아오자 이를 받아들이는 과정에 얽힌 목장 식구들의 반응이다. 결국 따뜻한 인정이 넘치는 목장 주인에 의해 이들이 혈연 이상으로 따뜻한 정과 사랑을 나눈다는 내용으로 요약되며, 독자가 읽어낼 수 있는 것은 정호를 비롯해서 피가 섞이지 않는 존재를 가족처럼 품어 주는 목장의 훈훈함이다.

『밤티마을 큰돌이네 집』의 큰돌이는 주정뱅이 아버지 밑에서 따뜻한 밥이며 번듯한 입성치레도 못 받고 큰다. 그런 처지지만 어린 여동생 영미에게는 살뜰한 정을 가지고 있다. 영미 또한 제 오빠가 가장 중요한 사람이다. 이 어린 오누이의 우애가 서로 다른 부모가 정해지는 비극적인 현실을 뛰어넘게 한다. 이 둘이 결국 한 지붕 아래에 모여 사는 결말은 우애의 강한 힘을 웅변한다.

『모래밭 학교 빵호돌』에서 서울 달동네에 사는 주인공 백호돌은 쾌활하고 인정스런 성품을 가진 아이이다. 호적이 잘못되어 입학을 못하는 처지로, 교장 퇴임 후 무료한 삶을 보내는 할아버지를 만나 진한 우정을 나누고, 고단한 삶에 쫓겨 인정을 잃었던 엄마도 삶에 대한 용기를 갖게 하고, 아빠와의 만남도 이루어낸다. 어떤 역경이 찾아와도 밝고 따뜻한 마음을 잃지 않으면 이겨낼 수 있다는 메시지가 호돌이라는 인물을 통해서 잘 드러나 있다. 앞선 작품들과 비교했을 때 배경은 달라졌지만 소박하고 따뜻한 정의 세계를 그리고 있다는 점에서는 동일하다.

그러나 1999년에 발표한 『도들마루의 깨비』와 『너도 하늘말나리야』

에서, 이금이는 앞의 네 작품과 달리 상당히 주제 의식적인 자세를 보인다. 『도들마루의 깨비』의 주제를 찾는 일은 '마음의 길'이라는 제재에서 출발한다. 은우가 깨비에게 마음의 길을 놓아 가는 과정은 삼촌, 할머니라는 조력자를 동반한다. 엄마는 그 길을 방해하는 역할이지만, 그렇기에 그 길의 소중함을 드러내는 장치이다. 작품 배경이 농촌이라는 점도 마음의 길 놓기에 중요한 역할을 한다. 즉, 도시였다면 경쟁을 강요하는 도시의 삶 때문에 이 주제가 이토록 도드라지기 어려웠을 것이다. 그러나 농촌이라는 공간은 깨비의 맑은 영혼과 마음의 길 트기라는 눈에 보이지 않아 모호하기 이를 데 없는 과정을 또렷하고 자연스럽게 전달하는 데 효율적인 배경이다. 내면 세계에 대한 작가의 꼼꼼함은, 마음을 나눈다는 것은 결국 인간의 따뜻함뿐만 아니라 인간의 성숙과도 긴밀히 연관되는 것임을 은우의 일상을 통해 잘 느끼게 해준다.

이 작품에서 가장 관심을 끄는 것은 이 작품의 실제적인 주인공인 깨비이다. 깨비는 정신 능력이 온전치 않은 데다가, 연고 없는 동네에서 엄마마저도 죽어 버려 고아로 전락한 인물이다. 마을의 천덕꾸러기인 깨비가 은우를 통해서 새롭게 조명된다. 그런데 은우를 통해서 깨비를 조명하고 있는 이금이의 시선이 한 뼘 높다. 다른 바보 이야기처럼 모자라는 바보로 깨비는 순수한 영혼의 표상으로만 그치지 않는다. 많은 아동소설이 어눌하되 맑은 영혼을 간직한 존재를 어린이의 시선으로 포착해낸다. 그러나 대부분 여기서 그치고, 그 존재는 더 이상 성숙해 나가지 못한다. 그러나 이금이는 깨비와 같은 인물이 지녔던 성장 정체를 과감하게 풀어 버린다. 이 작품의 묘미는 깨비가 영혼의 순수함을 유지한 채로 성숙해 가고 있는 장면에서 맛볼 수 있다.

이러한 성숙을 은우와의 마음의 교호를 통해서 진행시키고 있다는 것도 눈여겨보아야 한다. 은우는 깨비가 멈추었던 마음의 키를 키울 수 있게 도들마루를 떠나게 했다면, 제 알을 깨고 새로운 세계로 날아오른 깨비는 다시 돌아와 자신을 지켜 보았던 은우의 마음 키를 자라게 한다. 그야말로 마음의 길을 내어 서로 교통하고 있는 관계만이 이루어낼 수 있는 성장인 것이다.

이 작품에서 특히 주목해야 되는 장면은, 여덟 살 아이가 일반적인 생각으로는 그럴 수 없을 것 같은 마음의 세계로 터벅터벅 걸어들어가고 있다는 점이다. 이 아이는 회상 속의 인물이므로 실제의 여덟 살 정서를 꼭 그대로 반영하는 것은 아니다. 그렇기도 하지만 이금이가 보여준 마음의 길 트기는 여덟 살 주인공에게 무리가 느껴지지 않는다. 이 작품은 우리 아동소설 쓰기에 장애물인, '저학년 독자에게 마음이라는 관념적 제재는 무리이다'라는 한계를 잘 건너뛰고 있는 것이다. 저학년 소설의 폭을 확장 심화시키고 또 독자들에게 그런 세계를 제시했다는 점을 높이 쳐줄 만하다.

이 작품의 여러 성공은 이금이가 주제 접근적인 자세를 갖추었기 때문에 맺어진 열매이다. 생각해 보면, 그의 이러한 행보는 예정된 수순처럼 보인다. 소박하고 따뜻한 정서를 거듭 그리다 보면, 어느 쯤에서는 진술 내용의 뿌리를 들여다보게 마련이기 때문이다.

『너도 하늘말나리야』도 이런 맥락에서 읽혀진다. 이 작품은 세 아이의 이야기다. 주요 내용은, 동질의 마음 상처를 지닌 세 아이가 각기 상처에 어떻게 반응하며, 서로의 상처에 제 상처를 비춰 보면서 상처를 아무리고 성장해 나가는 과정에 초점을 맞추고 있다. 이야기의 출발은 미르가 이혼한 엄마를 따라 시골로 내려오는 장면이다. 미르는 엄마에게 이혼 책임이 있다고 생각하므로, 엄마는 물론 엄마와 함께 사는 시골 생활에 마음 문을 닫아 건다. 자신의 상처에 화를 내고 있어서 엄마를 이해하려고 하지 않으며, 유사한 상처를 가진 소희와 바우가 가깝게 다가오는 것도 허락하지 않는다. 소희는 아버지가 죽고 엄마는 자기를 버렸기 때문에 할머니와 함께 살고 있다. 의지적이고 반

듯한 소희는 제 상처에 매달려 있지 않는다. 오히려 엄마가 죽어서 아빠하고만 사는 바우를 돌보고, 미르를 남다른 눈길로 지켜 본다. 미르와 소희가 상처에 대립적인 자세로 대응하고 있는 데 비해, 섬세한 내면을 지닌 바우는 자신의 상처를 언어 장애라는 몸의 아픔으로 드러낸다.

미르가 아버지의 재혼이 준 충격으로 세상과의 단절을 지속하게 하는 분노마저도 잃을 때까지 약 반 년 동안, 셋은 서로를 지켜 보며 각각의 방식으로 제 상처를 객관화한다. 따라서 미르가 고통으로 무너져서 자신을 시골 아이들 앞에서 고스란히 드러내는 때는, 세 사람 사이에 본격적인 소통이 개시되는 순간이다. 마음이 오가자, 제 아픔에 직면(미르), 제 상처에서 벗어날 준비(바우), 상처를 세상을 살아가는 힘으로 바꿔 나가기(소희)라는 변화가 일어난다. 그래서 상처가 덧나는 일(오해였기는 하지만 미르 엄마와 바우 아버지의 재혼)이 있거나, 새로운 상처(소희 할머니의 죽음)를 입어도, 세상에 대한 냉담이나 자기 안에 갇히거나 절망하는 일은 되풀이하지 않는다.

『너도 하늘말나리야』는 상처 입은 마음 셋을 차례로 드러내어 독자의 시선을 내면으로 끌고 들어가며, 상처를 부정하기보다는 그 상처를 타인과 교통하는 길로 만들고, 마음을 나눔으로써 성장해 가는 모습을 그린 작품이다. 이런 점은 보다 고급한 독자의 눈길을 붙든다. 다수의 대중 독자를 만족시키지 못하더라도 자기 작품의 문학적 향취를 고양시키려는 작가의 바람이 짐작된다. 아마 그는 당분간 아이들 속에서 커 나가는 마음의 움직임을 쫓는 일에 열중할지도 모른다. 또래 친구, 남들은 무시하는 존재, 그리고 어른들하고 부단히 마음의 길을 터 가며 성숙해 가는 존재의 모습을 쫓아 문학으로 승화시킨다면, 그것은 중학생이 읽는 문학이 드문 우리의 문학을 풍요롭게 가꾸는 작업이다. 그리하여 우리는 이금이를 통해 아동문학이 중학생 독자를 포섭하는 현상을 목격할 수도 있을 것이다.

이쯤에서 주제와 연관된 것으로서 이 작품이 주는 불편함을 말해야 할 것 같다. 작품의 도입부에 나오는 우람한 느티나무는 세 아이를 품어 주는 상징이다. 그러나 작가는 하늘말나리에 더 많은 상징을 심어 버린다. 그래서 느티나무가 작품 말미에 다시 나오지만 이미 하늘말나리에 제 역할을 빼앗겨 버리고 말아 등장의 효용성을 묻게 된다. 한편 작가가 주력한 상징물인 하늘말나리는 이야기의 반이 진행된 이후에 나와서 다소 생경하다는 느낌을 준다. 느티나무와 하늘말나리에게 다른 기능을 부여하려는 의도도 있을 것이라는 짐작을 해볼 수 있지만, 이 글의 성격상 주제를 드러내는 알레고리는 어느 하나로 정리하는 것이 좋을 것 같다. 그의 최근 글쓰기가 뚜렷한 주제를 가지고 있어서 새로운 눈으로 그를 보게 하지만, 알레고리의 활용이 주제를 도드라지게 하지 못하는 점은 아쉽다.

마음을 다루었다는 점에서 이 작품은 『도들마루의 깨비』와 이어지며, 작가의 최근 글쓰기를 짐작케 하는 단서가 된다. 깨비가 더 어린 아이들에게 순수한 영혼을 보여주었다면, 하늘말나리는 자의식의 터가 갖추어진 더 큰 아이들의 섬세한 내면을 아낌없이 드러낸다. 그러나 두 작품은 마음의 교류와 이 교류가 가져오는 성장에 주목했다는 점에서 같은 맥락에 있다. 이로써 우리는 최근 그의 글을 통해서 상처입는 존재로서의 인간의 모습과 상처를 통해 진행하는 인간의 성장 방식을 새삼 깨닫는다. 즉 상처로 얼룩진 내면을 대면하고, 서로 마음의 길을 터야만 상처가 치유되며, 이로써 커 나가는 것이 인간의 성숙임을 다시 확인하는 것이다.

특히 주목할 대목은 사람 사이의 길 트기를 다루고 있는 부분이다. 개별화와 단절적인 삶의 방식이 일상화된 시대에 그가 그려낸 내면의 소통은 울림이 강하다. 최근의 단편 「구아의 눈」까지 살펴보면, 그가 연결하고 있는 인간 관계는 아주 다양하다. 아이들끼리는 물론 세대간의 연결과 도시와 농촌에 살아 다른 정서를 가진 존재들 사이의 교통도 원활하게 이루어지고 있다. 사람과 사람이 나누는 마음의 교류는 이 시대의 인간과 삶에 대한 유의미한 성찰로 보여진다.

이금이가 작품에서 말하려는 것들이 무엇이며, 말하는 내용과 태도가 어떻게 변했는지를 살폈다. 그는 초반에는 소박한 생각으로 가족과 마을 공동체의 사랑에 대한 글쓰기를 진행했으나 근래에는 변화를 보이고 있다. 그것은 새로운 것으로의 방향 전환이라기보다는 이전 것의 내면화 내지는 성숙에서 비롯된 것이다. 다시 말해 배경과 주요 인물의 캐릭터와 처지가 반복되지만, 인간 마음에 대한 깊이 있는 성찰에 눈을 돌렸기 때문에 마음을 들여다보고 그 마음들이 서로 길을 내는 과정을 추적할 수 있었던 것이다. 진술 내용에 깊이 있는 성찰이 동반되었다는 것은, 그의 궁극적인 관심이 인간, 특히 인간이 만드는 따뜻함이었음을 유추할 수 있다. 정리를 하자면, 동일한 배경과 유사한 등장인물을 거느린 작품의 배출은 그가 소박하고 따뜻한 정서를 근원적인 자기 세계로 삼고 있었기 때문이며, 시간의 흐름과 함께 시선의 내면화가 진행되면서 주제 의식에 일정한 초점이 형성된 것으로 보인다.

그가 이런 추세로 글쓰기의 강도를 지속적으로 높였을 때, 그를 통해 당대 우리 사회의 인간에 대한 핵심적인 이해에 도달하리라는 기대를 걸 수 있다. 오늘날 농촌에 모여드는 결손가정 아이들은 현재 우리들이 드러내고 싶지 않은 치부들이다. 그의 깊어진 성찰이 여기에 모아진다면, 견디기 어려운 상태에 놓인 영혼들의 좌절과 이것의 극복 과정을 통해 인간 모두에게 적용되는 또 하나의 진실을 끌어내는 것이 가능하기 때문이다.

6. 맨발의 작가 이금이

소설이란 근본적으로 인간의 삶, 더 나아가 삶에 대한 인식 태도를 다룬다. 독자가 소설가에게 기대하는 것은 인간과 삶에 대한 정밀하고 타당성 있으며 그리고 개성적인 해석이다. 작가의 해석을 통해 독자는 자신의 삶을 반추하고 삶의 의미와 진정성을 구축하고자 하기 때문이다. 이금이의 소설을 통해 아동 독자들은 삶에 어떤 의미를 부여하고 자기 삶을 반성할 수 있을까? 물론 이런 과정은 어른 독자들과는 다소 차이가 나겠지만, 근본적으로 문학작품은 독자의 연령을 불문하고 그런 정신 작용에 가담케 하므로 어떤 형태로든 아이들은 이금이의 글을 통해 그런 것을 생각할 것이다.

선악의 대비, 심각한 갈등, 흥미로운 모험, 일탈과 부정을 통한 성숙 등은 이금이와는 거리가 멀다. 치열하게 추구하고 있는 주제 의식이나 새로운 인물을 찾아보려는 시선에 이금이는 단순한 작품 세계를 가진 작가로 이해된다. 사실 이금이의 소설 세계는 평범하다. 극복 내지 해결을 요하는 비극적 내지 문제적 상황 설정에서 시작하는 것이 그렇고, 예상대로 잘 헤쳐 나가는 주요 인물들의 움직임이 그렇다. 그러나 문제는 그런 평범한 구성이 아니라, 이금이가 제시하는 삶에 대한 독특한 인식을 찾을 수 없다는 점이다. 최근의 작품들이 의식의 성장을 보이고 있지만, 이전 작품에서 드러나는 이금이의 삶에 대한 성찰은, 타 작가와 쉽게 구별되지 않는다. 하여 특징적인 면을 주목하고 그것의 가치를 평가하는 데 익숙한 평자들에게, 그는 잘 쓰기는 하지만 평이한 작품 세계를 가진 작가로 정리된다.

그러나 그런 정리로는 해소되지 않는 묵직한 느낌이 남는다. 그의 전체 작품에서 일관되게 느껴지는 순수함을 바탕으로 한 휴머니티이다. 이런 느낌의 출처를 파헤쳐 보는 것, 이 순간이 이금이의 특성을 바로 인식하는 출발점이 된다. 즉, 진부하다고 여겨서 이금이가 가진 코드를 스치지만 않는다면 그의 작품에 스민 건강함이 인지된다. 그 가치를 밝혀내는 일은 즐거운 작업의 시작이다.

근래 들어 자신의 화두를 발견해 가고 있지만, 그의 작품 세계는 강한 문제 의식의 소산이 아니라 보편적인 것 드러내기에 가까웠다. 또한 그가 채용하는 배경과 인물은 우리 아동문학에서 애용하는 것들이었다. 이 점에 주의를 기울여서 그가 애용하는 배경과 등장인물은 그의 세계를 드러내는 데 어떻게 작용하고 있는지를 짚어 보았다. 그 결과, 그런 배경과 등장인물은 그의 정서와 의식 세계를 가장 잘 반영하는 적절한 장치들이었음을 알 수 있었다.

작가는 자신의 욕망을 글쓰기에 풀어 놓는 사람이라고 할 때, 이금이가 원하는 것은 정의의 세계를 구축하거나, 옳은 관념을 관철시키거나, 미지의 세계에 대한 동경과 탐색이 아니다. 그가 궁극적으로 추구하고 있는 것은 마음의 벽이 허물어지는 공간, 떠돌아다녀 마음 시린 사람을 품어 주는 따뜻한 공간, 사람과 사람 사이에 마음의 길을 원활하게 내고 있는 소통의 공간이다. 다시 말해 인간의 정이 넘치는 이상향의 건립이다. 고아원 아이들과 마을 아이들이 함께 놀고, 순보 영감과 교장 할아버지가 화해를 이루는 안터말, 고아들과 떠돌이들을 식구로 품는 솔모루 목장, 모질이 깨비가 은우와 마음의 길을 내는 도들마루, 이 세 시골 동네는 그런 욕망을 집약적으로 보여준다.

그런데 이금이가 그런 공간을 형성하는 품새가 남다르다. 그런 공간은 작품의 인물들을 통해서 형성된다고 할 때, 그 인물들의 성품은 주목할 만하다. 그의 인물들은 자신이 처한 비극적 상황을 개념적으로 인식하지 않는다. 즉, 의식을 작동시켜 그 상황을 비극적이라고 판단하고 거부해야 할 것으로 규정짓지 않는다. 상황을 자기의 것으로 고스란히 수용한다. 물론 의식적인 수용이 아니다. 상황에 대한 수용적 자세는 순응적 자세와 구별된다. 수용적인 태도로 인해 상황에 분노하거나 절망하지 않고, 자기 처지 때문에 주눅들지 않는다(『너도 하늘말나리야』의 미르가 상황에 부정하는 꼴을 취하지만, 주요 이유는 엄마에 대한 못마땅함이다. 미르는 부모의 이혼과 시골로의 이사도 모두 엄마 때문에 벌어진 상황으로 간주한다). 즉 상황에 부대끼거나 갈등을 겪으며 거기서 벗어나려는, 이른바 상황의 극복이라는 목적 의식에 휘둘리지 않는다. 따라서 그런 목적 의식에 함몰되면서 겪곤 하는 자기 부정이나 심리적 위축을 심각하게 경험하지 않는다. 이런 면에서 그들은 생래적으로 왜소한 것과는 거리가 먼 군상들이다. 이들은 그 상황 안에서 주변인에게 관심을 보이거나 같은 마음의 코드를 가진 사람들과 어울려서 생활함으로써, 상황을 다른 국면으로 유도한다. 이것은 외재적 도덕률이나 인식틀에 따르는 의지적인 행동을 통해서 상황을 극복하는 것과 차이가 있다.

결국 이런 인물들은 인간을 억누르는 것은 상황 자체가 아니라 상황 자체에 몰입된 과도한 의식들일 수도 있음을 보여준다. 과도한 의식에 매몰되지 않는 이런 인물들은, 흔히 소설에서 보여주고 또 읽으려고 하는 일정한 의식의 개진과는 차이가 있다. 인식, 관념, 따짐 등과는 연을 맺지 않음으로써 의식에 거리를 두는 것은 독자로 하여금 무엇인가를 의식하고 분별하는 삶의 방식이, 때로는 오히려 자신을 억누르는 억압이 되며, 비극의 원인이 되기도 한다는 것을 깨닫게 한다. 이것은 인간에 대한 이해 중에서 쉽사리 지나치고 소중히 하지 않았던 부분이다. 문학의 효용이 배고픈 거지를 구하는 데 있는 것이 아니라, 배고픈 거지가 있다는 억압적 현실의 정체를 보여줌으로써 현실에 대한 우리의 무딘 인식을 돌이키게 하는 데 있다는 것은 합의된 의견이다. 그렇다면 이금이의 글쓰기는, 부단한 인식적 작업에서 놓여나 삶에 대한 평안한 수긍을 통해 비극의 국면을 새로운 상황으로 돌려내는, 평화롭고 여유 있는 삶의 방식을 보여준다. 이는 인식적 과정이 연속되는 삶, 그 삶이 가진 부잡함을 들춰낸다. 그러나 이금이는 이 작업마저도 결코 의식하고 있지 않다. 그에게 글쓰기는 그저 자신을 드러내는 작업이기에 천연덕스럽다. 그러기에 독자도 그의 호흡을 따라가면서 마음의 건강함을 무심결에 알아 간다.

그가 따지고 분별하는 인식 작용을 끊임없이 요구하는 도시와 다른 코드를 가지고 있음을 분명하게 말할 수 있다. 앞서 지적해 보았던 친시골성은 이러한 비도시적인 성향을 의미하는 것이었다. 이런 맥락에서 이금이의 건강함은 시골의 건강함과 연결된다. 그가 시골을 배경으로 삶의 따뜻함을 늘어놓는 진부해 보이는 작품을 쓰고 또 썼던 것은, 작가로서의 의식 부족이 원인이 아니라 그의 성향에서 찾아야 한다.

그의 작품 세계가 주는 진부하다는 표피적 인상 이면에 자리한 건강함을 읽는다면, 그야말로 개성적인 글쓰기를 하고 있다고 말할 수 있는 것이다. 즉 분별력과 개념적 인식을 바탕으로 성립하는 작품 세계를 개성적인 글쓰기의 결과로 묶는다면, 진부해 보일지언정 자신의 건강함을 꾸준히 드러내는 일도 개성적인 글쓰기라고 평가할 수 있다. 만일 그의 글쓰기를 진부한 것으로 묶어 버리고, 감각적이거나 팽팽한 관념적 인식이 내장된 글쓰기에만 치켜세울 때, 우리는 건강함이라는 개성을 가진 글쓰기를 소멸시키는 우를 범하는 것이다. 개성적인 인간 탐구, 문제적인 주제 의식 등 과도한 정신적인 노동의 산물과 다른, 자신이 갖는 건강함을 드러내는 것이 이금이의 개성이다. 그는 자기가 알고 말할 수 있는 것이 무엇인지 인식하고 있는 작가였기에, 그런 작업을 해왔을 것이다. 그렇다고 해도 이금이가 자신의 생래적인 건강함을 평범한 작가 의식에 가둘 때 진부함이라는 인상은 잔존할 수밖에 없다. 어쨌든 결국 그의 작품은 이금이라는 인간이 갖는 건강함이 녹아들어서 다른 작품과의 차별성을 확보하고 있다고 정리할 수 있다.

그의 일관된 특징을 건강함에서 찾아보았다. 현실적으로 더 많은 수의 어린이는 도시 생활을 하며 완전체 가정에서 살고 있다. 따라서 그의 인물이 시골에서 불완전체 가족 구성원으로 살아가는 존재들이라는 사실은, 흔한 조건의 아이들은 아니다. 그러나 이금이는 이 소수 아이들을 통해 삶의 건강함을 드러낸다. 물론 비극적 처지를 용케 극복해 나가는 아이들의 이야기는 이금이말고도 많은 작가들이 다루고 있으며 나름대로 긍정성을 담고 있다. 그런데도 이금이 작품이 건강하다고 하는 것은, 그의 전체 작품 이면에 흐르는 이금이의 생래적인 성향을 두고 하는 말이다. 그래서 장편을 중심으로 한 이금이의 아동소설에 초점을 겨누고 있는 이 글은, '이금이의 작품은 평범하다'에서 시작해서 '그는 건강함이라는 개성을 가지고 있다'로 끝나는 진술을 여러 번 반복했다. 즉 배경, 등장인물, 주제 의식이라는 항목을 정해 놓고 매번 동일한 이야기를 한 것이다.

그가 문학에 접하는 과정이나 글쓰기 방식, 그리고 그의 작품이 주는 건강함을 뭉뚱그리면, '이금이는 맨발이다'라는 이미지를 갖게 된다. 얼굴처럼 보기 좋게 내세울 만한 것이 못 되는 맨발을 이금이는 아무렇지도 않게 내세운다. 속살로 세상을 만나는 건강함을 가진 맨발을, 예쁜 양말이나 멋진 신발 속에 감추지 않는다. 앞서 그의 작품이 내뿜는 건강함을 살펴보았지만, 그의 글쓰기 과정도 그렇다. 그는 작가가 되기 위해 맨발로 덤볐다. 어디에 가서 문학을 배워 글쓰는 데 필요한 세련된 신발을 갖출 생각을 하지 않았다. 또 작품을 써감에 있어서, 모르는 것을 간접적 경험이나 이성적 판단과 정보를 통한 이지적 판단을 통해 재합성하기보다는 보고 경험한 것을 그대로 채워 넣는 방식을 택하고 있다. 이런 것이 가장 훌륭한 글쓰기 방식이라고 할 수는 없다. 그러나 적어도 이금이에게는 자신이 가지고 있는 생래적인 건강함을 지키고 이를 작품으로 드러내는 데 적절한 전략으로 보인다. 그랬기에 그의 글이 진부한 것에서 머무르지 않고 건강함을 가진 이야기들로 기억되는 것이다. 그가 공들여 매만진 심리 묘사가 우리 눈을 끌어당기고, 농촌에 대한 시만큼 아름답고 적실한 묘사와 비유들이 우리 마음을 흔들지만, 이것들보다 더 그의 작품을 찾아 읽는 까닭은 그가 맨발이 가지고 있는 건강함을 아낌없이 드러내고 있기 때문이다.

이금이가 가진 건강함은 권정생과도 비교할 만하다. 권정생이 감당해야 했던 굴곡진 삶과 그의 지적 수련이 배태시킨 진하고 원숙한 진실감을, 지금의 이금이가 내보이기는 역부족일 것이다. 그러나 이금이가 가진 생래적 건강함은, 권정생이 『몽실 언니』를 통해서 보여준 건강함을 이어갈 만한 작가로 지목할 수 있을 만큼 내면적이고 여유로운 것으로 파악된다.

그는 올해 오랫동안 삶의 터전이었던 농촌의 삶을 정리하고 경기도 김포로 이사했다. 정말로 농촌을 떠나 버린 것이다. 그렇다고 해서 자신이 살고 싶어하는 시골을 자신의 작품에서 빼 버리지도 않겠지만, 새로운 환경이 주는 이야기들을 모른 척하지 않을 것이다. 마음속으로 들어가 그 안에 나 있는 길들을 살피는 일도 이미 두 권의 작품으로 풀어냈으니 이쯤에서 다른 이야기를 하고 싶어할지도 모른다. 그렇다면 그에게는 새로운 변화가 생길지도 모른다. 그것이 어떤 것일지 예측하는 것은 어렵다. 그러나 그가 써온 작품들이 비슷한 배경과 등장인물들을 가지고서도 쭉 성숙해 왔음을 기억한다면, 우리가 새로 읽게 될 것은 한결 생각이 깊어진 이야기라는 것을 어렵지 않게 짐작할 수 있다. (1999년)

동심을 의역하면

— 정채봉의 동화들

정채봉 글, 한만영 그림
『물에서 나온 새』(1983, 샘터).

1. 정채봉 동화 세상으로 들어가는 문

정채봉이 동화집을 잇달아 내놓던 1980년대, 우리 사회는 먹고살기 문제에서는 어느 정도 놓여났지만 산업화가 드러낸 부작용과의 대면을 피할 수 없게 되었다. 이에 동화는 산업사회의 폐해를 비판하면서 농촌 정서나 친자연적 정서를 환기시켰지만, 도시 생활과 기계문명의 수혜자들에게 유용하며 실질적인 대안으로 작용하기는 어려웠다. 다른 한편의 동화들은 현실 아이들의 모습을 성실히 그려냈다. 그러나 이들은 대개 교실과 골목이라는 좁은 공간을 맴도는 갑갑한 삽화 수준에 머무르곤 했다.

협소한 교실과 골목을 뛰어넘되 자연이 우리에게 주는 의미를 신선하게 해석하여 새로우면서도 자연스럽게 본질적인 것을 건드려 주는 작품이 아쉬울 때, 정채봉은 동심 의식을 제시하면서 그러한 욕구를 채워 주었다. 광활한 환상계를 개척하거나 사실적 리얼리즘에 입각해 현실을 문제 의식적으로 드러내려는 작업들과 정채봉의 동화는 구분된다. 그의 궁극적인 관심은 자아와 세계의 조화로운 합일을 향해 있었고, 그는 동심으로 이를 구현하고자 했던 작가이다.

> '하느님은 동화이시다.'
>
> 이 얼마나 합당한 이치인가. 우리들 육신의 고향이 출생지나 어머니를 말한다면 영혼의 고향은 동심(童心)이므로 이를 기조로 한 동화야말로 하느님, 그 의의에 해당하는 것이다.
>
> 다만 오늘의 작가들이 여기에 미치는 작품을 쓰지 못하는 동안에 동화 본래의 영역이 위축당하고 있을 뿐이다.
>
> 〔… 중략 …〕
>
> 나는 내 동화의 역할을 '인간의 삶을 위로해 주고 보다 승화시키는 데'에 두고 있다.[1)]

동화에 대한 정채봉의 생각이 응축된 대목이다. 여기의 하느님은 기독교의 숭배 대상만으로 제한되는 존재는 아니다. 작은 풀꽃에도 깃들이는 지극한 마음 혹은 궁극의 정신으로 확대되는 개념이다. 하느님을 동화라고 하는 이유에서 이미 그가 설명하고 있지만, 동화는 영혼의 고향이랄 수 있는 동심을 담고 있으며, 영혼의 고향은 인간의 삶을 위로하며 승화시킨다는 그의 시각을 굳이 지적하고자 한다. 이러한 생각 밑에는 동심(童心)에 대한 의역이 자리한다. 동심을 어린이의 마음으로 풀이한 직역 대신 영혼의 고향이라는 의역을 택한 정채봉의 생각을 더 듣고자 하는 것은, 그의 동화 세상으로 이어진 통로로 들어서는 일이다.

그를 오래도록 기억하게 만든 동화 「오세암」, 그리고 이 작품의 뿌리가 되는 「물에서 나온 새」, 그리고 그가 유작으로 남긴 「하늘새 이야

1) 정채봉, 「하느님은 동화이시다」, 『아동문학평론』, 1989년 여름호, 22~24쪽.

기」는 그의 동화 세상을 가장 명확하게 드러내는 세 꼭지점이다. 이 글에서는 앞의 두 작품을 주요 텍스트로 삼아 동심의 세상을 이루고자 한 그의 동화 문학의 대략적 성격을 살필 것이다. 두 텍스트를 통해서 확인한 동심의 구체적 의미가 마무리 진술의 토대가 되겠지만, 동심이 그의 동화 세계의 의미를 모아 올리는 완전한 그물은 아니다. 그가 써낸 동화들의 유형, 문체, 그리고 그의 동화가 갖는 성과와 한계를 간략히 언급함으로써 글을 매듭짓고자 한다.

동화작가 정채봉.

2. 「물에서 나온 새」로 본 동심

동심이 살아 있는 곳이 동화 세상이다. 동심으로 세상을 꿈꿔 보기를 좋아한 그는 이야기 하나를 주우면 곧잘 동심으로 재조망하곤 했다. 전설이나 취재 중 알게 된 일화를 바탕으로 쓴 동화가 많은 것은 이 때문이다. 황룡사 법당의 노송 벽화가 마치 살아 있는 것 같아 새가 날아들었다는 옛 이야기를 동심으로 재구성한 것이 「물에서 나온 새」[2]이다.

동네 아이들한테 놀림과 주먹질을 당한 떠돌이 고아 달반이는, 비져 나온 눈물을 닦으며 엄마 얼굴을 그린다. 그려진 엄마에게서 위로를 받는 달반이가 측은지심을 불러일으켰기 때문일까, 황룡사 벽화를 부탁받은 화가는 아이를 거둔다. 화가는 절의 재촉에 날마다 고된 탑돌이를 하며 마음을 모으지만, 깨달음이 없는 상태에서는 도무지 그림의

2) 「물에서 나온 새」는 1983년 샘터출판사에 나온 『물에서 나온 새』에 수록되어 있다. 1993년에 증보판이 나왔는데 여기서는 1983년에 출판된 책을 텍스트로 삼았다.

상이 맺히지 않는다. 어느 날 밤 화가는 방에서 사라진 달반이를 찾아 나섰다가, 뒤뜰 연못가에서 물 속에 비친 달밤의 풍경에 몰입해 있는 아이를 본다. 화가의 다급한 발걸음 소리에 놀라 새 한 마리가 날아갔다. 달반이를 따라 물에 비친 세상을 보던 화가는 법당으로 들어가 이레 만에 노송도를 완성시킨다. 날아갔던 새가 노송 그림으로 날아든다.

살아 있는 새를 불러들이는 명화의 탄생 이면에 화가 솔거의 번뇌가 얽혀 있음은 쉽게 짐작된다. 그러나 길고 고통스러운 번뇌가 걸작으로 승화되는 순간을 마련한 것은 어린아이였다라는 발상은 동심으로 세상을 보려는 자에게만 가능한 일이다. 화가에게 연못 속 풍경은 늘상 보던 것이므로 화가의 깨우침은 달반이가 보는 연못 속 내용을 인지했을 때 얻어진 것이 아니다. 그의 영감은 연못을 보는 태도의 변화, 즉 달반이의 눈높이로 내려가 번뇌에 시달리는 눈을 버리고 동심의 눈을 회복하는 순간에 자극받은 것이다. 화가가 깨달음에 이르는 과정은 '화가가 풍경을 보는 달반을 보다→달반이가 보는 것을 보다→달반이처럼 보다→자신의 인식 체계가 깨어지면서 깨달음을 얻다'는 차례로 진행되기 때문이다. 이 이야기는 '화가가 달반이를 만나다'와 '화가가 달반이를 통해 깨달음을 얻어 벽화를 완성하다'는 두 개의 진술로 요약된다. 다시 말해 화가는 달반이의 동심을 통해 깨달음에 이르는 어른이고, 깨달음의 결과가 바로 걸작의 완성인 것이다. 노송도의 완성은 그간의 고통을 위로하며 승화시킨다. 이제 이런 위로와 승화를 가능케 한 동심의 내용이 무엇인지 따져 볼 차례이다.

"아이, 아저씨두. 저기 저 물 속을 보세요."

"물 속을? 물 속은 왜?"

"달이 떠 있잖아요. 늙은 소나무도 있고 물안개도 피어 있고요."

〔… 중략 …〕

"아저씨, 새도 있어요."

"새라니?"

아저씨는 연못 속을 찬찬히 살펴보았습니다.

정말이었습니다. 둥근 달을 조각 내는 소나무 가지 위에서 새 두 마리가 서로의 깃에 고개를 묻고 있었습니다.

"그렇구나. 새 두 마리가 사이 좋게 있구나."

"세 마리가 있었어요. 그런데 한 마리는 아저씨의 발소리에 놀라서 밖으로 나와버렸어요."

"밖으로 나와버리다니?"

"물 밖으로요."

"물 밖으로? 새가 물고기라도 된단 말이냐?"

"그럼요. 새가 날아서 나왔어요. 정말이어요." (43~44쪽)

인용된 부분을 살피면 이 아이가 지닌 세계에 대한 태도가 감지된다. 달반이는 얼비친 연못 속 풍경을 스쳐 지나지 않는다. 물에 비친 세상이라 하여 이를 가상으로 여기지 않는 것이다. 달반이가 '새가 물 밖으로 나왔다'고 말하는 것은 물 속 세상을 진상으로 여겼음을 뜻한다. 비추어진 세계를 하나의 세계로 수용한 채 몰입하고 있다는 것에는 그만한 분별지가 없다거나 의심이 없는 천진한 성격이라든가 아니면 호기심이 많다든가 하는 풀이로는 만족할 수 없는 다른 것이 있다. 이 장면 뒤에는 화가의 깨달음이 이어지는데, 그러려면 이 부분에 화가가 이왕의 자기 태도를 반성하고 인식의 전환을 일으킬 만큼 달반이의 세계 인식에 무게가 주어져야 한다. 인용문을 들여다보면, 전환을 유발한 달반이의 인식 체계를 파악하기에는 정채봉이 남긴 여백이 지나치게 넓다. 그러나 전후 정경을 이면에 깔고, 연못을 마주한 달반이의 말을 따라가면 달반이의 세계 인식을 엿볼 수 있다. 달반이가 바라보는 눈길에는 노송, 물안개, 새 등 그 안에 존재하는 모든 것이 잘남도 못남도 없이 저마다의 가치를 가지고 조화롭게 존재하고 있다는 것이다.

이러한 세계 인식에서 자아는 세계를 구성하는 여러 존재 중의 하나로 설정된다. 세계와 대립하고 갈등하는 자아 개념과는 거리가 멀다. 즉, 세상을 마주한 자신에 대해 긍정적이고, 이 긍정성은 부정적 체험이 주는 고통 속에서도 세계와 자아를 분리하지 않고 유대를 지속하는 힘이 된다. 고아라는 것 때문에 놀림을 받았다 해서 세상을 원망하고 세계와 자신을 분리시켜 놓았다면 달반이는 연못 속 풍경을 그렇게 바라볼 수 없었을 것이다. 연못 속 세상의 네 존재는 저마다 가치 있으며 서로 어울려 있는데, 그 세계를 보는 달반이는 연못 속 네 존재와 별반 다를 것 없는 세계내적 존재인 것이다. 그러기에 달반은 자기 일상의 한 풍경처럼 연못 속 풍경에 몰입하고 있는 것이다.

화가가 파악한 동심은, 세계를 모든 존재들이 서로 어울려 있는 곳으로서 이해하고 자아를 그 세계내적 존재로 여긴다. 이러한 이해는 그림을 그려야 한다는 책무감에 분망했을 뿐 자신의 노동과 세계가 사이를 벌여 두고 좀처럼 접점을 찾지 못하며 시달렸던 화가의 내적 갈등을 해소시킨다. 동심이 회복되자 그간의 갈등 해소 · 깨달음 · 벽화의 완성으로 이어지는 과정은 재빨리 처리된다.

「물에서 나온 새」는 그림 그리기에 작용한 동심의 힘을 보임으로써 동심의 내용과 작용을 넌지시 알리는 작품이다. 동심의 존재 달반이는 엄마 그리기를 통해 놀림받기에서 오는 고통에 대한 위로를 구했고, 화가는 동심 회복을 통해 날아가는 새를 불러들이는 명화를 완성시킴으로써 그림 그리는 과정에서 겪었던 지난한 고통을 위무받고 승화시킨다. 고단하고 상처받은 영혼을 위안하고 승화시켜 하나의 존재로 반짝이게 하는 것이 동심의 작용이라면, 달반이가 가진 세계 인식과 세계와 자아의 관계 정립은 동심의 내용이다. 이러한 동심의 작용과 내용은 정채봉이 문학에서 추구한 이념과 기능이었음이 이후 작품에서 계속 확인된다.

일찍이 김동인은 「광화사」에서 비록 황룡사 벽화의 탄생을 직접적 제재로 삼지 않았으나, 노송도로 신화(神畵)의 명성을 얻었던 화가의 이름을 차용하여 독자의 상상력을 자극하면서, 한 점 그림을 얻기 위한 화가의 광기에 가까운 예술혼이 무엇을 남기고 무엇을 잃었는지를 보여주는 데 성공했었다. 두 작품 모두 솔거를 둘러싼 작가적 상상력의 산물임이 명확하다. 그러나 정채봉의 작품을 동화라고 하고 김동인의 작품을 소설이라고 하는 까닭은 두 작품에서 바탕이 된 것이 다르고, 이를 기반으로 한 이야기의 질감이 구별되기 때문이다. 한 사람은 동심에 젖줄을 대고, 또 한 사람은 예술작품을 이루는 원동력에 대한 호기심에 맥을 대어서 솔거의 예술 창작 과정을 더듬고 있다. 두 작품에서 엄마에 대한 그리움은 각기 독특하고 직간접적인 변용 과정을 거쳐 노송도와 미인도를 낳는 근원으로 작용한다. 그러나 동심을 드러내려는 정채봉은 엄마를 그리는(missing) 달반이의 마음이 솔거로 하여금 깨달음에 찬 노송도를 그리게 했다. 그러나 예술 창작에 대한 고뇌에 대해서 말하고자 한 김동인이 한 일은 엄마를 그리려는(painting) 솔거로 하여금 원망에 찬 미인도를 낳게 했다.

이러한 비교는 문학에서 동화가 무엇인가를 새삼 생각하게 한다. 정채봉과 김동인의 견줌에서 확인되는 것은 동화는 세계내적 존재로서의 자아를 확인함으로써 궁극적으로는 자아와 세계의 행복한 결합을 확인하고자 하고, 소설은 세계와 일치되지 못하는 자아를 통해 세계와 대립하고 있는 자아의 본질과 그 자아를 둘러싼 세계의 의미를 묻는다는 사실이다. 동화작가에게 동화는 불행한 자아의 행복했던 과거를 상기하는 것에서 머물지 않는다. 고뇌하는 자아가 궁극적으로 지향하는 바를 펼치는 즐거운 작업장이다. 자아와 세계의 행복한 관계를 욕망하는 한 동화는 끊임없이 쓰여질 수밖에 없다. 정채봉의 끊임없는 동화 쓰기는 어지러운 현실과 불투명한 미래로 말미암아 불안하고 고단한 자아가 도래할 것으로 꿈꾸는, 빛나고 단단한 자아의 실현 순간을 점검해 보려는 욕망의 발현 과정인 것이다. 다시 말해 그가 동화의 역할을 인간 삶을 위로하고 승화시키는 것으로 규정했던 것은, 동심의 세상을 구현하는 동화 쓰기를 통해 위로받고 승화되려는 자신의 욕망을 채우려는 다짐과 연결된다.

3. 「오세암」으로 본 동심

「오세암」[3]은 여러 가지 점에서 「물에서 나온 새」와 유사하다. 어린아이의 동심이 어른을 깨우친다는 전체 내용도 그러하지만 등장인물들의 처지와 이들간의 관계, 그리고 인연의 끈이 속세에서 시작해서 절집에서 결말을 이룬다는 것, 종교의 그늘이 드리워지고 있다는 점은 물론 전해지는 이야기를 활용했다는 점도 닮아 있다. 「오세암」은 그의 문학적 출발을 알리는 「물에서 나온 새」가 보여준 지나친 여백을 깔끔하게 메우고, 죽음을 겸허하게 받아들인 채 자신의 문학적 지향처를 처연히 정리한 「하늘새 이야기」에서 확인되는 동심 세계를 가장 활기차고 완성도 있게 표출한 작품으로 평가할 수 있다. 다시 말해 「오세암」은 동심의 문학을 표방하는 그의 동화 세계가 어떤 이념성을 가지고 있는가를 가장 선명하게 드러낸 텍스트인 것이다.

「오세암」은 『삼국유사』에 기록된 백담사 암자 오세암에 얽힌 설화를 바탕으로 쓰여진 것임은 잘 알려져 있다. 옛 이야기가 오늘의 작가에

3) 『오세암』은 1985년에 창작과비평사에서 펴냈다. 여기서는 1990년 개정판을 텍스트로 삼았다.

정채봉의 동화집 『하늘새 이야기』(현대문학어린이, 2001), 『오세암』(창작과비평사, 1990).

의해서 새롭게 쓰여지는 일은 재화(再話, rewrite)라 하여 꾸준히 이어지는 작업인데, 정채봉의 「오세암」은 재화에 그치지 않고 작가의 상상력이 이를 새롭게 해석하고 재구한 새로운 창작물이다. 이 동화의 흐름은 전해지는 이야기처럼 설정 스님의 움직임을 따라 진행되지만 조명을 받는 것은 길손이이다. 작품을 읽으면 길손이가 내뱉는 말에 자꾸 줄이 그어지게 되는데, 작가가 길손이의 형상화에 기울인 심혈이 짐작된다. 따라서 길손이를 읽는 것은 정채봉의 동화 세상이 가진 이념성을 파악하는 일이다. 길손이 쪽에 중심을 두고 이야기를 요약하면 이렇다.

앞 못 보는 누나와 함께 떠돌던 고아 길손이는 설악산 아래 어느 포구에서 설정 스님을 만났다. 스님의 권유로 절에 가서 살다가 누나를 큰 절에 두고 스님과 둘이서 관음암으로 올라갔다. 암자에서 길손이는 낡은 탱화 속에 그려진 관음보살님을 엄마로 삼고 지냈다. 식량이 떨어지자 스님은 산 아래로 탁발을 나갔는데, 무슨 일이 있을 땐 마음을 다해 관세음보살을 부르면 그가 오시리라고 했다. 예상치 못한 폭설로 길이 막혀 스님은 오십 일 만에 돌아왔다. 함께 온 누나는 길손이가 살아 있다는 사실에 놀라 개안했다. 길손이는 이들에게 관음보살님이 젖을 먹이고 놀아 주었다고 말하고 영원한 잠이 들었다.

오세암 이야기가 저잣거리에 회자된 까닭은, 어린아이가 한 달 이상 빈 암자에서 살아남았다는 것과 부처가 되었다는 기적에서 찾아진다. 아이의 생존은 성불에 동반된 놀라운 힘의 표징이므로, 이야기의 초점은 성불에 맞추어졌다고 볼 수 있다. 청자(聽者)의 안타까움을 자아내던 아이의 생명이 보장됐다는 점 때문에 성불이 빚어낸 기적의 광채는 더욱 찬란하다. 그런데 동화 「오세암」을 거듭 읽으면 길손이의 성불이라는 사건 이면에 있되 깨우침을 유발하는 꾸밈없이 맑고 발랄한 동심이 점차 선명히 다가온다. 다음 말들은 길손이의 캐릭터를 명확히 드러낼 뿐만 아니라 그 동심의 내용성도 탐지하게 한다.

"스님이야. 머리에 머리카락 씨만 뿌려져 있는 사람이야." (158쪽)

"누나, 식은 나물국 스님이 가고 있다." (160쪽)

"내 이름은 향교 문지기 아저씨가 지어 주었어. 떠돌이라는 뜻이래. 감이 누나 이름은 내가 지었구."

"감이라는 뜻은 무엇인데?"

"아이, 스님도 답답하다. 감이는 그냥 감이라는 뜻이야. 눈을 감았으니까. 그래서 감이야." (161쪽)

동화 초반, 설정 스님과 길손이 남매가 관계를 맺는 부분이다. 길손이의 말을 보면 스님에 대한 경어를 깨끗하게 접었을 뿐 아니라 표현은 불손하기까지 하다. 하지만 예의 없고 거친 아이라는 판단 대신 구김 없고 쾌활한 성정을 지녔다는 인상이 남는다. 길손에게 스님은 머리카락 씨만 뿌려진 머리를 가진 우스꽝스런 사람이고, 아예 식은 나물국이라는 별볼일 없는 사물로도 지칭된다. 여기서 식은 나물국은 맛

없는 국을 말하며, 맛없는 국이란 재색의 미감(味感)적 표현이므로 잿빛 옷을 입은 사람을 뜻한다. 이러한 연상 작용이나 식은 나물국으로 표상되는 불제자에 대한 관념이 무엇이든, 여기서 지적해 둘 것은 정채봉이 길손이를 통해서 일차적으로 동심이란 깨끗하고 새롭다는 것을 분명히 해두었다는 사실이다.

이미 만들어진 생각에 맞추어서 사고하지 않는 길손이의 세계 인식은 청량한 동심 세계를 대변한다. 스님의 면전에서 머리카락 씨니, 식은 나물국이니 천연덕스럽게 말하는 것은 세상을 있는 그대로 보고, 보이는 그대로 말하는 존재임을 가리킨다. 동심이란 세상 앞에서 거짓 없음이고, 이 거짓 없음은 세상과 자아가 서로에 대해서 수용·인정하는 관계를 맺을 때 발생한다. 이 관계에서 자아는 세상의 어떤 의식에도 눌리지 않기에 무엇이든 비치는 대로 보고 말하는 것이 가능하다. 눈을 감고 있으니 감이. 길손이의 명명법은 완전하다. 이 흠잡을 데 없는 이름짓기는 길손이가 세상의 주체로서 자신이 대면한 세상을 밝고 직선적으로 수용하고 있음을 또렷하게 드러낸다. 결국 정채봉은 동심 세계를 드러내는 데 길손이를 내세움으로써, 세계내적 존재로서 세계와 갈등하지 않는 자아는 어떤 환경과 대면할지라도 직립된 존재로서의 활기와 당당함을 잃지 않음을 밝히고 있는 것이다.

'오랫동안 비어 있던 터라, 암자는 한동안 도망가는 산짐승들의 발소리로 수선스러웠다. "아냐, 아냐. 너희들이랑 함께 살려고 왔어. 달아나지 마. 도망가지 마라니까!"'(167쪽) 길손이라는 동심체는 자기와 산짐승을 이 우주 속에서 함께 사는 존재로 이해한다. 자기와 더불어 세상 만물은 누가 더 낫고 모자랄 것이 없는 세계내적 존재인 것이다. 이러한 길손이의 눈길을 꽃이나 바위에도 생명이 있다는 식의 애니미즘이나 물활론적 사고로 규정한다면 단편적인 파악이라는 생각이 든다. 그의 동화들을 보면 정채봉이 지향하고 있는 세계 인식 내용은 일종의 코스모폴리타니즘(cosmopolitanism)으로 이해된다. 그의 성장소설 『초승달과 밤배』의 주인공 난나를 보자.

> 난나는 앞에 있는 아카시아나무가 마치 선생님이기나 한 것처럼 따졌다.
>
> '선생님은 그렇게 거짓말 해도 돼요? 나는 영식이의 돈을 훔치진 않았어요. 신발장 앞에서 주웠어요. 신발장한테 물어보세요. 화단에서 해바라기도 건네다보고 있었어요. 색비름도 보았어요. 그들한테 물어봐요. 내 말이 맞다구요.' (62쪽)[4]

신발장, 해바라기, 색비름을 증인으로 내세운다는 것은 그것들이 세상을 인식할 수 있으며 자신의 의사를 표현할 수 있는 생명체라는 사실은 물론, 거짓을 말하지 않는 정직한 존재로서 인간의 결백을 증명할 만큼 가치 있는 존재라는 믿음이 전제된다. 즉, 이들 모두는 인간과 함께 이 세계의 동등한 구성자들로 인식되는 것이다. 이러한 코스모폴리타니즘적인 세계 인식과 세계와 나의 조화롭고 안정적인 관계 정립은 정채봉 동심의 기저이다.

정채봉의 친자연적 정서를, 산업사회의 폐해 고발과 피폐해진 정서 치유라는 효용적 측면을 부각하는 설명으로 풀어낼 수도 있다. 그러나 달반과 길손이, 그리고 난나는 코스모폴리타니즘적 세계 인식 속에서 세계내에 자아를 온전하고 평안하게 거하게 하는 이상적 존재들로서의 소임이 더 크다. 이들의 상대가 되는 화가와 스님이 의미하는 바를 살피면 이는 더욱 명확하다. 이 어른들은 자아와 세계의 조화를 꿈꾸나 동심이 결여된 존재들이다. 그래서 예술과 종교에 의지하여 온전한 상태에 이르기를 부단히 갈망하고만 있다. 소설의 주인공 난나는 이

---

4) 『초승달과 밤배』는 1987년 한국예술사에서 나온 후, 1999년 까치에서 개정판을 냈다. 여기서는 한국예술사의 것을 텍스트로 삼았다.

두 가지 존재들의 양상을 모두 가지고 있기에 끊임없는 내적 투정에 시달린다. 난나는 정채봉의 분신이다. 결국 정채봉 자신은 세계와 나의 행복한 결합을 꿈꾸는 존재이지만 그렇지 못한 현실 가운데 있는 것이다. 자신이 꿈꾸며 도달하기를 갈망하는 이상적 존재를 달반 · 길손과 같은 아이들로 형상화한 것은, 아이들의 마음으로 말해지는 동심이야말로 자신의 꿈 세계로 들어갈 수 있는 유일한 길이라고 생각했기 때문이다. 그가 동화작가인 자신의 모습을 화가와 스님에게 투사시킨 것은 이들이 그 세계에 쉽게 발을 들여놓지 못하면서 끊임없이 이에 이르기를 갈망하는 구도자들인 까닭이다.

그의 동심 의식이 어린아이의 마음 그대로를 뜻하는 것이 아님을 앞서 지적했다. 즉, 천진함만으로는 동심의 세계가 다 메꿔지지 않는다. 정채봉이 거듭 엄마 없는 아이를 통해서 동심을 담아낸다는 사실에 주목할 필요가 있다. 길손이는 세상을 구김 없이 보고, 있는 그대로 받아들임으로써 세계와 자아의 행복한 결합 상태를 누렸다. 그러나 엄마의 부재로 말미암아 실상 온전한 행복 상태는 아니다. 이것이 뜻하는 바는 첫째, 아이의 자아와 세계와의 결합 상태가 인식에 눈뜬 후나 지난한 여정을 겪은 후에 도달한 것이 아니라는 것이다. 자아와 세계는 아직 미분리 단계의 것이다. 둘째, 엄마의 부재가 자아와 세계의 분리, 그리고 이들의 재결합을 도모하게 하는 동력으로 작용된다는 것이다. 그렇다면 길손의 상태는 성장과 성숙을 꾀하는 인생을 상징적으로 보여준다. 즉, 현실 대중의 삶은 자아와 세계에 대한 인식의 미분화 상태에서 출발하여 분리를 경험하고, 다시 세계와 자아의 재결합을 도모하는 과정을 밟게 마련인 것이다.

엄마의 부재라는 경험 때문에 엄마가 있는 온전한 세상에 대한 욕망을 갖는데, 욕망의 의미와 그 처리 과정에서 동심의 의미가 살아난다. 먼저 엄마 찾기라는 욕망의 의미를 보자. 정채봉은 어린 시절에 엄마의 죽음을 경험한 사람이다. 따라서 정채봉의 엄마 찾기, 즉 엄마 있는 세상을 꿈꾸는 것은 엄마가 있을 때의 마음 상태로의 회귀를 뜻한다. 어른이 된 정채봉은 엄마의 부재와도 같은 결함 상태를 빈번히 겪었을 것이다. 그러는 동안 자아의 허물어짐을 경험했을 것이다. 성인이 된 정채봉의 엄마 찾기는 허물어진 자아를 올곧게 일으켜 세상을 마주하는 일과 이어진다. 이때 엄마는 세상과의 관계를 재정립하려는 자아에게 이정표가 되고, 억눌려 있을 때의 고통을 위로하며 승화에 이를 수 있다는 희망을 주는 존재이다. 한편 엄마 찾기라는 욕망 달성을 위해서는 만만치 않은 투지가 필요한데 간절함은 바로 투지의 원동력이다. 다시 말해 간절한 태도로 살고, 글쓰는 궁극적 목표는 엄마와의 만남 때문이므로 정채봉 문학에서 엄마는 간절함의 표상이며 간절함의 목적인 것이다.

길손이가 욕망을 풀어 가는 방식을 보자. 길손이는 그림 속 보살님을 엄마로 삼고 보살님을 즐겁게 해드린다. 엄마의 부재를 원망하거나 엄마를 달라고 빌지 않고, 종잇조각에 불과한 그림을 적극적 대안체로 삼아 버린다. 자아와 세계를 갈등 상태로 몰고 가지 않는 것이다. 뿐만 아니라 그 대안체에게 유무형의 위안과 복을 구하지 않고 오히려 상대를 즐겁게 함으로써 욕망 충족의 기쁨을 누린다. 길손이의 이러한 욕망 충족은 마치 꿈과 같다. 프로이트에 따르면 꿈은 자고 있는 동안 느슨해진 의식의 통제를 틈타 진행되는 욕망의 실현이다. 세계와 나의 대립적 구별이 없는 길손이의 무애한 의식은 현실에서도 꿈에서처럼 욕망을 실현한 것이다. 길손이는 엄마 없는 자아를 엄마 있는 자아와 자리 바꿈으로써 욕망 충족을 이루는데, 이것은 프로이트가 설명한 꿈 작업 중 전치 작용에 해당된다. 길손이가 보살님에게 드리는 온갖 즐거움은 소망을 충족시킨 무애한 의식이 벌이는 축제이다.

고된 탑돌이를 하는 화가나 면벽참선을 하는 스님의 욕망은 간절했으나 스스로의 힘으로는 욕망을 달성하지 못했다. 자신과 세계를 구별했기 때문에 간절함이 오히려 욕망 충족을 방해하는 힘으로 작용했던 것이다. "이 어린아이는 곧 하늘의 모습이다. 티끌 하나 만큼도 더 얹히지 않았고 덜하지도 않았다. 오직 변하지 않는 그대로 나를 불렀으며 나뉘지 않은 마음으로 나를 찾았다"(182쪽)라는 관세음보살의 말씀은 세계와 분리된 채 관념과 정서의 과잉 속에서 욕망에 끌려다니는 설정 스님과 독자 중생에게 가하는 뭉클하면서도 시린 비판이다.

보살의 현신으로 길손이는 겨울을 보내고, 감이는 눈을 뜨고, 설정은 깨달음에 다다르게 된다. 이러한 결말은 비이성적인 것으로 치부되기는커녕 황홀하다. 정채봉이 동심을 길손에게 고스란히 투영시키고 아울러 찬란한 기적과 자연스레 연결한 것은, 간절한 욕망을 품고 이를 풀어 가는 동심의 아름다움과 힘을 은연중에 노출시킨 것이다. 이곳이 황홀함의 근원지이다. 특히 길손이의 죽음은 동심에 대한 그의 믿음이 얼마만한 것인가를 보여준다. 때로는 죽음으로써 그 당위성을 주장하는 가치 체계를 이념이라고 할 때, 길손의 죽음은 동심을 하나의 이념으로 받아들이는 정채봉의 태도와 무관하지 않다.

4. 동심을 싸고도는 정채봉의 종교, 문학, 삶

보고들은 그대로 받아들여서 믿는 길손이의 세계 인식 방법이 정채봉이 드러내는 동심의 근간임은 앞서 지적했다. 길손이는 흰구름이 비친 샘물을 물초롱에 담았으니 흰구름은 물초롱 속에 있다고 생각하는 아이이다. 불신이 끼여들 여지가 없는 깨끗한 믿음은, 스님 말씀을 한 점 의혹 없이 따라 이윽고 관음보살의 돌봄을 받고 성불하는 것으로 이어진다. 요컨대 순수하게 믿는 맑은 마음이 자아를 깨달음의 세계로 안내한 것이니, 동심은 세계를 고스란히 알게 한다고까지 말할 수 있는 것이다.

동심은 종교심과 상통한다. 이런 깨달음은 그의 어린 딸이 준 선물이었다. 그는 수필「리태」[5]에서 하느님은 어디에 있느냐는 딸의 물음에, 풀꽃에 몰두했던 터라 "작은 풀꽃 하나하나에도 계시단다" 하고 대답했더니, 딸이 "하느님도 그럼 이 냉이꽃처럼 작고 이쁘시겠네"라고 하는데, 이 말이 '곡괭이가 되어 굳고 견고한 하느님에 대한 내 고정관념의 벽을 쿵 소리가 나게 허물었다'고 썼었다. 작은 동심이 거대한 종교와 크기가 맞는 것을 체득한 것이다.

그는 카톨릭 신자이므로 불제자와는 다른 언어로 신앙 고백을 하겠지만 한 송이 풀꽃에 깃들인 것이 하나님이라 하고 솜다리꽃을 피우는 것은 부처님의 숨결이라고 했으므로, 내심 카톨릭의 궁극적 정신은 불교와 크게 다르지 않다고 여긴 것 같다. 그가 두 종교의 다름보다 닮음에 민감한 것은 동심적 사유를 끊임없이 진행시킨 결과이다. 그의 동화에서 동심은 불교와 기독교의 옷을 번갈아 입으면서도 특정 종교의 세세한 교리에 구애되지 않고 제 세계를 드러냈다. 그의 동화에서는 작고 힘없고 별볼일 없는 것들이 제 존재의 실현을 위해 간절히 노력하여 눈물겨운 환희를 맛보거나 혹은 깊은 성찰에 도달한다. 정채봉은 이렇게 함으로써 이들의 노력을 위로하고 승화시키고자 했던 것이다. 위로와 승화는 하느님이 하실 일인데, 자기 동화에서 이를 스스로 확인할 수 있으니 동화는 하느님이다라는 고백을 터뜨릴 수밖에. 또한 하느님은 들풀 속에 계신다는 인식과, 자신의 글쓰기란 그런 하느님을 드러낸다는 그의 문학 자세는, 간절하게 제 자아를 실현시켜 이 세계와 궁극적 합치를 이루려는 들풀과도 같은 자신의 삶을 위로하려는 욕구와 결착되어 있다. 결국 문학과 종교는 한 자아가 이 세상과 어떤 관

5) '리태'는 정채봉의 딸 이름이다.

계를 맺고자 하고 어떤 위로를 구하고자 하는가를 드러내는 각기 다른 창문인데, 정채봉은 이 창문에 늘 동심이란 커튼을 드리웠다고 말할 수 있다.

그의 문학에서 자아는 동심에 기대어 세상과 관계한다. 그의 글들을 보면 다음의 내용이 거듭 확인된다. 들풀, 조약돌, 길손이, 난나, 정채봉 들은 작지만 강인한 존재들이다. 이들은 자기 존재를, 크지는 않지만 그 나름의 소중한 의미가 있다고 생각한다. 세계를 그대로 믿고 받아들이는 맑고 깨끗함 그리고 간절함과 의심 없음을 가지고 있다. 엄마가 없는 존재들이지만 오히려 자아를 실현함으로써 엄마의 부재를 메꾸고 승화의 기쁨을 맛보고자 한다. 이 세상에서 제 존재의 실현을 꿈꾸는 것은 낙천적 사고이다. 비극적 사고가 갖지 못하는 간절함과 끈덕짐을 갖는다. 어떤 형태의 것일지라도 자아와 세계가 합치되었을 때만이 위로가 찾아든다는 믿음에도 흔들림이 없다. 또한 치열한 삶만이 위로받을 수 있다는 것은 삶의 기본 원리이다. 드디어 슬픔 많은 어린 시절 내내 품었던 위로받고 승화되고 싶었던 욕구가 해소되는 순간, 엄마 품에 안긴 아이나 환한 햇살 아래 핀 들꽃처럼 나(정채봉)의 존재가 세계내에 평안히 거하는 것이다.

이쯤에서 그의 삶과 동심과의 관계를 짚어 보지 않을 수 없다. 부모의 부재로 할머니 손에서 가난하게 키워진 정채봉은 내성적인 소년이었다. 혼자 우두커니 바다를 바라보거나 나무, 풀, 새와 이야기를 나누었다고 한다. 자연과의 오랜 교감을 나누었던 이 시절에, 있는 것은 다 제 자리에 있고 그 의의가 있다는 코스모폴리탄적 세계 인식을 갖추었을 것이다. 이후 인식 범위가 넓어지면서 세계를 운영하는 질서나 절대자에 대한 개념이 형성되었을지라도 어린 시절에 형성된 세계 인식은 유효했던 듯하다. 즉, 더 자라 할머니의 손에 이끌리거나 학교 소풍으로 절에 들락거리면서 불교가 의식내에 들어오기 시작하고, 학교 교육을 통해 철인들의 사유 방식을 익히고, 사회에 나와서는 출중한 출가자들을 접하면서 그들에 대한 존경으로 말미암아 불교에 대한 이해가 더 깊어지고, 군대가 시민을 학살했다는 믿을 수 없는 소식에 성당으로 달려가 절대자의 품에 귀의했으나 과거의 세계관을 버리진 않았던 것이다. 오히려 종교와의 만남을 통해 어린 시절 세계 인식의 품과 깊이를 확장하고 정제시켰다. 꽃 하나에서 부처와 하나님을 발견했다는 것은 자신의 세계 인식에 절대성과 보편성을 확보했음을 뜻한다.

그러나 유년 시절에 형성된, 세계를 있는 그대로 믿고 받아들이는 정신의 맑고 깨끗함은 동심 의식의 일차적 특징일 뿐이다. 철들면서 의식하게 된 부모 부재의 고통, 태어난 승주에서 광양으로 나온 후 중고등학교를 진학하는 과정에서 경험하는 뼈저린 가난의 시련, 서울 상경 후 대학생 그리고 가장으로 숨가쁘게 이어지는 생활인으로서의 책무는 행복한 자아를 억눌렀을 것이다. 가난을 벗어나게 하는 출세를 결심하는 그의 자아는 자신의 동심을 배반하면서 동시에 세계와의 행복한 결합이 무너짐을 체감하기 때문이다. 이것이 이 글에서 살핀 두 텍스트에서는 엄마의 부재로 나타난다. 그러나 그가 삶의 고단함에 지쳐 자신의 동심을 아주 버리는 일은 없었다. 문학에 대한 열정 확인, 신춘문예의 당선, 생텍쥐페리의 『어린 왕자』를 통한 동화의 재발견 등은 억눌렸던 자아를 추스리는 과정들이었다. 어느덧 그의 의식은 직립하려는 자아를 직시하고 스스로에게 묻는다. 동화를 통해 문학을 이루고 문학을 통해 이루고자 했던 것은 무엇인가? 동화 쓰기가 어떤 의미가 있는 것인가?

글쓰기는 끈덕지게 자신을 지탱케 하는 의식이었다. 즉, 길손이 등을 형상화하여 그들이 세계와 맞대면하게 함으로써 자신의 자아를 일으켜 세웠을 것이다. 샘터지기에 만족하지 않고 자신을 일으켜 세우는 존재들의 이야기를 눈을 밝혀 찾아내는 것은 그 때문이다. 다시 말하면 그의 많은 작품들은 주변에서 동일시할 것들을 찾아내고 여기에 가치를 부여한 결과이다. 이렇게 함으로써 자신의 진실을 그리고 작가로서의 진리를 탐구해 나갔던 것이다.

5. 정채봉 동화의 유형과 문체, 그리고 성과와 한계

데뷔작부터 동심을 드러내는 그의 솜씨는 좋았다. 「꽃다발」은 홍수의 거친 물살 속에서 뒤주를 건지다 죽음에 이를 뻔한 물욕을 꽃다발을 건져 올리는 무구한 동심에 대비시켜 부끄러운 것으로 드러낸 작품이다. 이 작품으로 정채봉은 자신이 잊고 지냈던 동심을 내세워 동화가 권선징악에 입각한 윤리적 교훈으로 벗어날 수 있는 통로를 설득력있게 마련했던 것이다. 이후 「물에서 나온 새」「오세암」「비단고둥의 슬픔」「꽃 그늘 환한 물」「바람과 풀꽃」 등 일련의 작품들은 「꽃다발」과 유사한 동심 제시를 보이고 있다. 이들 작품에서, 동심은 대부분의 사람들에게는 잊혀진 것이며, 동심을 가진 존재는 이를 인식하고 적극적인 행동으로 옮기는 것이 아니라 마음이 가는 대로 움직일 뿐이고, 그러나 결국 동심의 가치는 드러나게 마련이고 그 향기는 동심을 잊었던 사람을 흔들고, 이에 공감하는 독자까지 스스로 그 향기의 진원지가 되고 싶다는 마음을 갖게 한다. 동심의 중요성을 강조하기보다는 동심에 대한 욕구를 환기한다는 점에서 그의 동화 문학의 탁월함이 있다. 그가 가진 이 능란함은 비단 이 유형의 작품들에 한정된 것이 아니라 그의 동화 일반에 해당되는 것이다. 이것이 서사구조물의 행간 속에 메시지를 그림자로 따르게 하지 못하고 어색한 주연배우의 연기처럼 시선을 잔뜩 끌어모은 채 극 전체를 망가뜨리곤 했던 다른 동화들로부터 그의 작품을 구별짓게 하는 요소이다.

또 하나의 작품군은 「어린새」 「수평선 너머」 「하얀 새의 슬픔」 등으로, 별다른 저항 없이 일상으로 끌어들인 평범한 탐심이 우리의 구원을 가로막았음을 밝히는 동화들이다. 이 유형에서 동심은 평범한 욕구를 깨우는 눈으로 기능한다.

그의 눈길이 자주 머물렀던 곳은 제 존재의 실현을 위해 꿋꿋하게 살아내는 작은 존재들이었다. 이 유형의 작품은 「제비꽃」 「별 담은 바구니」 「노을 실은 잠자리」 「숨 쉬는 돌」 「비누 방울 하나」 「진주」 등등 한참을 헤아릴 정도이다. 물론 작고 연약한 존재들의 가열찬 노력이 빚어내는 눈물겨운 환희는 다른 많은 작가들의 동화에서도 자주 읽어 볼 수 있다. 가히 하나의 동화 유형으로 지목할 만한데, 이 동화 유형이 정채봉으로부터 비롯된 것이라고는 쉽게 잘라 말하기는 어렵다. 다만 동종의 작품들 중에서도 정채봉의 작품의 특성을 들라면, 존재의 자아실현에 초점을 맞추면서도 모든 것이 제 존재껏 삶으로써 한 우주가 이루어진다는 동심 세계와의 연관성이 쉽게 간취된다는 점이다.

이 땅에서의 동심 구현이라는 그의 문학적 이념이 강한 호소력을 갖는 것은 문체 덕이 크다. 많은 사람들이 정채봉 문체에 주목하여 간결한 문장, 명징한 비유, 투명한 수채화 같은…… 등등의 찬사를 바쳤다. 확실히 정채봉은 한글 세대답게 과거에 일본어를 써야 했던 선배 문학가들과는 달리 독특한 개성을 갖춘 스타일리스트로서의 면모를 보였다. 그러나 인상적 평가를 넘어선 무엇을 말하게 한다. 그의 문체가 갖는 효용성을 스칠 수가 없다. 몸의 아름다움을 적절하게 드러내는 옷감처럼 그의 문체는 동심이라는 몸을 가장 아름답게 보이게 한다. 그의 문체가 동심에 대한 성찰을 드러내지 못하고 단지 수사학에 머무는 것이었다면, 사람들에게 그토록 강한 인상을 남기지 못했을 터이다.

「오세암」을 읽어 보자. '스님은 살갗이 활시위처럼 팽팽해지는 것을 느꼈다'라는 스님의 느낌을 담아낸 표현과 '눈이 바다보다 넓게 내려',

'머리에 머리카락 씨만 뿌려져 있는 사람', '식은 나물국'과 같은 길손이의 말은, 모두 독자의 눈을 오래도록 붙들지만 표현에 실린 질감이나 무게는 퍽 다르다. 스님의 주관적 느낌을 담아낸 표현은 긴장의 강도를 생생하게 그려낸 잘된 표현 중의 하나이다. 그러나 길손이의 말은 언어의 수사학을 넘어선다. 인식의 층위가 바뀐다. 동심으로 본 세상, 그것이 어떤 내용성을 갖는지 이미 지적했다. 길손이와 같은 동심체들의 놀라운 표현은 우리를 반성으로 유도한다. 즉, 전반적으로 맑고 밝은 인상을 남기는 그의 문체는 모두 그만한 동심을 감싸고 있는 까닭이다. 그의 문체가 주는 맛이 구수하거나 호방하지 않은 까닭은 그의 동심이 갖는 내용성이 그렇지 않기 때문인 것이다.

정채봉이 남긴 동화의 편수는 적지 않다. 그가 동심을 동화 세계의 요체로 삼았다는 사실에만 입각해서 그의 동화를 본다면, 동심을 문학화하는 과정에서 시린 정신을 잃어버릴 때 그의 문학적 재능은 만개하지 못했음을 알 수 있다. 동심에 대한 그의 믿음에 대한 고려 없이 작품을 대할 때, 턱없이 순진한 낭만적 순수로 읽히는 것들이 있다. 이것은 그의 동심 의식이 그만큼 눅어져 있음을 가리킨다. 관념적 내용이 몇 구절씩 뭉쳐 나오는 건 자신의 성찰을 작품 속에 조급하게 박아 두었기 때문이다. 동심을 문학적 이념으로 작용시켜 전력투구하는 혼으로 쓰지 않고 기계처럼 되풀이된 작품도 부담스럽다.

가장 안타까운 것은 1990년대 그의 동화가 1980년대의 눈부신 성공을 기반으로 푸르고 울창한 동심 세계를 구현하지 못했다는 사실이다. 그의 이력을 보면 1990년대의 그가 몹시 바빴음을 확인할 수 있는데, 이것이 동심 세계의 확장 심화가 어려웠던 일차적인 이유였으리라. 그러나 냉정하게 말해서, 현실에 대한 대결 의식이 희미해지면서 동심 의식이 일련의 함정을 피하지 못했다고 할 수 있다. 즉 역사의 회전, 물질의 작용, 이념과 이념의 부딪침 등 인간 삶에 간섭하는 강력한 기제들을 옆으로 밀쳐 두고 마음에만 초점을 맞추는 경우, 자칫 현실을 외면한 마음 타령으로 전락하기 쉬웠던 것이다.

그는 동화가 어린이에게 한정되지 않고 모든 계층에서 읽히는 문학이라는 생각을 확인한 뒤, 동심을 문학적 이념으로 삼으며 동화로써 문학적 승부를 걸었다. 이에 따른 자연스러운 결과로 동화의 독자층이 확대되었다. 원래의 마음을 찾아내고 독자에게 그 마음을 번지게 하는 정채봉의 동화는 잃었던 마음을 찾으려는 어른 독자에게 더 실제적인 호소력이 있었다. 동화의 소유권이 어린 독자에게 있다는 말도 맞고, 그런 소유 의식이 동화를 제약할 수는 없다는 것도 맞다. 그러나 아동문학이 쓰는 어른과 읽는 아이라는 이중의 코드를 가지고 있다는 사실에 입각할 때, 다양한 동화관이 공존해야 동화 문학 자체의 풍성한 발전이 보장되리라는 생각이 가장 옳다. 두 코드 사이 어느 지점에 자신의 문학적 추를 드리우는가는 작가의 재량에 달려 있다. 어른들을 동화의 품으로 끌어들인 정채봉의 동화 문학은 어린이에게 어른의 생각을 들려주겠다는 동화관을 흔들고, 다양한 동화관 성립에 일조했다. 이것은 우리 동화 문학사에서 그가 차지하는 또 하나의 의의이다. 요컨대 당대 아동문학을 동여맨 매듭에 얽매이지 않고 새로운 동화 문법을 성립시킨 것이다.

동화로써 문학적 승부를 걸었던 정채봉 동화 세계의 요체는 동심 드러내기였다. 동심을 담음으로써 동화란 인간의 영혼을 위로하고 승화시키는 문학이라는 자신의 정의를 옳은 것으로 입증시켰다. 혼탁한 세상에 시달릴 때마다 그는 동화를 통해 인간이 되돌아가야 할 순수의 영토를 구축하고 간절함의 샘을 팠다. 비록 그가 1990년대에 들어서서 독자의 기대에 충분히 답하는 동화 문학의 성과를 남기지 못한 것은 안타까우나, 그가 남긴 동심의 문학이 한국 동화 문학사에서 새로운 영역을 구축했음은 인정해야 한다. (2001년)

황선미 동화의 매력

— 황선미의 동화들

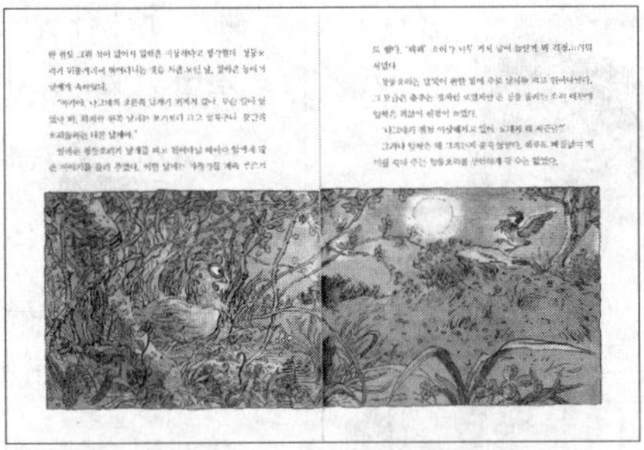

황선미 글, 김환영 그림 『마당을 나온 암탉』(사계절, 2000).

1. 기억되는 글 기억되는 작가

그의 글을 처음 읽었을 때가 생각난다. 첫창작집 『내 푸른 자전거』의 마지막 장을 덮으며, 이 이는 글쓰기에 휘둘리지 않았구나, 하는 느낌을 받았다. '글쓰기에 휘둘렸다'는 표현이 직감적으로 이해되었으면 좋겠다. 그러나 '그게 무슨 말이야?' 하고 누군가 묻는 것만 같다.

어떤 이야기는 만든 이의 손끝이 보여준 능란함이나 어수룩함을 분별할 틈을 주지 않는다. 작품에 빠져들어서 구도의 엉성함이나 어휘의 빈약함 따위 등은 느낄 수가 없는 것이다. 반대로 작가의 능란함을 느끼면서 읽는 작품이 있다. 눈동자는 줄을 따라 쉼 없이 움직이는데, 마음은 이야기에 푹 적셔지지 못하고 작가의 손길을 더 강하게 더듬는 작품들이다. '주제도 괜찮고 형상화도 잘됐어. 깔끔하네.' 이런 식의 평가를 내리고, 작가를 기억하고 작품은 잊어버린다.

황선미의 작품들은 읽는 사람을 이야기 속으로 자연스럽게 함몰시킨

동화작가 황선미.

다. 작가가 힘주어 밀어 올리는 특정한 생각과 분위기가 이야기 속으로 밀착되지 못하거나, 그것의 교묘한 전달을 위한 이러저러한 안쓰러운 장치들을 이야기 사이로 질질 흘리거나, 우겨 넣은 솜씨가 눈에 보이는 이야기들과는 구별된다. 이야기란 그렇게 하는 것이 아님을 생래적으로 아는 사람처럼 황선미는 이야기만 위로 띄우고 나머지 것들을 안으로 감싸 보이지 않게 처리한다. 첫작품집에서 받은 차별적인 인상과 이후 발표한 이야기들의 마력에 매료되어 그의 작품이 나올 때마다 찾아 읽곤 했다.

드디어 황선미가 인기를 얻게 된 것은 다섯 번째 작품집을 통해서였다. 『나쁜 어린이 표』는 그에게 좋은 동화작가라는 표를 붙여 준 작품이었다. 이 작품으로 황선미 동화에 호의를 보이던 독자들은 『마당을 나온 암탉』이 보여준 문학적 역량에 아낌없는 환호와 갈채를 보냈다. 『마당을 나온 암탉』은 아동문학에 남다른 애정을 가진 사람들을 최근 몇 년 동안 가장 흥분시킨 작품의 하나인 것 같다. '이것 봐라. 동화는 이렇게 아이와 어른 모두를 감동시키지 않느냐!' 라는 말을 자신 있게 내뱉게 한 작품이니까. 이후 발표한 『초대받은 아이들』 『들키고 싶은 비밀』로 이어지는 저학년 동화의 연쇄적 성공은, 그를 글 잘 쓰고 인기 높은 동화작가로 단단히 자리잡게 했다. 이제 황선미는 명실상부한 작가로서의 입지를 굳힌 듯하다.

1995년, 황선미는 서른다섯의 나이로 『아동문학평론』을 통해 등단한 동화작가이다. 작품 활동 기간이 올해로 팔 년째인데, 벌써 열두 권[1]의 작품을 쏟아냈다. 최근 몇 년 동안 단숨에 자기 드러내기에 성공한 작가 황선미, 그의 동화는 왜 인기가 있을까? 한꺼번에 쌓아 놓으면 상당한

높이가 생기는 그의 작품집들을 모아 놓고 찬찬한 읽기를 할 때이다.

2. 속에서는 삐딱할 수밖에 없는 나 드러내기

그의 인기 비결을 잘 찾아낼까 걱정하면서, 우선 단편집 두 권은 책장 안으로 넣고 장편만을 머릿속으로 늘어놓는다. 열 편을 관통하는 어떤 공통적인 요소가 있나 검색해 보려는 것이다. 바로 그것이 황선미 동화의 인기 요체일 수도 있으니까.

제일 먼저, 그의 동화 속 인물들은 주어진 현실에 쉽게 순응하거나 굴복하지 않는다는 사실이 잡힌다. 안온한 양계장을 뛰쳐나온 잎싹(『마당을 나온 암탉』)은 결코 현실 순응주의자일 수가 없다. 그만큼 많이 나쁜 어린이 표를 받았으면 기가 죽어 슬슬 선생님과 반 아이들 눈치나 살폈을 텐데, 오히려 선생님이 내린 처분이 어디가 잘못된 것인지 판단하여 수첩에 적고, 마침내 노란 표를 모조리 변기에 쓸어넣는 삼학년 건우(『나쁜 어린이 표』)도 놀랍다. 빈집 지킴이 향기(『목걸이 열쇠』)는 야무진 반항아이다. 직장을 가지고 있는 엄마는 바빠서 자기에게 거의 신경을 쓰지 못한다. 자기에게 신경을 써 달라고 엄마에게 떼를 쓰는 일반적인 행태 대신, 주도면밀하게 가출을 기도한다. 자신을 외

---

1) 1. 『내 푸른 자전거』(두산동아, 1996, 『늘 푸른 나의 아버지』로 다시 나옴, 2001).
2. 『여름 나무』(두산동아, 1998, 『소리 없는 아이들』로 다시 나옴, 2001).
3. 『앵초의 노란 집』(단편집, 한국프뢰벨, 1998).
4. 『샘마을 몽당깨비』(창작과비평사, 1999).
5. 『나쁜 어린이 표』(웅진닷컴, 1999).
6. 『마당을 나온 암탉』(사계절, 2000).
7. 『목걸이 열쇠』(시공주니어, 2000).
8. 『까치 우는 아침』(단편집, 웅진닷컴, 2000).
9. 『초대받은 아이들』(웅진닷컴, 2001).
10. 『들키고 싶은 비밀』(창작과비평사, 2001).
11. 『약초 할아버지와 골짜기 친구들 1 · 2』(사계절, 2002).
12. 『꼭 한 가지 소원』(낮은산, 2002).

황선미의 동화 『마당을 나온 암탉』(사계절, 2000)과 『샘마을 몽당깨비』(창작과비평사, 1999).

롭게 만든 엄마를 가슴아프게 하려는 것이다. 그 심리는 이해하지만 예사내기는 아니다. 연수(『소리 없는 아이들』)도 여간내기가 아니다. 아빠의 사업 실패로 시골 할아버지 댁으로 이사왔다 만만치 않은 마을 아이들의 시험에 당당히 맞선다. 농아를 미워할 수밖에 없는 마을 아이들의 위협에도 불구하고, 농아들에게 마음을 열고 다가선다. 어지간히도 심지가 굳은 아이이다. 하필이면 인간을 사랑해 고래등 같은 기와집을 지어 주고 심지어는 자기 종족에게 소중한 샘마저 넘겨 주는 몽당깨비(『샘마을 몽당깨비』) 역시 도깨비 사회에서는 순탄한 존재가 아니다. 삼백 년 후 자신의 맹목적인 사랑이 부른 파탄을 목격했으면서도 자기 사랑의 증표인 기와집을 아주 없애지 않는 그는 자기 사랑을 당당히 밀고 나가는 존재이다.

주어진 것 그대로의 추수를 거부하는 그의 인물들은, 그러한 황선미 자신의 투사가 아닐까? 확실히 황선미는 대개의 동화작가들이 한동안 거치게 마련인 도덕 선생님 노릇에는 흥미가 없어 보인다. 아주 일반적으로 도덕 선생님은 기존의 윤리 도덕이나 이념을 계승하여 이를 타인에게 성실히 전달하는 사람이다. 이때 그는 무비판적 수용자나 단순한 매개자 역할을 담당한다. 동화는 아이들을 상대로 한 탓에 감동적인 도덕 선생님 노릇을 강요받곤 했다. 동심으로 아이들을 맑고 순수하게 가꾸려는 글이든, 어린이를 불행으로 몰아넣는 열악한 현실을 비판하는 동화이든, 주체적 자아의 입장에서 치열하게 검토되지 않은 생각들이 작가가 들려줄 교훈으로 자리잡고, 아이들 독자는 교훈을 들어야 할 타자로 남곤 했다. 이런 동화 풍경에서 황선미는 좀 삐딱하게 서서 자아를 중심에 세워 놓고 주어진 세계와 고정된 가치에 대한 검토에 나서고 있다.

주어진 현실을 쉽게 좇지 않는 인물들의 내면을 면밀하게 추적하는 것은 황선미의 특기이다. 그는 자아가 강한 존재들이 품고 있는 세계를 해석하는 새로운 눈빛을 날카롭게 포착한다. 그리고 작가 자신이 이미 경험했을, 기성의 사고와 가치 체계에 문제를 제기하기 시작했을 때 맞닥뜨리게 되는 다양하고 복잡한 정서를 모두 챙겨 두었다가 자기 인물의 내면을 묘파할 때마다 적절하게 배치한다. 그리하여 그의 인물들은 긴장과 진지함은 물론 불만과 고통, 소심함과 인내, 우울과 침잠 그리고 끈기 등 요동치는 감정에 헐떡인다. 이들은 종이 속에 갇힌 인물이 아니라 독자가 자신을 살아 있는 존재로 느끼게 하고, 자신의 이야기에 공감을 표하게 만든다.

나쁜 어린이 표를 받은 건우는 노란 스티커가 암시하는 대로 자신을 나쁜 어린이로 규정하며 반성의 태도를 갖지 않는다. 선생님의 처사를 부당하게 여긴다. 오히려 자기가 선생님이 노란 표를 받을 이유들을 수첩에 기록한다. 순응이 아니라 반항 내지는 저항이다. 건우가 적은 내용을 보면, 놀랍게도 건우는 무엇이 노란 표를 받을 일인지 섬세하게 판단하고 있다. 선생님의 잘못을 날카롭게 지적하고, 노란 표를 받은 아이들을 항변한다. 자아가 중심에 서 있기 때문에 가능한 사유들이다. 이것이

반장 경식이처럼 주어진 판단 기준에 자신을 맞춰 나가지 않는 원인이다. 나쁜 어린이 표 제도 그 자체에는 갈등을 일으키지만, 자신을 나쁜 어린이로 규정하지 않고 버티는 힘도 여기서 나왔다.

그렇다고 건우의 저항이 당당하고 자신에 차 있는 것만은 아니다. 권위자가 내려 준 판단에 따르지 않고 주체적인 세계 해석을 갖는다는 것은 만만치 않은 일이다. 직접적이고 당당한 저항은 어렵다. 건우의 저항은 수첩에 무언가를 적는 소극적인 양상을 갖는다. '나는 수첩을 꺼내서 또 몰래 적었어요. 이나마도 안 하면 난 정말 선생님이 싫어서 학교에 오고 싶지 않을 거예요'(42쪽). 등교 거부라는 적극적 행동은 차마 못 하며, 하긴 하는데 표 안 나는 저항을 하는 것이다. 어떻게든 좋은 어린이 표를 받아 보려고 애도 쓰고, 자기 불만을 감추려 들기도 한다. 선생님의 노란 스티커를 변기에 버린 후에는 무려 네 시간 동안이나 화장실에 웅크리고 있었다. 부대끼고, 두려워하며, 소심해지고, 곰처럼 웅크리며 견디는 건우의 모습들은 건우가 느끼는 고통이 무엇인

황선미의 동화 『나쁜 어린이 표』(웅진닷컴, 1999), 『목걸이 열쇠』(시공주니어, 2000).

가를 드러낸다. 바로 우리도 시도했던 저항들이고, 겪어 봤던 심지어는 익숙하기조차 한 고통들이다. 건우가 나와 교감 가능한 존재로 다가서는 순간이다.

향기는 엄마에게는 속 깊고 참한 딸로 비춰진다. 엄마의 형편을 이해하고 제 일은 알아서 하고 주문에 따라 척척 장까지 봐오기 때문이다. 그러나 향기의 진짜 속마음을 보면 이 아이는 문제적 성향을 가지고 있다. 자신에게 너무나 무신경한 엄마에게 그 원망을 표출하지 않고, 오히려 은밀한 가출을 통해서 부모에게 상처를 주고자 하기 때문이다. 향기의 문제적 내면은 향기가 자신의 문제 해결 능력에 한계를 느낀 탓이다. 한계 인식은 향기로 하여금 문제를 드러내지 못하고, 안으로 곪게 만드는 원인이 된다. 즉 위축된 향기의 자아, 절망과 분노의 또 다른 표현인 것이다. 때로는 어른과의 관계에서 형성되는 문제가 아이의 내면에서 심각하게 곪아 마침내 폭발하듯 터지고 마는 경우가 있다. 자아는 형성되었으되 주체로서의 문제 해결 능력에는 한계를 느끼는 어린 약자의 한 가지 행동 방식이다. 향기와 같은 소녀도 그러하지만 다 자라 어른이 된 우리들도 그렇게 행동하곤 한다. 자신의 미숙함을 후회하기도 하지만, 살아가는 내내 쉽게 없어지지 않는 행동 양식인 것이다.

자신이 처한 문제에 대해 자기 능력 이상의 문제 해결 방식에 도전하느라, 일상에서 밝은 표정을 잃어버린 것은 찬우(『늘푸른 나의 아버지』)도 마찬가지이다. 찬우는 공부 잘하는 모범생이고 자존심 강하며 속 깊은 아이이다. 이런 찬우를 괴롭히는 것은 가난이다. 가난에 위축된 그의 의식은 아버지의 입장을 지나치게 헤아리게 하고, 친구들간에 격의 없는 우정을 나누지 못하게 한다. 내성적이고 말없는 찬우는 돈을 벌어 아들로서의 제 몫을 해내려고 한다. 그런 찬우의 몸부림은 아버지에게 든든함을 주기는커녕 가난에 위축된 아들을 대면하는 슬픔만을 안긴다. 친구들도 편안하게 찬우 가까이 다가오지 못한다. 찬우가 자기 아버지를 가난한 막노동꾼으로 대하는 것 같아 필요 이상으로 경계하기 때문이다. 가난과 벌이는 찬우의 싸움이 자연스러운 부자 관계와 친우 관계를 방해하고 굴절시킨 것이다.

지나치게 어른의 입장을 헤아리는 찬우의 태도는 나리(『꼭 한 가지 소원』)에게서 반복된다. 나리가 가장 원하는 것은 동생이다. 그러나 엄마에게 직접적이고 끈질긴 요청은 하지 않는다. 아홉 살의 눈치로도 엄마가 동생을 갖기 어려운 몸임을 알기 때문이다. 소원을 품은 나리와 나리의 소원을 시원히 들어 주지 못하는 엄마의 관계가 네 개의 에피소드를 통해서 드러나 있다. 이를 따라가면 나이는 어리지만 안으로는 커 있는 나리가 보인다. 매사를 소원과 연관짓는 아홉 살이지만 엄마에 대한 배려는 깊어 아홉 살 나이를 훌쩍 넘는다.

양계장을 벗어난 잎싹에게 사는 일은 한없이 긴장되고 고되고 날카롭게 이어진다. 자신에게 주어진 세계를 탈출하니, 세계 역시 자아의 색다른 행각에 즉각적으로 반응하기 때문이다. 그가 죽음으로 닭장에서 탈출했건 말건, 마당 식구들은 잎싹에게 모진 냉대를 가한다. 일상을 일탈한 존재에게, 모난 돌이 정 맞는다는 옛 말씀의 타당성을 여지없이 알려 주는 것 같다. 이것이 의미 있고 용기 있는 행동에 대한 현실 순응주의자들의 반응이다. 난종용 주제에 새끼를 키워 보겠다는 잎싹에게 어울리는 대우일 수도 있다. 그런데 잎싹은 지독한 소외와 슬픔을 겪은 후, 양계장으로 돌아가기는커녕 마당을 박차고 나온다. 이런 잎싹을 반기는 것은 족제비이다. 군침을 흘리며 약육강식이라는 대자연의 원리를 가차없이 실행한다. 난종용 닭은 남의 새끼를 키우면서 온 힘을 다해 야생의 족제비에게 대항한다. 청둥오리 새끼를 버리지도 않고 피 튀기는 현장을 떠나지도 않는 이유는 단 하나다. 주어진 조건에 한정당하지 않으려는 의지의 구현! 그 때문에 일상은 황량함과 처

황선미의 동화 『늘푸른 나의 아버지』(두산동아, 2001)와 『꼭 한 가지 소원』(낮은산, 2002).

절함으로 점철되어도 잎싹은 행복해 하는 것이다.

건우, 향기, 찬우, 나리, 잎싹 모두들 다부진 내면을 가지고 있다. 그런데 그 다부짐이 겉으로 드러낸 분위기는 밝음 내지는 유쾌함과는 거리가 멀다. 숨어서 항변을 토로하다 마침내 격렬한 사건으로 자신의 괴로움을 폭발시키거나(건우, 향기), 고통으로 일그러져 가면서 주변인과의 밝고 자연스러운 관계의 굴절을 형성하거나(찬우), 목숨을 내건 투쟁 상황에 돌입하거나(잎싹), 마침내는 자기 소원을 조용히 접어 버리는(나리) 아이들에게서, 들뜨고 덤벙거리고 왁자지껄하고 달콤하고 포근하고 여유 있는 분위기를 찾을 수 없는 건 당연하다.

황선미의 세상 인식이 비판적이고 어둡기 때문에 그가 만든 주인물들이 단순하고 밝고 활기 넘치는 존재들과는 거리가 먼 것이다. 그런데도 우리는 이 인물들에게 반응한다. 왜 그럴까? 우리의 일상적 현실이 그리 긍정적이지 않기 때문이다. 자아가 세상을 상대로 살아가다 보면, 상처받고 위축되어 소심하게 살아가는 순간이 그렇지 않은 때보다 많음을, 아이 어른 막론하고 경험하고 있지 않는가? 비록 하루 종일

그걸 의식하지는 않지만. 그래서 황선미는 누구나 머리로는 다 아는 바른 생활 이야기는 남에게 맡겨 버린 것이리라. 세상 사느라 상처받고 위축된 내 모습 그대로 세상 보기를 했을 때, 나의 포즈는 삐딱할 것이 자명하다. 그런 우리들의 모습을 반영한 황선미의 인물들은 우리가 쉽사리 드러내지 않았던 우리 내면의 일부, 혹은 남들에게 보인 내 모습 뒤에 숨겨 놓은 나의 진짜 모습을 드러낸다. 황선미의 동화에서 우리는 팽팽한 긴장감 · 섬세한 판단력 · 예민한 상황 분석 · 말 아낌 내지는 말 없음 · 자기 욕구의 직접적 표출 억제 밑에서 자기의 삶에 대한 다부진 혹은 순결한 영혼을 내장하고 있는 존재들로 이해되고 있다. 나쁘다고 부정될까 봐 드러내지 못했던 내 정직한 일부 모습을 반영할 뿐만 아니라 위축된 나의 자화상에 진실성까지 갖춰 주는 것이다. 그래서 황선미의 동화는 인기를 얻고 있는 것이다.

황선미가 다루는 인물들의 성향은 필연적으로 그의 목소리에 영향을 미친다. 나직하면서 좀 메마른 음색이다. 그의 호흡은 대체적으로 간결하다. 다소 시니컬한 표정들도 간간이 덧붙여진다. 독백에 가까운 진술들도 잘 찾아진다. 이런 문체적 특징들은 주어진 것에 쉽사리 순응하지 않는 인물들의 내면으로 침잠하기에 적합하다. 그런데 그 인물들은 안온하고 유함과는 먼 내면을 가지고 있다. 이런 내면을 드러내는 황선미의 문체는 독자를 긴장시킨다는 지적을 피할 수 없다.[2] 그 긴장을 통해서 본질에 도달하려는 작가의 욕망이 읽혀진다. 정감 있고 활기차고 부드럽지 않은 까닭이 짐작된다. 그의 동화가 순응과 안주를 목적하지 않는 한, 그의 문체는 큰 변화를 보이지 않을 것이다.

---

2) 최지훈, 「돋보이는 동화—주제+언어+문체」, 『시와동화』, 2002년 여름호, 216쪽.

3. 꼭 주어진 대로 생각하지 않아도 괜찮아

황선미 동화의 인기 원인은 그가 고정된 관념이나 관계를 거부한다는 점에서도 찾을 수 있다. 예컨대, 나쁜 것은 무엇인가, 아이와 부모 사이란 무엇인가 등등을 새롭게 묻는다. 이러한 질문은 나쁜 것이라거나 부모자식 관계란 더 이상 일정한 범주 속에서 대답을 찾기 곤란한 개념들이라는 작가의 성찰이 담겨 있다. 무엇에 대한 고정된 답은 없다고 되풀이해서 그 답을 찾아 가는 것이 현실 삶이다. 상황이란 늘 바뀌고, 변화된 상황 속에서 기존의 가치는 재평가되고, 관계의 변화가 모색되는 것은 자연스럽고 진실해 보인다. 동화가 보편성 혹은 진실성 담지라는 명분 아래 언제나 일정한 도덕 교과서식 답만을 제시하는 것은 식상하고 지루하다.

건우는 평범한 아이에 불과한데 나쁜 어린이 표를 얻어 가면서, 반장 경식이를 중심으로 한 좋은 어린이 패와는 물과 기름처럼 어울리지 못한다. 선생님에게는 점점 거리를 두게 되고, 호의적이었던 은지와의 관계도 비틀어진다. 건우로서는 억울한 상황 전개이다. 건우는 여기에 저항한다. 건우가 수첩에 적는 내용들을 읽다 보면, 나쁜 것은 과연 무엇인지를 묻게 된다. 적어도 '나쁜 어린이 표를 받았다고 나쁜 어린이라는 건 아니다'라는 것은 분명하다. 문제는 나쁜 어린이 표를 붙이는 제도 자체에 있다. 교사는 의식하지 못했겠지만, 이 제도에는 표딱지 하나로 아이들 통솔을 손쉽게 하자는 얄팍한 계산이 깔려 있다. 그 계산대로 손쉬운 통솔이 이루어져서, 나쁜 행동은 줄고 좋은 행동이 늘어 훌륭한 학급이 만들어졌는가? 뜻밖에도 아이들은 구분된 두 집단으로 무참하게 갈라져 버렸다. 이 동화를 교사에 대한 비판을 목적으로 한 동화로 읽으려는 것이 아니다. 평범한 우리는 이상한 구분법이 시행되는 현장 속에서는 주홍 글씨와 같은 징표를 받지 않으려고 필사적으로 움직이게 되는 상황에 더러 봉착한다. 상황은 몹시 부조리하여 나의 본질과 무관한 것들로 내가 규정된다. 그렇다면 그 상황을 문제시해야 한다. 건우는 수첩에 그런 비판 의식을 발휘하지만, 결국 반 친구들 그리고 선생님과 자신과의 관계 악화는 막을 수 없었다. 건우는 학교 등교가 괴로운 처지에 이른다. 한계 상황에 도달한 것이다. 우연히 노란 스티커가 건우의 눈에 뜨인다. 그것은 자기를 너무나 엉뚱하고 단순하게 규정해 놓고도 요지부동의 평가서로 작동하는 물건이다. 더 이상 좋은 반을 만들려는 선생님의 교육적 수단이 아니었다. 그래서 건우는 감히 선생님의 물건에 손을 대고, 변기 속으로 폐기 처분한다.

황선미의 이 작품을 통해서, 나쁜 아이로 규정당하지만 쉽사리 나쁜 아이로 전락하지 않는 건강한 주체와, 자신을 나쁜 아이로 고정시키는 상황을 짚어 보고, 그 부조리함에 저항하는 것이 당연하다는 것을 배운다. 그래서 이 동화는 나쁜 짓 하지 말아라, 착하게 살아라 하는 동화와 구별된다. 나쁘니 고쳐야겠다는 자동적 반성 대신 자기를 규정한 나쁜 것을 검토한다. 상황을 검토하고 그 부조리함에 저항하는 것, 진짜 나쁜 것을 가려내고 섣불리 자신을 부정하지 않는 태도는 주체로 살아가려는 인간의 진정한 모습이다. 황선미의 동화가 인기인 것은 단순히 아이들의 일상을 그려서만이 아니다. 아이들이 또렷하게 의식하지는 못하나 자기 내부에 진행되고 있는 주체 의식을 명료하게 드러내 주었기 때문이다. 어른 독자에게도 적용되는데, 이들의 언어로 표현하자면 존재와 삶의 문제를 건드리고 있는 것이다.

『들키고 싶은 비밀』이라니? 이 아이러니한 제목은 '비밀은 숨기고 싶은 것인데 왜 들키고 싶은데?' 하는 궁금증을 유발시켜서 손이 책에 척 가게 만든다. 읽고 나면, 엄마는 아르바이트까지 하며 없는 돈을 쪼개어 살림을 잘 꾸려 가려 하지만 애는 지갑 속 돈이나 훔치니 매우 속상할 그 엄마의 심정보다, 엄마 돈을 훔친 그 아들의 심정을 훤히 알 수 있다. 아이의 나쁜 행동에 관한 이야기인데, 산뜻한 기분이 남는 것은 이 글이 바른 생활로의 어린이 인도에만 기를 쓰는 것이 아니라서 그렇다.

이 동화는 비밀을 가진 아이의 마음속 풍경이 압권이다. 은결이는 '알맹이'라는 애칭을 가지고 있지만, 실은 집안에서 제자리를 못 찾고 있는 쭉정이 신세이다. 엄만 바쁘고, 아빠 아프고, 형은 태권도 시합으로 부모님의 주목을 받고 있다. 태권도 시합에서 동메달을 따도 컴퓨터 오락 시디를 선물받기로 되어 있다. 아직은 아홉 살로 이 집 막내인 은결이는 학교에서 돌아와 빈집에 혼자 있는 게 싫다. 친구들과 함께 밖에서 놀고 싶은데 그러려면 돈이 필요하다. 때문에 엄마의 지갑에 손을 댄다. 결국 지갑을 꺼내다 유리컵을 건드려서 박살내고, 조각난 유리 조각이 뒤꿈치에 박히는 일을 당한다. 비밀을 갖게 된 것이다. 파편은 발뒤꿈치뿐만 아니라 양심까지 콕콕 찔러대기 때문에 아픈 티도 못 낸다. 그렇게 해서 얻은 돈으로 친구에게 선심을 썼건만, 친구에게는 절교당한다. 부모님 몰래 밤새 컴퓨터를 하는 형의 비리도 맘껏 고발하지 못한다. 이래저래 몸과 마음은 아프고 신세는 고달프기만 하다. 은결이가 차라리 비밀이 들키기만을 바라는 것은, 이 신세를 벗어나고 싶은데 혼나는 것이 무서워 비밀을 차마 실토하지 못하기 때문이다. 드디어 비밀은 밝혀지고, 은결이에게 엄마 아빠의 훈계가 떨어진다. 그러나 이야기의 초점은 은결이의 훈육에 있지 않다. 작가는 혼나고서도 '버려진 기분'과 '섭섭한 마음'속에 잠겨 있는 은

황선미의 동화 『들키고 싶은 비밀』(창작과비평사, 2001).

결이의 심리를 그려 준다. 끝까지 은결이의 심정을 대변하는 것이다.

이런 은결이 이야기는 부모의 관심과 사랑을 훔쳐내려는 아이의 심리를 증언하는 것이다. 다시 말해 훔친 것은 돈이 아니라, 본질적으로 볼 때 부모의 관심과 사랑이라는 작가의 진단이 깔려 있다. 그래서 훈육적 이야기로 흘러가지 않았던 것이다. 이런 진단은 부모자식 간의 관계에 대한 고정적 관념에서는 쉽게 나오지 않는다. 고정관념 속에서, 부모는 아이를 자기 희생을 통해 기르고 보호하는 존재로서 늘 자식의 위에 있고, 아이는 그런 부모의 말씀을 따라야 할 존재라고만 못박혀 있다. 그러나 현실의 부모란 아이가 언제나 의지할 수 있는 절대적 위치를 점하고 있는 것은 아니다. 상황이 달라지면 아이는 부모와 다른 관계를 맺는다. 이런 현실을 드러낸 것이 은결이 이야기이다. 부모자식 간의 고정적 관계에 매여 있다면, 이 동화는 자식놈의 나쁜 손버릇을 훈육하는 교과서 노릇만 했을 것이다.

향기가 갖는 외로움은 은결이보다 더하다. 겉보기에는 바쁜 엄마 대신 장을 볼 정도로 의젓한 오 학년이지만, 외동딸 향기에 대한 부모의 무관심은 너무나 깊다. 생일 따위는 그냥 넘어가고, 딸에 대한 몰이해는 극에 달해 함께 시간을 같이 보내고 밥을 먹은 애완 닭 삼삼이가 향기에게 어떤 의미가 있는지도 전혀 헤아려 주지 않는다. 향기는 새 친구인 진주와 밀착 관계를 형성함으로써 애정 결핍을 치유하는 듯하다. 물론 진주는 부모의 무관심에서 오는 외로움을 일정 정도 달래 준다. 그러나 진주는 향기가 자기 부모와의 관계를 단절하는 데 더 적극적으로 이용된다는 점을 간과할 수 없다. 향기는 진주를 이용해 가출을 연습하고 마침내 완벽한 가출을 감행한다. 비록 비행기를 타기 직전 다시 집으로 돌아오기는 하지만 향기의 주도면밀한 가출 행각은 자기에게 애정을 쏟지 않는 부모와는 단절 관계에 돌입하려는 자식의 상처받은 마음과, 가출로써 부모의 마음을 아프게 하려는 반항적 심성을 고스란히 드러낸다. 자식은 부모에게 어떤 경우라도 효도해야 한다는 교훈적 이야기와는 멀리 떨어져, 일상의 현실에 가깝게 다가간 작품이다.

『목걸이 열쇠』『들키고 싶은 비밀』과 같이 보면 좋을 작품이 『초대받은 아이들』이다. 세 편은 엄마와 아이 사이의 관계를 그렸다는 공통점이 있다. 그러나 이야기를 전하는 작가의 음색은 세 편 모두 다르다. 깜찍한 가출을 단행하는 『목걸이 열쇠』는 향기와 같은 아이들의 입장을 이성적으로 따져서 두둔하는 작가의 입장이 읽힌다. 오죽했으면 아이가 가출을 결심하느냐는 것이다. 이는 엄마에 대한 은근한 비난을 감추고 있다. 『들키고 싶은 비밀』은 이성적 판단을 넘어서 아이의 내면 이해에 몹시 마음을 쓴다. 아이가 돈을 훔친 동기, 훔치고 난 뒤에 홀로 겪었던 고통, 혼나고 난 뒤의 기분까지 충분히 살펴서 전하고 있다. 열심히 살고 있는 엄마가 옳은 것은 알지만, 그렇다고 쉽사리 아이를 뭐라고 하지 않는 것이다. 반면 『초대받은 아이들』에서는 아이와 엄마를 서로 상처 주는 관계로 다루지 않는다. 둘 사이에 모종의 화해를 꾀한다.

민서는 엄마의 생일을 잊은 아이이다. 이 철없고 좀 괘씸한 아들이 온통 신경쓰고 있는 것은 따로 있다. 자기가 좋아하는 성모의 생일 잔치에 과연 초대받을 수 있는가 하는 문제이다. 민서는 그 동안 성모에게 자기 감정을 표나지 않게 전해 왔다. 자존심이 강하고 소심한 이 아이는 성모의 생일 잔치에 초대를 받고 싶지만 드러내 놓고 말을 못 한다. 결국 초대받지 못하자 위축된다. 좋아하는 친구의 생일 잔치에 초대받지 못한 아이를 지켜 보는 엄마의 마음은 그것 때문에 또 착잡하다. 엄마는 기가 죽은 아들에게, 엄마 생일을 잊었다고 나무랄 수가 없다. 엄마는 생각을 짜낸다. 그것은 성모의 생일 잔치가 열리는 떡볶이 집에서 자신의 생일 잔치를 열어 아들을 초대하는 것이다. 생일 잔치 장소가 적힌 낯선 초대장을 성모의 것으로 단정한 아들은 성모에게 줄 선물을 마련해서 기쁘게 뛰어나간다. 떡볶이 집에서 아이는 성모의 생일인 오늘이 실은 엄마의 생일이라는 것을 알아차린다. 그리고 자신의 정성이 담긴 선물을 함부로 다루는 성모는 진정한 친구가 될 수 없음을 깨닫는다.

생일을 맞은 엄마의 모습은 성모와는 대조적이다. 성모는 친구들이 건네는 선물에 둘러싸여 마치 소영웅처럼 아이들을 휘두른다. 그러나 엄마는 아들과 남편에게 떡볶이를 대접하는 것이다. 아들과 대치 상태를 형성하는 것이 아니라 아들과의 화해를 모색한 엄마 덕분에, 아들 민서는 생일의 의미를 깊게 되새긴다.

성모의 초대자 명단에 제 이름이 끼어 있기를 간절히 바라는 민서, 그것은 타인의 평가에 약한 우리들의 모습이기도 하다. 인기 있는 아이와 가까워지는 것은 민서 또래의 세계에 국한되지 않는다. 타인의 인정과 손짓에 약하기는 우리도 마찬가지이다. 이러저러한 성모의 폭력에 고통스러워하는 민서의 마음 또한 상처받기 쉬운 우리들의 모습이다. 민서에게 지혜로운 엄마가 있어서 참 다행이다. 어른 독자인 우

황선미의 동화 『초대받은 아이들』(웅진닷컴, 2001), 『소리 없는 아이들』(두산동아, 2002).

리는 자신이 그 지혜로운 엄마가 되어야 함을 안다. 자신의 상처에 전전긍긍할 때가 아니라 가슴을 넓게 벌려 어린아이들을 품어내야 하는 것이다.

이 작품이 갖는 인기 포인트는 두 가지이다. 하나는 위에서 지적한 대로 민서와 엄마에게 느끼는 공감대와 자극이다. 다른 하나는 두 개의 사건을 통해 화해의 따뜻함을 담는 민서 이야기가 전하는 교훈 때문이다. 이 작품은 앞의 두 작품에 비해 비교적 교훈 전달에 집중하고 있다. 그러나 그 내용이 기존의 고정된 우리의 행태를 딛고 일어선 것이기 때문에 식상함이 느껴지지 않는다. 새로운 생각, 받아들일 만한 주장이 다른 사람을 이 동화로 초대하게 만든다.

장애인을 다루는 많은 글들이, 장애인에 대한 비장애인들의 고정관념을 무너뜨리는 일에 퍽 힘을 기울인다.『소리 없는 아이들』에서도 이것은 예외가 아니다. 다른 작품들과의 공통점을 이 작품의 특성이라고 내세울 사항은 아니다. 이 작품의 특징은 장애에 대한 고정관념 바꾸기를 넘어서서 장애를 가진 사람들과의 관계를 다룬다는 것이다. 장애자와 비장애자 사이에는 벽이 있다. 마을 아이들이 농아를 경원시하는 것처럼 뒷마을 농아들도 외부인들에게 폐쇄적으로 군다. 연수는 이 양자를 퍽 객관적이고 공정한 시선으로 바라본다. 한편 마을 아이들은 저희들끼리도 서로 상처를 주고 풀어 가며 성장한다. 연수가 보기에는 마을 아이들 사이에서 상처와 용서가 오가듯, 장애 · 비장애 두 집단 간에 생긴 상처도 허물지 못할 특별한 벽이 아니었다. 황선미는 장애 문제를 관계성의 차원에서 바라보고 있는 것이다. 이것이 장애를 다루는 일반적인 입장에서 벗어난 새로운 점이다.

4. 작가와 독자가 함께 아픔을 드러내고 치료하는 이야기

황선미의 동화가 우리를 깊게 끌어당기는 것은 우리가 공감할 그 무엇을 많이 가지고 있기 때문이다. 이야기에 대한 공감이란 흔히 주인물에 대한 공감인 경우가 많다. 황선미의 인물들은 일반적으로 현실에 순하게 적응하는 순둥이들이 아니다. 그렇다고 현실 부적응자라는 문제적 인물들도 아니다. 약간 삐딱해서 주어진 것을 그대로 따르기보다는 자기 식대로 한번 꼬아 보는, 우리와 닮은 존재들인 것이다.

가난으로 굴절된 의식을 가진 채 아버지와 친구들과 편편한 관계를 갖지 못하는 찬우, 부모의 무관심을 가출로 갚으려는 문제적 내면을 가진 향기, 난종용 암탉이라는 신분을 무시하고 제 생각대로 제 존재를 규정하려는 잎싹, 나쁘다는 스티커를 받지만 쉽게 자신의 긍정성을 포기하지 않으며 오히려 상대의 판단에 문제를 제기하는 건우, 드세고 강한 마을 아이들의 위협과 장애에 대한 일반의 편견을 무시할 정도로 제 심지가 강한 연수. 이들은 남들이 느끼지 못하는 아픔을 겪는다. 그 아픔이란 주어진 현실에 순응하지 않는 당참에서 오거나, 고정관념이나 고착된 관계를 거부하는 데서 오는 경우가 많았다. 아이들의 일상을 다루었다는 평이한 이유 때문이 아니라 현실에 대한 이유 있는 반항을 다루었다는 점에서 황선미 동화의 인기 비결이 찾아진다.

아픔을 겪는 위의 인물들에 덧붙여, 엄마 돈을 훔치다가 유리 조각에 발뒤꿈치를 찔려서 전전긍긍하는 은결, 엄마 생일 따위는 잊고 제 친구에게 초대 못 받았다고 어깨가 처진 민서, 엄마에게 깜찍하게 제 소원을 확인시켜 주지만 끝내는 동생을 포기해야만 하는 나리까지 합하면, 황선미가 가장 좋아하는 일은 가슴아픈 부분을 보여주는 일이라는 생각이 든다. 가슴아픈 이야기를 즐겨 다루었다는 것은, 그런 경험이 많았음을 암시한다. 자신이 무엇 때문에 상처받는지를 아는 사람만이 자신의 글에서 상처에 대해 이야기할 수 있다. 상처를 자기 글에서 풀어 놓는 것이 중요했기 때문에 당위적 명제를 주제로 삼는 일은 드물었던 것이다. 아무래도 황선미는 글쓰기를 통해 자신을 드러내고 자신의 상처를 위로하고 있는 것만 같다. 그의 인물들이 현실에 삐딱하게 서 있다는 것, 즉 현실에서 약간 동떨어진 존재들을 자꾸만 다루는 것은, 자기와 동류 집단을 만들어 자신의 외로움을 잊고, 그들의 자기 확인 작업을 통해 자신의 상처를 치유하려는 마음의 소산임이 분명하다. 등장인물들은 그저 아프기만 한 것이 아니다. 긴장, 두려움, 소심함, 은밀해지기 등등의 적절하고 섬세한 마음 풍경을 담고 있다. 해서 인물의 실존성마저도 느끼게 하는데, 이런 묘파 능력도 자기 치유로서의 글쓰기라는 혐의를 짙게 한다.

어쨌건 우리는 황선미가 낳은 인물에 공감한다. 이는 우리 역시 비슷한 경험이 있음을 뜻한다. 우리가 그 경험들을 날카롭고 또렷하게 기억하거나 의식하며 긴 고통 속에 있는 건 아닐지라도, 고통을 맛보게 했던 그 경험들을 황선미를 통해 반추할 수 있는 것이다. 황선미의 글들을 찾아 읽는 것은, 내가 부정했던 내면의 자아를 일으켜 세우고 스스로를 긍정하며 힘을 얻기 때문이다. 즉 황선미의 인물들을 통해 작가도, 독자도 동일한 치유 경험을 하는 것이다.

우리가 그의 이야기에 함몰되는 것은 이상의 이유 말고도 여러 가지가 있을 것이다. 예컨대 그의 글이 보여준 군더더기 없는 전개도 큰 흡입력으로 작용한다. 하지만 이 글에서는 이야기 전개 능력보다는 황선미만이 드러낸 특유의 속성에 주목해 보려고 했다. 그러다 보니 『샘마을 몽당깨비』와 『약초 할아버지와 골짜기 친구들』에 대한 이야기를 할 수 없었다. 다른 시선으로 황선미 동화의 매력을 논할 때, 이들을 다루게 될 것이다.

황선미는 판에 박힌 교훈을 늘어놓는 일을 접음으로써 인기를 얻을 수 있었다. 채인선이 건네 준 가볍고도 감각적인 환상들이 동화 독자들을 한없이 무거운 교훈의 세계에서 벗어나게 했음을 잠깐 기억해 본다. 황선미에게는 그런 발랄함은 없다. 그러나 삶에 독자적인 태도를 간직함으로써 제 동화에 독특한 빛과 그림자를 담아냈다. 이로써 아동문학이 어린이에게 무게 중심을 싣느라 미처 주력하지 못했던 문학성을 강하게 보완해냈다고 평가할 수 있겠다. (2002년)

안데르센 동화 세계의 탐험

— 안데르센의 동화들

안데르센 글, 김광배 그림 『세계명작동화선집』(계몽사, 1980).

1. 왜 안데르센인가

1) 2005년 안데르센 탄생 200주년을 맞으며

「인어 공주」「미운 오리 새끼」「눈의 여왕」「빨간 구두」「다섯 알의 완두콩」「벌거벗은 임금님」「엄지 공주」…… 이루 헤아릴 수 없는 명작들을 통해 지구촌 아이들이 오래도록 자신을 기억하게 한 사람—안데르센은 근대 동화를 성립시킨 동화의 아버지이다.

안데르센이 이 땅에 첫발을 딛은 것은 1922년 소파 방정환에 의해서였다. 소파가 『사랑의 선물』이라는 번안동화집을 냈는데 그 안에 안데르센의 「장미 속의 요정」이 소개된 것이다. 이후 비록 안데르센이라는 이름은 몰라도 「인어 공주」「미운 오리 새끼」「성냥팔이 소녀」는 모르는 어린이가 없을 정도로, 그의 동화는 독자들의 사랑을 받아 왔다. 이러한 인기에 힘입어 '동화의 왕'이라는 평가 역시 흔들림 없이 이어져

오고 있다. 해외에서도 비슷한 상황인 것 같다. 국제아동도서협의회(IBBY)가 수여하는 '안데르센상'은 작은 노벨상이라는 평가를 받고 있을 정도이다.

'동화의 왕', 세계는 안데르센을 그렇게 칭송하지만, 안데르센 동화 세계를 오늘의 우리 입장에서 이해하려는 노력과 그에게 주어진 평가가 올바른 것인지 따져 보는 일이 필요하다. 예컨대, '그의 동화가 왜 좋은가요?', '19세기에 쓰인 그의 작품들이 오늘의 우리 독자들에게 여전히 권할 만큼 대단한 점은 무엇인가요?', '그의 동화들은 모두가 좋은가요? 혹시 유명함 때문에 안데르센이 쓴 것이라면 무조건 좋은 동화가 되어 있는 건 아닌가요?' 등등의 소박한 물음이 던져져야 한다.

이 물음에 만족할 만한 대답이 나오지 않는데 안데르센의 명성에 젖어 무비판적으로 그의 동화가 좋다고 하는 것은, 「벌거벗은 임금님」이란 제목으로 알려진 「임금님의 새 옷」에서 안데르센이 고발한 거짓을 우리는 읽고도 그대로 행하는 것과 같다. 안데르센 작품들을 비판적으로 읽자는 것은 그에 대한 평가에 이유를 더하는 것이고, 어린이에게는 바른 동화 읽기, 그리고 동화작가에게는 바른 동화 쓰기의 지침을 하나 더 마련하는 것이라고 할 수 있다.

1908년 육당의 『소년』 창간으로부터 잡은 우리 나라 아동문학도 100여 년의 역사를 헤아리고, 안데르센을 소개받은 것도 어언 70여 년을 꼽는다. 이만한 연륜의 아동문학사를 지녔기에 이 위대한 작가에 대한 국내 연구가 적지 않을 것 같지만 아직은 처녀지나 다름없다. 10년 후인 2005년은 안데르센 탄생 200주년이다. 이러한 시점에서 안데르센 동화 연구에 관심을 촉구하는 것도 의의가 있을 것이다. 이 글은 안데르센 동화에 대한 본격적 고찰을 위한 시도적인 차원에서 그의 동화 세계를 탐험한 것이다.

2) 안데르센 문학에 대한 관심의 궤적

안데르센 동화 세계 전모에 대한 탐구는 눈에 뜨이지 않지만, 안데르센 동화 그 자체에 대한 관심은 꾸준히 이어져 온 편이다. 이들 중에서 주목할 만한 것을 추리면 대략 세 가지가 모아진다. 우선은 1971년 『아동문학사상』이 다룬 '안데르센 연구'이다. 여기에는 짧거나 길지 않은 글 10편이 실려 있다. 게오르그 브란데스가 쓴 「동화시인으로서의 안델센」은, 한 인간으로서의 안데르센을 살피고 이를 기반으로 안데르센 문학 전반에 대한 특징들을 간략하나마 언급하고 있어서 안데르센 문학 전모를 살피는 데 참고가 된다. 김현과 김병익은 각각 「미운 오리 새끼」와 「임금님의 새 옷」을 통해 안데르센 작품 세계를 더듬고 있다. 특히 김현의 「낭만적 세계관의 표출」은 낭만주의라는 문학적 조류를 타고 있으면서도 안데르센이 낭만주의자들과는 달리 세계와의 화해를 모색하고 있다는 점을 주목한다. 그는 안데르센이 모든 가능성을 인정하는 열린 상상력을 가지고 있었음을 지적한다. 열린 상상력이 어떤 것인지 그의 글을 통해서 명확하게 파악할 수 없다는 아쉬움은 남지만, 세계와의 화해를 모색하는 것이 동화의 특징 중의 하나이고 보면, 안데르센의 동화가 이후 근대 동화의 성립을 이룩하는 기반이 되는 까닭을 충분히 짐작할 수 있게 한 글이다.

1984년의 윤화자의 석사논문[1]은 안데르센 동화의 번역 과정을 다룬 글이다. 해외 동화 번역에 있어서의 문제점을 지적할 때, 안데르센의 동화를 가장 대표적인 예로 삼을 만큼 번역을 둘러싼 문제는 끊임없는 논란거리였다. 윤희자의 논문은 이러한 상황을 밝히고, 중역과 재역이라는 번역 과정상의 문제를 다루고 있다. 아직 덴마크어 원전을 텍스

1) 윤화자, 「안데르센 동화의 한국어 번역에 관한 연구」, 국민대 석사논문, 1985.

덴마크의 코펜하겐 시청 앞 광장에 위치한 안데르센 동상.

트로 한 직접 번역이 이루어지지 않았다는 가장 기본적인 문제가 남아 있지만, 시중에 나와 있는 안데르센 동화책들 중에서 눈에 뜨이는 대로 살 것이 아니라 그 중에서 어떤 것을 골라야 한다는 문제적 자세를 갖추게 했다는 점에서 의의가 있다.[2)]

안데르센에 대한 언급이 단편적이나 진행된 것을 읽어 보면, 그의 생애에 관한 대부분의 기술들은 안데르센의 자서전에 기초해서 서술되어 있다는 인상을 받는다. 자서전을 통한 안데르센 이해에서 벗어난 것이 김희경의 「안데르센의 동화」[3)]이다. 이 글은 심리적이고 정신 분석적 차원에서 안데르센의 성장 과정과 인간 관계를 살피고 있다. 때문에 가계와 여성 관계 등에서 안데르센이 숨기거나 미화시켰을 부분들을 드러내고 있다는 의미가 있다. 뿐만 아니라 부분적이나마 성장 과정을 작품과 연결하고 있어서 작품 이해에 새로운 시각을 제공한다. 그가 「미운 오리 새끼」와 「인어 공주」를 놓고 시도한 정신 분석학적 분석이 텍스트 전반을 조망하는 데 적용되지 않아 안타깝다. 하지만 앞서 진술한 안데르센의 생애와 비교적 차분하게 연결되기 때문에 안데르센 동화 전체에 대한 이해에 참조할 만한 글이다.

여기서 잠깐 의견이 분분한 안데르센이 남긴 동화 편수에 대한 언급들을 살피고자 한다. 안데르센이 남긴 동화는 각각 130여 편,[4)] 150여

2) 이 글을 쓰고(1994) 난 다음에야 완역된 안데르센 동화를 볼 수 있었다. 한뜻출판사의 이 작업은 안데르센 동화 번역에 새로운 이정표를 세웠다고 할 수 있다. 완역이기에 그간 한글로는 읽을 수 없었던 작품을 읽게 했다는 것에 의의를 부가할 수 있다. 그러나 이 번역도 덴마크 원전 번역이 아니어서, 원전을 읽고자 하는 독자의 욕구는 여전히 충족되지 못하고 있는 실정이다.
3) 김희경, 『명작동화의 매력』, 교문사, 1994, 452~544쪽.
4) 석용원, 『아동문학원론』(증보판), 학연사, 1988, 161쪽.

편,[5] 156편,[6] 163편 등으로 기록되어 있어, 심하게는 30여 편 이상의 차이를 보인다. 안데르센이 남긴 동화의 편수는 156편으로 보는 것이 타당할 것이다. 안데르센 스스로 골라 묶은 전집에 수록된 156편을 존중하기 때문이다. 163편은 일본인 平林廣人이 덴마크 현지에서 조사를 통해 안데르센이 빠뜨린 7편을 추가했기에 나온 숫자이다.[7] 현재 국내에는 여러 출판사에서 안데르센의 동화를 출판해냈지만, 156편 전부가 번역되어 있지는 않다. 그리고 이미 지적된 대로 중역과 재역이 빈번해, 한 가지 작품인데도 출판사별로 길이가 제각각인 경우도 많다. 비교 끝에 이 글에서는 1980년 계몽출판사에서 펴낸 컬러판 『세계명작동화선집』 1에서 8권까지 수록된 71편을 텍스트로 삼았다. 계몽출판사의 것을 텍스트로 삼은 것은, 번역된 글에서 가장 충실성이 느껴졌고, 믿을 만한 출판사의 것이라는 점, 그리고 번역 과정을 고찰한 윤화자 씨 역시 이 선집을 텍스트로 삼았다는 점을 참고로 했기 때문이다.

2. 안데르센 동화의 특징

1) 내용적 특징

안데르센 동화의 내용은 크게 보아 다음 세 사항 중의 하나로 분류된다. 첫째는 규범적인 작품군이다. 이들은 권선징악과 같은 단순하고 명료한 주제를 담거나 종교적 가르침을 성실하게 따라간 작품들이다.

---

5) 이재철, 『세계아동문학사전』, 계몽사, 1989, 222쪽.
6) 김희경, 앞의 책, 465쪽/한뜻출판사의 안데르센 동화전집도 156편을 묶고 있다.
7) 平林廣人, 『アシデ ルセンの 硏究』, 東海大學出版會, 1969, 29쪽. 김요섭이 「안델센 시대」(『아동문학사상』 3호, 1971년)에서 밝힌 163편은 아마 이 책을 참고한 듯하다.

안데르센 편 『세계명작동화선집』 1~8(계몽사, 1980).

두 번째로는 자기 삶을 투영시킨 작품들이다. 안데르센은 최하 빈민층 출신으로 태어나 대시인이라는 화려한 성공을 거두었지만 한편으로는 일생을 두고 반복했던 실연의 상처에 독신으로 생을 마감한 불우한 사내이기도 했다. 그는 이러한 삶의 경험을 여러 편의 작품에 드러냈다. 세 번째로는 삶에 대한 깊은 통찰이 담겨져 있는 작품들이다. 깊은 울림을 내장하고 있는 이 작품들과, 일정한 메시지를 담되 수준 높게 비웃어 주는 풍자 작품 수 편이 여기에 포함된다. 규범성, 자기 삶의 투영, 삶에 대한 깊은 통찰—이 세 가지를 안데르센의 작품이 보여준 내용적 특징으로 꼽아 볼 수 있다.

(1) 규범성

제비를 도와준 착한 마음씨 덕에 왕자를 만나 행복해진 「엄지 공주」를 비롯해서, 「혹부리 영감」을 연상케 하는 「작은 클라우스와 큰 클라우스」, 약삭빠르고 계산적인 형들을 제치고 착하고 어리숙한 한스가 공주를 차지한 「얼간이 한스」, 남을 도우면 언젠가 나도 도움을 받는다는 「꼬마 투크」, 그리고 「나쁜 임금님」과 「길동무」 등은 권선징악을 주제로 삼은 전형적인 작품들이다. 「날아가는 가방」과 「거짓말 같은 일」은 정성이나 노력을 들이면 정당한 대가가 주어진다는 것을 보여준다. 같은 주제를 반대 방향에서 표현하는 작품들도 있다. 신분이 높고 돈이 많아도 인간됨이 바르지 않으면 돼지우리에 거꾸로 처박힌다는 「모두 그 올바른 자리에」와, 권세는 있으나 교만하고 허영에 휩싸인 공주를 통해 인간의 진실을 무시하고 물욕에 영혼을 판 사람의 최후를 보여준 「돼지 치는 왕자」가 여기에 해당된다. 안데르센이 전래되던 이야기를 창의적으로 재화를 한 작품은 거의 여기에 속한다고 볼 수 있을 것이다.

건방짐으로 가득 찬 「메밀」을 번개에 태워 버리는 것은 겸손하게 살라는 충고이다. 「나이팅게일」에서도 과욕이 화의 근원임을 보여준다. 이런 메시지와 닮은 듯하지만 자신의 운명과 처지에 자족하라는 쪽에 무게 중심을 실은 작품들도 여럿이다. 정도에 맞추는 것이 제일 낫다는 「높이뛰기 선수」, 자기 처지에 불만을 가지면 나쁜 결과가 돌아온다는 「전나무」, 부단히 신분 상승을 꿈꾸지만 그 꿈이 좌절되자 바로 현실에서 만족을 구하는 「엉겅퀴」, 기구한 운명에도 불구하고 절망하거나 슬퍼하지도 않고 운명을 바꿔 볼 어떤 노력도 없는 「아마의 꽃」은 분명 분수껏 살라는 교훈을 담고 있다. 이런 교훈은 주어진 현실 규범을 수용하라는 안데르센의 변주된 음성이다.

안데르센의 동화에는 기독교 사상이 강하게 깔려 있다. 「빨간 구두」나 「빵을 밟은 아이」는 허영으로 타락한 인간과 진정한 회개를 통한 그 영혼의 구원이라는 기독교 사상이 형상화되었다. 유대교와 기독교는 하나님 안에서 하나임을 설파하는 「유태인 소녀」도 종교 문제를 직접적으로 다룬다. 주인공이 역경을 헤쳐 나가면 그것을 인간적인 승리라기보다는 기독교적인 구원을 받는 과정으로 표현하는 경우도 많다. 안데르센에게 기독교적 윤리와 도덕은 선악의 구별과 상벌의 잣대가 되고, 영혼의 구원을 결정하는 기준인 것이다.

재화한 이야기에 녹아 있는 권선징악이나, 현실의 규범을 순순히 받아들이라는 순응적 음성, 그리고 그 어느 것보다 막강하게 삶의 규범으로 작용하고 있는 종교적 윤리관을 삶의 질서로 삼은 작품들은, 안데르센을 인간의 본질이나 삶과 현실에 대한 치열한 문제 의식을 가진 작가로는 보기 어렵게 한다. 이들 작품에서 안데르센이 추구하는 참된 행복은 기독교적인 구원 의식과 현실의 규범에 대한 순응을 통해서 이루어지는 것이다. 이는 개인의 노력을 중시하는 현대의 적극적인 사고와는 차이를 보인다.

(2) 자기 삶의 투영

동화작가로 출세하기까지 안데르센이 걸었던 길은 평탄치 않았고, 거듭되는 실연은 끝내 따뜻한 가정을 꾸려 보지 못하는 불행으로 이어졌다. 이러한 그의 삶의 내력은 많은 작품에 고스란히 투영되어 있다.

역경 속에서 거둔 눈부신 성공에 대한 긍지를 담은 작품들로는 「미운 오리 새끼」「아이들의 지껄임」「햇빛의 이야기」「행운은 바늘 속에도」「앉은뱅이」「문지기의 아들」「두꺼비」 등을 꼽을 수 있다. 백조 새끼는 역시 백조, 「미운 오리 새끼」가 드러낸 결론이다. 「미운 오리 새끼」는 흔히 안데르센의 자서전적인 동화로 이해된다. 정확히 말하면 자신의 눈부신 성공을 미화하는 다소 오만한 성공담이다. 이 작품을 읽고 나면, '시인인 나는 아무도 인정해 주지 않는 비참한 성장기와 젊은 날을 거쳤지만, 봐라 나는 시인으로서 본모습을 마침내 드러냈다' 하고 외치는 안데르센의 목소리가 들리는 듯하다. 「아이들의 지껄임」은 가난한 아이는 부잣집 아이들의 야유 속에서도 어른이 되어 성공을 거두었지만, 교만한 부잣집 여자아이들은 전혀 그렇게 되지 못했다는 내용이다. 여기서 전하는 교훈은 간단한데, 그 교훈보다 안데르센의 자기애, 여성에 대한 불신, 자기 성공에 대한 당연함 등이 더 또렷하게 읽힌다. 안데르센은「햇빛의 이야기」에서도 자기야말로 시인으로 태어난 본래부터의 시인임을 확인한다.「행운은 바늘 속에도」를 읽으면 밝고 긍정적이어서 삶에 희망을 걸게 한다. 그런데 여기서 안데르센이 제시하는 희망의 근거는 자신의 재능과 하나님의 사랑이다. 때문에 독자가 자신의 재능에 대한 확신도 하나님의 사랑도 확인하지 못한다면, 자기 미래에 어떻게 희망을 가져야 할까 하는 의문에 빠지게 된다.「앉은뱅이」에서 앉은뱅이 소년은 집안의 우환거리였지만 극적으로 일어나게 되고, 커서는 집안을 빛내는 훌륭한 사람이 되었다는 이야기이다. 이야기를 풀어 가는 작가의 태도는「햇빛의 이야기」「행운은 바늘 속에도」에서 보인 그대로이다. 즉 안데르센이 판단한 자기 성공의 요인은, 천부적인 자신의 재능에 신의 축복이 더해진 결과이다.「문지기의 아들」은 자신의 출세기에 사랑의 결실을 덧붙인 이야기이다. 그야말로 자신이 원하는 삶의 모습을 글로 축조해낸 것이다. 이 작품에서는 자신의 노력이 나와 있지만 커다란 역경을 이겨내는 꿋꿋함에 대한 묘사가 빈약하기는 마찬가지이다.

비극적인 연애는 작품 속에서 세 가지 형태로 나타난다. 첫째는 실연의 아픔을 신세 한탄으로 전락시키지 않고 지고지순한 사랑의 절정으로 승화시킨 작품들이다.「인어 공주」의 사랑은 이루어지지 못하고 끝나는 비련의 사랑이다. 여기에는 실연당한 안데르센의 모습이 담겨 있다. 지고지순하고 완벽한 사랑을 꿈꾸지만 자기애적인 수준에 머물렀기 때문에 현실 연애에서는 늘 상대 여성을 놓치는 안데르센. 그는 거듭되는 실연을 맛봐야 했던 현실을 동화에서는 비극적이긴 하나 아름답게 승화시켰다. 이 작품에서는 특히 인어 공주의 캐릭터를 주의 깊게 살펴야 한다. 인어 공주는 고독을 즐긴다. 그러나 아름다운 목소리를 내주고 인간이 되는 것이나, 언니들이 만들어 준 칼을 버리고 죽음을 택하는 그녀는 사랑을 위해서는 죽음도 불사하는 열정파이기도 하다. 이러한 인어 공주는 안데르센이 추구한 여성상으로 이해된다. 인어 공주가 소유의 사랑을 초월함으로써 지순한 사랑의 모범으로 마감된 것은, 비련으로 끝난 현실 사랑을 승화시키려는 안데르센의 의지의 반영이다. 실연의 상처를 작품을 통해서 달랜다고는 하나, 궁극적으로는 사랑의 결실만이 진정한 안정을 줄 수 있다. 이를 나타낸 것이 「이브와 크리스티네」이다. 자신의 애달픈 사랑을 별다른 변용 없이 드러내고 있다. 비극적인 러브 스토리인 「놋쇠병정」도 애달픈 사랑의 산물이다. 죽어서야 이루어지는 놋쇠병정의 사랑은 애정의 성공에 대한 안데르센의 끈질긴 갈망이 나타나 있다. 「버드나무 밑에서」는 「인어 공주」 그리고 「이브와 크리스티네」와 함께 대표적인 슬픈 연애 이야기로 꼽힌다. 자기의 실연담이지만 과자로 만든 커플의 사랑과 고향의 버드나무인 할아버지의 정령, 그리고 주인공 쿠누우트의 깊고 말 없는 사랑이 맞는 비극적인 최후는 퍽 매력적이다.

둘째는 자신의 사랑을 받아 주지 않은 여성을 문학적으로 복수하거나 비꼬는 작품들이다. 「좋아하는 이」에서는 자신을 버린 여성들에 대한 포한을 드러낸다. 자존심이 세고 허영심 가득한 공 아가씨는 하수도에 처박힌 신세가 되었고, 이 아가씨를 사랑하던 팽이는 황금 옷을 입게 된다. 같은 맥락에 있는 것이 「눈사람」이다. 난로를 좋아하는 눈사람의 사랑은 어처구니없다. 그러나 안데르센은 결말에 가서, '내가 터무니없는 사랑을 꿈꾸었다고? 천만에! 너희들도 이제는 알겠지만 나는 어엿한 시인이야. 분수에 맞지 않는 사랑을 꿈꾼 게 아니란 말이다' 하고 항변한다. 결국 냉정하고 이기적인 여자들에 대한 비난을 전하고 싶었던 것이다.

셋째는 자신의 출세를 바탕으로 문학에서나마 사랑의 결실을 이뤄 보려는 작품이다. 출세와 사랑의 성공, 이것은 바로 그가 원했던 삶의 내용이었다. 「문지기의 아들」은 여기에 해당되는 작품이다. 삶과 사랑의 결실을 이루려는 안데르센의 의지가 반영되어, 작품의 결말은 해피엔딩으로 처리된다.

(3) 진지한 삶의 성찰

「백조」를 보자. 여기의 공주는 미운 오리 새끼와 달리, 마녀 왕비의 마술을 풀기 위해 험난한 고통을 자처하고 또 이를 이겨낸다. 막내 공주에 대한 열한 마리의 백조 오빠들의 우애도 아름답다. 공주가 얻는 행복은 정당한 것이어서 공주를 화형시키려고 쌓아 놓은 장작더미에서 싹이 트고 장미가 피는 결말은, 미운 오리 새끼가 백조로 밝혀지는 데서 오는 감동과는 다른 깊이를 가지고 있다. 「촛불」은 한 개의 촛불로 행복은 인간 누구나 갖고 싶은 것이나 그토록 다른 모습임을 훤히 밝힌다. 부자에게 주어지는 화려한 행복과 가난한 아이에게 주어지는 소박한 행복의 대비가 생생하다. 「부적」은 왕과 왕비를 통해 행복이란 자신의 권력이나 돈이 보장해 주는 것이 아니라, 스스로 구축하는 것임을 깨닫게 한다. 고난 극복으로 얻은 값지고 합당한 행복을 그린 작품이다.

광대한 규모의 환상 세계가 펼쳐지는 가운데 사랑의 본질은 악과 대항하는 모습에 있지 않고 따뜻한 마음임을 깨닫게 해주는 「눈의 여왕」, 목사임에도 불구하고 차가운 심성을 가진 남편이 따뜻하고 어진 아내의 죽음을 통해 차가운 마음에서 벗어난다는 내용을 가진 「어떤 이야기」는 따뜻한 마음이 가진 강한 힘을 웅변한다. 특히 「어떤 이야기」는 때로 갑갑하게 느껴질 정도로 준엄한 안데르센의 기독관에 비추어 볼 때 파격이라고 할 수 있다. 기독교의 영향이 깊은 다른 작품들로는, 그가 감히 목사를 풍자함으로써 진실한 신앙의 자세를 말하리라고는 상상할 수도 없기 때문이다.

남이 알아주지 않더라도 꾸준히 자기 삶을 걸어가는 태도를 그린 「오래된 교회의 종」은 종소리처럼 여운지는 감동이 있다. 「종」에서도 값있는 인생 여정에 대한 통찰이 되풀이된다. 왕자와 가난한 소년은 목적이 같지만 각기 다른 길로 간다. 자기 믿음대로 포기하지 않고 달려온 두 사람이 목적지에서 만나 우애를 나눈다. 신분의 고하, 재물의 다소를 막론하고 자기 삶을 성실히 살아온 사람들만이 나누는 우애라서 아름답다.

「다섯 알의 완두콩」은 희망을 다룬다. 병든 어린 소녀와 한 알의 완두콩과의 교감이 빚어내는 희망이 눈물겹도록 아름답다. 오 헨리가 이 동화를 읽고 「마지막 잎새」를 썼을 것만 같다. 「식료품 가게 주인의 요정」은 수다쟁이인 주인 아주머니의 입을 떼어 물건에 붙이면 물건이 말을 한다는 발상이 재미있다. 뿐만 아니라 요정을 통해 물질과 정신 사이를 오락가락하는 우리의 모습을 잘 나타내고 있어서 눈에 뜨인다. 슬픔 하나에도 삶에 대한 통찰을 담은 「진정한 슬픔」, 쓸데없는 자만심이나 희망을 배제시키고 담담하게 소년과 노인을 이어 놓고 있는 「살별」, 근면하고 검소한 등불지기 내외와 그 부부에게 자기 능력을 내보일 수는 없지만 꿈을 통해 위로받고 내외의 사랑을 받아들이는 외등의 아름다운 마음가짐을 그린 「낡은 외등」까지, 모두 깊이가 있으면서도 여유와 따뜻함이 배어 있다. 이 작품들은 인생의 깊은 통찰에서 이루어졌음을 느끼게 된다.

풍자 작품의 경우, 잘못된 것을 어딘가에 빗대어 쓰되 비웃음을 동반해야 하기 때문에 퍽 능숙한 작가의 손길을 요구한다. 사회의 모습을 비꼰 「물방울」, 대단한 것만 꿈꾸고 타인이 정성들인 일에 대해서는 한없이 까다롭게 비판만 퍼붓는 비평가들을 풍자한 「대단한 것」, 어른들의 위선을 날카롭게 꼬집은 「임금님의 새 옷」 등이 여기에 해당된다. 특히 아이들의 깨끗한 눈으로 어른들의 위선을 풍자한 「임금님의 새 옷」은 가히 풍자문학의 한판 승부라고 기록할 만하다. 김병익도 이에 대해서 '풍자문학의 본보기'라는 높은 평가를 내리고 있다.[8]

2. 기법적 특징

안데르센 동화를 기법면에서 살피면, 동물이 사람 말을 한다든가, 꿈속의 일이라든가, 요정이 나타나는 등 비현실적이고 환상적인 처리가 잦다는 것을 알 수 있다. 주어진 소재를 현실 시공의 질서에서 떠나 새로운 질서 속에서 다루는 것을 좋아한 것이다. 이것은 안데르센 동화의 중요한 기법적 특징이 된다. 현실 시공간 질서를 벗어난 현상을 만들어내는 것을 환상화 기법이라고 했을 때, 안데르센은 이 방면에서 구사할 수 있는 거의 모든 방식을 동원하고 있다. 안데르센이 보여준 또 하나의 중요한 기법적 특징은 자유 자재로 움직이는 공간 이동이다. 자유로운 공간 이동은 큰 폭의 장소 이동과 기발한 공간 변화를 가져온다. 이러한 공간의 변화는 안데르센 동화가 갖는 환상성을 유지 발전시키는 역할을 담당한다. 안데르센이 다루고 있는 소재들은 다른 동화작가에 의해서 얼마든지 다루어질 수 있고, 또 실제 그러했다. 문제는 어떤 소재를 썼는가가 아니라 그 소재의 처리 방식이다. 소재의 다양한 환상 처리와 자유로운 공간 이동은, 그의 동화의 전체적 특징이랄 수 있는 환상성을 구축하는 중요한 기법적 특징이다.

---

8) 김병익, 「미망을 위한 미망」, 『아동문학사상』 3호, 1971, 22쪽.

(1) 환상화 기법

안데르센이 사용한 환상화 기법은 크게 의인화, 요정은 물론 마법과 저 너머의 세계 등장, 사후 세계로의 넘나듦, 그리고 꿈으로 나누어 볼 수 있다.

①의인화: 현실 질서를 벗어나게 하는 대표적인 환상화 기법이다. 안데르센도 많은 작품에서 식물, 동물, 장난감 등을 의인화했다. 식물을 의인화한 것으로는 「아마의 꽃」「전나무」「메밀」「데이지 꽃」「엉겅퀴가 겪은 이야기」「어린 이더양의 꽃」「차이가 있습니다」「다섯 알의 완두콩」 등이다. 「두꺼비」「미운 오리 새끼」「나이팅게일」「황새」「엄지 공주」「커다란 바다뱀」「높이뛰기 선수」(벼룩, 메뚜기) 등은 동물을 의인화한 작품이다. 장난감을 의인화한 것은 「좋아하는 이」(팽이와 공) 「새끼 돼지 저금통」「놋쇠병정」「아가씨와 굴뚝 청소부」(중국 인형, 양치기 아가씨, 굴뚝 청소부 등의 장난감) 등이고, 「은돈」「눈사람」「행운은 바늘 속에도」「갈고리 바늘」「낡은 외등」「거짓말 같은 일」(시계)은 사물을 의인화한 것이다. 시간을 의인화한 것은 「세월의 이야기」(계절) 「우편 마차로 온 12사람」(12달)이 있다.

②요정의 등장: 서구 동화에서 요정은 가장 대중적인 환상 요소 중의 하나이다. 안데르센도 요정을 자주 등장시켰다. 「식료품 가게 주인의 요정」「잠의 정령 올레」「딱총나무 아주머니」「장미꽃 요정」「버드나무 밑에서」 등은 여기에 해당된다. 상상의 존재인 인어나 축소된 인간도 요정의 성격을 띠고 있어서, 「인어 공주」와 「엄지 공주」도 여기에 포함시킬 수 있다.

③마법의 세계 혹은 저 너머의 세계: 현실 시공간 질서를 벗어난 이상하고 신비로운 질서를 가진 세계의 창출은 환상성을 맛보게 하는 가장 직접적인 장치이다. 「인어 공주」「백조」「눈의 여왕」「얼간이 한스」

「날아가는 가방」「작은 클라우스와 큰 클라우스」「부싯돌 상자」 등에서는 낯설고 신비로운 세계가 나타나 있다.

④사후 세계로의 넘나듦: 사후 세계란 현실 너머의 세계로 죽음을 전제로 한다는 특성을 갖는 곳이다. 「대단한 것」「어느 어머니의 이야기」「빨간 구두」「빵을 밟은 여자아이」「어떤 이야기」「무덤 속의 아기」는 죽음 이전과 이후의 세계가 교차되어 나타난다.

⑤꿈: 꿈은 동서고금을 통해 가장 애용되는 환상화 기법이다. 「잠의 정령 올레」「딱총나무 아주머니」「꼬마 투크」 등은 꿈을 통해 현실 시 공간의 법칙을 벗어난다.

(2) 자유로운 공간 이동

안데르센은 열네 살에 집을 떠난 후, 이후 안정된 거처 없이 떠돌다시피 살았다. 성공을 거둔 이후에도 잦은 해외 여행을 즐겼다. 자신의 방랑벽을 따른 것인지, 그의 동화는 주인공이 잦은 장소 이동을 하는 중에 사건이 진행되는 플롯을 취하는 경우가 많다. 장소 이동에서 안데르센이 보여준 특징은 다음 두 가지로 정리된다.

첫째, 공간 활용이 장대하다는 것이다. 안데르센의 동화에서 공간은 이승에서 저승으로, 현실에서 마법의 세계로, 인간의 삶터에서 요정의 삶터로, 이 나라에서 저 나라로, 따뜻한 현실의 나라에서 멀고 먼 상상의 북극으로 내달린다. 우리가 상상할 수 있는 온갖 공간적 변화를 동화 속에 담아냈다고 할 정도이다. 「눈의 여왕」「날아가는 가방」「엄지공주」「인어 공주」「어느 어머니의 이야기」「대단한 것」「오래된 교회의 종」「천사」「부싯돌 상자」「백조」「어떤 이야기」「빵을 밟은 여자아이」「빨간 구두」「벼룩과 교수」「무덤 속의 아기」 등은 장대한 공간 활용을 보인 작품들이다.

둘째, 여행을 하는 주체가 의인화된 비인간들인 경우가 많다는 것이다.「은돈」「전나무」「놋쇠병정」「갈고리 바늘」「좋아하는 이」등이 여기에 해당된다. 모두 사람이 아닌데도 마치 사람처럼 여행을 한다. 이 부류의 작품을 '물건들의 기행문'이라는 이름을 붙여도 될 것이다.

3. 안데르센 동화의 한계와 평가

안데르센 동화에 대한 접근 방식은 무한히 열려 있고, 그 결과에 따른 평가는 아주 다양할 것이다. 김희경은 안데르센 동화가 시대와 민족, 신분, 사상의 차이에 관계 없이 누구에게나 읽히는 이유를 따져 보았다. 그리하여 단순히 소년소녀만을 즐겁게 해주는 읽을거리가 아니고 인생의 상징으로까지 도달했기 때문이라고 보았다. 즉, 줄거리는 단순하지만 그 단순한 이야기가 인생의 깊은 기쁨이나 슬픔을 맛보게 해주었다는 것이다.[9] 석용원은 안데르센의 동화적 특징을 다섯 가지로 꼽고 있다.[10] 첫째로는 재래의 구비를 재료로 취급하면서도 자신의 예술로 승화시킨 독창성을 꼽는다. 둘째는 장려웅대하고 자유분방한 공상을 꼽는다. 뿐만 아니라 안데르센의 공상은 당당한 품격을 지니고 있다고 한다. 셋째로는 유미하고 투철한 정서를 꼽는다. 넷째로는 탁월한 문장과 명쾌한 유머, 그리고 다섯째로는 종교적 사상을 꼽는다.

동화가 뚜렷한 문학 장르로 성립되어 있지 않았던 때에 창작된 안데르센의 동화를 오늘의 동화 문법으로 마구 재단할 수는 없다. 이 글에서는 특정한 문학연구 방식을 적용하기보다는, 문학은 삶의 문제를 다루고 있으며 동화도 예외일 수 없다는 생각으로 안데르센 동화를 평가해 보고자 한다. 즉, 그의 동화가 삶의 진실을 다룰 때 그것이 진실로

9) 김희경, 앞의 글, 452~453쪽.
10) 석용원, 『아동문학원론』, 학연사, 1986, 160~161쪽.

공감할 만한 것인가라는 진실성의 문제와, 함께 생각할 만한 것인가라는 보편성 측면을 검토하려는 것이다. 이때 '시 정신에 입각한 인간 보편의 진실을 상징적으로 표현'이라는 이재철의 동화 정의[11]는 퍽 유효한 평가 기준이 된다. 구체적으로는 두 대목으로 나누어 진행하려는데, 우선은 안데르센의 작품이 인간 보편의 진실을 잘 담고 있는가라는 점이다. 두 번째는 동화라는 상징적인 표현 양식에 안데르센의 작품이 얼마나 잘 부합하는가를 볼 것이다.

1) 인간 보편의 진실 다루기

안데르센의 대표작의 하나인 「미운 오리 새끼」를 읽어 보자. 미운 오리 새끼는 백조의 새끼로서 결국 백조가 되었다는 사필귀정을 담은 작품이다. 오리 새끼가 이 사실을 모르는 동안 당한 고통과 이를 참아내는 인내가 아름답게 펼쳐진 까닭에, 백조임이 밝혀지는 마지막 대목은 퍽 감동적으로 다가온다. 이 작품의 초점은 부당한 고통에 시달리는 새끼 오리의 모습이다. 백조였음이 밝혀지는 마지막 장면은 부당한 고통을 겪은 자에게 주어지는 보상으로 당위성이 있어 보인다.

그러나 안데르센의 서술에 따르면 백조로서 겪은 고통이 아니다. 못생긴 오리였기 때문에 받은 고통이다. 이 오리가 참고 견디다 보니 백조라는 고귀한 신분이었음이 드러난 것이다. 여기서 고통의 원인은 있지만, 그것이 진정 고통을 겪을 만한 것인지, 어떻게 해결할 것인지에 대한 오리의 의지는 나타나지 않는다. 고난 극복을 위한 지혜와 용기의 발휘 대신 인내만 있을 뿐이다. 바로 이 점, 미운 오리의 백조로의 화려한 신분 상승이 개인적 결단과 노력의 결과가 아니라는 대목에 주

11) 이재철, 『아동문학의 이론』, 형설출판사, 1984, 173쪽.

의할 필요가 있다.[12)]

독자들은 이 작품을 읽고 불쌍한 오리 새끼가 잘돼서 다행이다라는 안도감과, 혹시 나도 백조 새끼가 아닐까 하는 희망을 갖는다. 하지만 이 희망은 헛된 희망이다. 백조로의 변신은 노력의 대가가 아니라 수동적인 인내의 결과이기 때문이다. 땀 흘리는 노력이 없어도 절망하지 않고 인내의 세월을 보내다 보면, 진흙에 묻혀 있다가 햇빛을 보는 진주처럼 언젠가 고귀함이 드러난다는 것은 진정한 희망을 이야기하는 것이 아니다. 진정한 희망이란 노력에 따른 대가로 성공이 주어졌을 때 성립된다. 노력해도 대가가 주어지지 않으면 그건 절망이다. 이 작품에 따르면, 진짜 오리는 백조 새끼가 하는 인내 이상의 노력을 바쳐도 우아한 백조가 될 수 없다. 이때의 희망은 희망을 가장한 절망이다. 오리 새끼는 아무리 노력해도 백조가 될 수 없음을 의미하는 이 명작 동화는 진정한 희망을 심어 주지 못하는 작품으로 안데르센의 명성을 재고하게 한다.

백조 새끼가 오리로 구박받으며 자란 이야기 「미운 오리 새끼」는 인간 보편의 진실을 다루었다고 하기는 어렵다. 이 동화가 안데르센의 자서전적인 작품이라는 사실을 상기할 필요가 있다. 그가 이 작품을 쓴 것은, 어떤 좌절에도 굴하지 않고 자신의 문학적 재능을 끝까지 신뢰한 끝에 얻어진 동화작가로서의 성공에 퍽 자신했기 때문일 것이다.[13)]

「아마의 꽃」「전나무」「엉겅퀴가 겪은 이야기」 들도 현실 안주를 독려한다. 독자들이 자기 운명에 대한 적극적인 개척 의지를 가꾸는 데

12) 김희경도 「미운 오리 새끼」에 나타난 안데르센의 출세담은 노력보다도 생태적인 우수한 소질이 강조된 것으로 본다(앞의 책, 84쪽).

13) 덴마크 문학비평가로 생전의 안데르센과 교류가 있었던 게오르그 브란데스는 「동화시인으로서의 안델센」에서 안데르센이 명예욕이 몹시 강한 사람이었음을 누누이 지적하고, 그 명예욕이 그의 작가로서의 성공 기반임을 밝혔다(『아동문학사상』 3호, 1971, 59~88쪽).

도움이 되지 못한다. 자기 운명에 대한 수동적 수용은 체념과 굴종 혹은 터무니 없는 자만심으로 이어질 수가 있다. 이것은 진정한 자존심을 가진 인간으로의 성장에 이바지하지 못한다. 「아이들의 지껄임」 「눈사람」 「햇빛의 이야기」, 그리고 「문지기의 아들」 등을 쓴 안데르센의 의도는 무엇인가? 그의 자긍심에 찬 발언에 비추어 볼 때, 자신은 시인으로 태어난 존재이며 온갖 역경이 자기를 짓눌러도 시인으로 살아왔고 마침내 성공했음을 밝히려는 것으로 파악된다. 자신의 비극적인 사랑에 대한 애절한 미화도 곁들여 있다. 그가 작품 속에서 맺은 행복한 결말을 볼 때, 자신이 이루지 못한 여성들과의 관계에서 맛본 쓰라림에 대한 한풀이를 하고 있다는 생각이 든다.

이런 류의 안데르센 작품들을 어떻게 평가해야 하는가? 물론 독자들은 이 작품들을 읽으며 연민을 일으키고 감동을 느낄 수 있다. 삶의 진실, 그 핵심에 이른 것은 아닐지라도 삶에 차분한 눈길을 들이밀 수도 있다. 이 작품들이 주는 안도감은 문학적 카타르시스를 맛보게도 한다. 그러나 삶을 여유 있게 관조하고 따뜻한 음성으로 삶의 진실을 이야기한 그의 다른 작품들은, 이상의 작품들에게 후한 점수를 허락하지 않는다. 동화의 왕이 썼다고 해서, 보편적 진실을 전하는 것과는 거리가 먼 작품들까지 이상적인 작품들이라고 주저 없이 말하기는 어렵다. 일부 작품에서 드러난 안데르센의 한계는, 그의 명성에 묻혀서 스쳐 지나가야 할 것이 아니라 명료하게 지적되어야 할 사항이다. 그의 명성에 가려서 모든 작품을 공감할 만한 삶의 보편적 진실을 추구한 것으로 평가하는 일은 없어야 한다.

2) 환상적인 상상력과 심리 묘사

안데르센의 일부 작품들이 보편적 진실에서 먼 까닭은 삶에 대한 그의 통찰이 부족했기 때문이라고 할 수 있다. 그러나 생각해 보면, 우리가 동화를 읽는 가장 직접적이고 일차적인 이유가 작품에 들어 있는 진실 탐구에 있다고 단언할 수 없다. 안데르센의 인생 통찰이 어떤 것이었는가에 따라 그의 동화의 성공 여부가 결정되는 것은 아니다. 그는 철학가도 사상가도 아닐뿐더러, 우리가 그의 동화를 읽는 주된 이유가 그의 동화가 대단한 인류애나 투철한 민족관을 설파하고 있어서도 아니다. 작품에 담긴 세계관을 검출하고 이에 대한 평가로 작품의 의미를 전체적으로 파악할 수 없다. 때문에 「미운 오리 새끼」가 우리가 생각하는 보편적 삶의 진실과 멀든 가깝든 그 작품을 읽지 말자고 할 수는 없다. 작품을 읽는 주요한 이유의 하나가, 작품 속에 어떤 이데올로기가 담기든 그것이 작품의 내적 질서에 따라 구체적인 사실로 나타나는 미학적 질서가 주는 즐거움이라는 사실을 기억할 필요가 있다.

이런 의미에서 안데르센은 상징적 표현 양식을 지향하는 동화로서 성공했음에 주목해야 한다. 안데르센의 문학적 생명력은 그 작품의 내용성보다는 이를 드러내는 상상력에서 찾아야 한다. 특히 안데르센이 보여준 상상력은 환상적 성향이 강하다. 환상성은 현실성과 대립되지만 그래서 오히려 현실에 대한 상징력을 갖는다. 안데르센이 보여준 환상적인 상상력이 어떻게 작품을 이끌고 가는지 살필 이유가 여기에 있다. 이미 앞에서 안데르센 동화의 특징 중 두 번째 기법적 특징에서 이에 대한 중요한 사항은 언급을 해두었다. 현실 시공간 질서를 벗어나는 다양한 방식과 자유로운 공간 이동은 안데르센이 가지고 있는 환상적 상상력의 분출 결과이다.

환상에 빠지게 하는 안데르센의 상상력은 이야기꾼으로서의 그의 면모를 확인케 한다. 별로 극적일 것도 없는 플롯인데도 계속해서 읽게 하는 것은 이 상상력 덕분이다. 상상력이 평면적 플롯을 입체화시킨다. 악마의 거울이 산산조각이 났는데, 그 조각이 남자아이의 눈에 박혀서 끝내 눈의 여왕의 궁전에 갇히게 된다는 것, 수다쟁이인 주인 아주머니의 입을 떼어서 물건에 붙이니까 그것이 말을 한다는 것, 꽃이 시드는 것은 꽃들이 밤에 지치도록 춤을 추었기 때문이라는 것, 주전자 속에서 뻗어 나오는 딱총나무 아주머니……. 끝없이 풀리는 실꾸러미처럼 그의 환상적 상상력은 한없이 풀려 나간다. 마법책이 그의 뇌리 어딘가에 박혀 있기라도 한듯, 그가 풀어내는 상상은 신기하고 화려하고 유쾌하다.

안데르센의 역동적이고 유쾌한 상상력은 동화적 발상의 원동력이다. 김현은 이러한 안데르센의 상상력에 대해, 앙드레 브르똥의 분석을 인용하여 '모든 것이 가능한 유년기의 상상력'에 호소하고 있다고 적고 있다. 그리고 예술적으로는 닫혀진 안데르센의 동화 세계가 감동을 빚어내는 원인으로 이 상상력을 지목했다. 그는 안데르센이 자기 작품의 독자로 어린이들을 선택했기 때문에 이런 상상력을 내보일 수 있었고, 동시대의 낭만주의자들과 달리 동화에서 화해적 결말을 보여주었다고 적고 있다.[14] 물론 안데르센은 코펜하겐의 어린이들에게 자기 동화들을 들려주었다. 그러나 안데르센이 보다 더 분주하게 찾아간 곳은 여성들의 살롱이었다.[15] 당시 안데르센의 동화작가로서의 의식은 어린이를 자기 작품의 독자로 여기는 오늘날의 동화작가들과 동일하다고 보기는 어렵다.

그렇다면 그가 이러한 상상력을 발동시킨 원인은 무엇이었을까? 그는 체질적으로 상상적인 인간이었던 듯싶다. 부계의 내력을 보면 할아버지는 정신분열증이 있었고, 할머니는 병적인 거짓말쟁이라는 평가가 있고, 그의 아버지는 정신병으로 세상을 마감했다는 보고가 있다.[16] 안

14) 김현, 앞의 글, 33~34쪽.
15) 김요섭도 '그가 상류사회에 드나들면서 상류사회 부인들을 상대로 낭독해 준 것이 오늘의 그의 동화들이다'라고 적고 있다(「안델센 시대」, 『아동문학사상』 3호, 1971, 12쪽).
16) 김희경, 앞의 글, 455쪽.

데르센의 경우, 왕성한 비현실적인 정신 작용을 창작 활동을 통해 예술적 상상력으로 승화시켰다고 할 수 있다. 안데르센의 행적에 대한 여러 기록을 종합해 보면, 안데르센은 상상력에 휘둘린 어릿광대 같은 행동거지를 자주 보였던 것 같다. 특히 젊은 시절의 안데르센은 사람들에게 멸시와 조롱을 받곤 했는데, 그의 추한 외모나 촌스러운 매너 그리고 지적 천박함도 문제였지만, 자기가 쓴 것을 아무런 거리낌 없이 아무에게나 무턱대고 읽어 주는 자기 중심적인 태도 때문이었다. 자신의 머릿속에 떠오르는 생각에 더 지배를 받았던 그는 늘 위대한 시인이 되어 모든 이들의 인정을 받으리라는 꿈에 매몰되어 있었다. 이것이 자신에 대한 객관적인 평가 원인을 곰곰이 살펴보는 합리적이고 이성적이며 현실적인 사고를 눌렀던 것으로 보인다. 일상에서 그가 보여준 과대망상증 환자 같은 면모는 모두 상상력이 승한 탓이었지만, 역으로 보면 이 상상력이야말로 비루한 현실로부터 자신을 지켜 주는 유일한 갑옷이었을 것이다. 그래서 더 창작 의지를 불태울 수밖에 없었다. 어쨌든 젊고 별볼일 없는 동화작가 안데르센에게 상상력은 자신의 천부적 기질이면서 동시에 어두운 현실을 뚫고 나가는 무기였다고 정리할 수 있다. 성냥팔이 소녀가 성냥불로 따뜻한 난로와 맛있는 음식 그리고 그리운 할머니를 만났듯이, 그의 환상적인 상상 능력은 자신의 불행한 일상을 질료로 해서 아름다운 동화를 꽃피울 만큼 세차게 타올라 마침내 비참한 삶에서 그를 건져 주었던 것이다.

한편 그의 상상력이 황당무계한 것으로 그치지 않고 상당한 핍진성을 획득하는 까닭을 따져 보아야 한다. 가장 커다란 이유는 어린이가 읽고서도 충분히 이해케 하는 유려한 심리 묘사가 덧붙여졌다는 점이다. 「인어 공주」의 인기는 비련이라는 스토리나 인어라는 환상적 존재의 출현에서 찾기보다는, 독자를 사로잡아 버리는 인어 공주에 대한 뛰어난 심리 묘사에서 찾는 것이 더 타당할 것이다. 언니들이 쥐어 주는 칼로 왕자를 찌르기를 주저하는 인어 공주의 갈등은 바로 독자의 갈등이 되고 있지 않은가? 그가 인물 묘사와 심리 묘사에 얼마나 탁월한 재간이 있었는지는 다른 많은 작품에서도 쉽게 찾아진다. 「빵을 밟은 여자아이」와 같은 간단한 소품에서도 안데르센의 심리 묘사 재능은 잘 나타난다. 주인공 여자아이는 새 구두가 더럽혀질까 봐 빵을 땅에 던진 후 그 빵을 밟는다. 보통 아이라면 상상도 하기 힘든 행동이다. 허영심에 가득한 여자아이의 심리를 간결하나 적실하게 드러낸 장면이다. 안데르센의 인물과 행동 묘사가 그 여자아이를 정말 못된 아이로 생생하게 느끼게 한다.

그의 환상적 상상력과 이를 단단하게 받쳐 주는 심리 묘사가 그의 작품의 맛을 낸다고 할 수 있다. 이 맛은 그의 자기 과시적 태도에 배인 역겨움을 제거하고, 그의 작품이 단순한 한풀이성 문학이라는 매도를 차단시킨다. 뿐만 아니라 나름대로의 감동을 주는 데 이바지한다. 안데르센의 품격 있는 상상력과 심리 묘사는 고급한 정서를 자극하는 높은 문학적 향기를 지닌 것으로 마땅한 평가가 주어져야 한다.

4. 안데르센 동화의 의의와 앞으로의 과제

현실 어린이들은 컴퓨터 게임에 빠져 동화책을 외면하고 있다. 생각해 보면 컴퓨터 시대의 동화란 너무나 진부한 것일지도 모른다. 하지만 삶의 보편적 진실을 상징적으로 표현한 동화란, 계산 능력과 정보 처리 능력에 국한된 컴퓨터에는 없는 기능을 발휘하기 때문에 동화의 가치는 더욱 깊다고 할 수 있다. 「눈의 여왕」과 「백조」로 대표되는 그의 많은 작품들이 광활한 환상 세계를 넘나드는 재미 속에서 삶에 대한 깊은 통찰을 전해 준다. 안데르센 동화는 여기에서 그 의의를 찾을 수 있다. 현실과 환상 세계를 교차시키며 전하는 진실과 감동의 맛은 우화나 아동소설이 전해 주는 것과는 확실히 다르다. 안데르센의 작품 전체에 흐르는 상상력과 더불어 유려한 심리 묘사는 손끝으로 움직이는 기계 조작에서 느끼지 못하는 정신 능력의 묘미를 일깨워 준다. 인간은 기계와 달리 논리와 감성을 모두 갖추고 있다. 현실은 기계문명이 정신문화를 앞지르고 있다. 안데르센의 동화는 우리의 정서를 자극해서 이런 불균형을 바로잡게 한다.

오늘의 작가는 안데르센에게서 많은 것을 배울 수 있다. 그가 오늘날 우리들과 함께 동화를 썼다면, 특유의 상상력을 발휘해서 어느덧 우리 시대 최고의 동화작가가 되었을지도 모른다. 우리들의 작품이 학교 담장을 사이에 두고 맴돌고 있을 때, 그는 멀고 먼 눈의 여왕의 나라와 인어 공주가 사는 깊은 바닷속으로 주저 않고 뛰어들 것이다. 비디오와 컴퓨터 오락에 열중한 어린이들의 눈길을 잡아끌기 힘들다는 푸념을 늘어놓을 틈도 없이, 신기하고 아름다운 세계를 만들어내느라 정신이 없을 안데르센이다. 세계가 하나로 묶이는 21세기를 코앞에 둔 시대를 살면서도, 자신의 글쓰기는 동네로 발을 묶어 버린 우리의 공간개념과 이 글이 저 글이고 저 글이 이 글이라는 개탄을 면치 못하게 하는 우리의 상상 능력은 분발해야만 한다.

동화는 인간의 원시적인 감성을 그리고 있어서 전승 문학과도 통하고, 아직 미발달된 심성의 소유자들인 어린이들하고도 통하고, 또 마음의 고향으로 돌아가고자 하는 어른들도 포용한다고 했다. 안데르센의 동화는 그런가? 이를테면 삶에 지친 어른이 동심으로 회귀하고자 할 때 안데르센의 동화는 그 길잡이가 되고 있는가? 안데르센의 몇몇 작품에서는 조심스레 따져 봐야 할 문제이다. 「미운 오리 새끼」에서 보았듯이, 안데르센의 동화 전체가 그에게 주어진 명성에 부응할 만큼 단단한 삶의 진실을 드러낸 것은 아니다. 그가 파악하는 성공이란 재능 있는 자에게 주어진 것으로 개인의 결단과 노력의 의미를 약화시킨다. 실제로 재능 없는 자는 주어진 현실에 순응하는 지혜라도 발휘하라는 그의 목소리가 여러 작품에서 나타났음도 지적했다. 이 작품들은 동심 가꾸기에 그다지 도움이 되지 못한다. 이런 점들을 간과한 채, 안데르센 동화를 시공을 초월해서 읽힐 만한 명작으로 규정하고 어린이들에게 권하는 것은 재고해야 할 일이다. 동화 역시도 문학인 한, 인간의 본질이나 삶의 비의, 혹은 시대의 한계를 드러내거나 자유로운 비상에의 의지나 아니면 성숙에 이르려는 부단한 노력에 끊임없는 관심을 기울여야 할 것이다. 이런 면에서 투철하고 집요한 작가 의식을 가지고 진지한 글쓰기를 하는 사람들에게, 아무리 안데르센이 보여준 생동감 넘치는 상상력이 우리에게 안기는 문학적 즐거움은 크다고 할지라도, 안데르센 뛰어넘기란 그리 불가능한 것만은 아닐 것이다.

이 글은 안데르센 동화 세계에 대한 시험적 탐험으로, 그에 대한 본격적이고 지속적인 관심과 연구를 촉구하려는 의도를 가지고 있다. 때문에 안데르센 동화의 가치를 인정하면서도 몇몇 작품을 통해 그의 한계를 부각시켜 보았다. 하지만 안데르센의 작품 세계에 대한 정확한 이해와 정당하고 가치 있는 평가를 위해서는 뒷받침되어야 할 사항이 여러 가지이다. 이를 앞으로의 과제로 삼고자 한다.

그의 동화 세계에 대한 연구가 심도 있고 포괄적으로 이루어지려면 우선 그의 작품 전체가 번역되어야 한다. 뿐만 아니라 개별 작품들의 발표 연대도 확인되어야 한다. 그래야 안데르센의 생애와 그의 작품을 연관짓는 정신 분석학적 연구가 차분히 진행될 수 있을 것이다. 거의 동시대를 살았던 독일의 그림 형제, 더 나아가 약 200년을 앞서 살았던 페로의 저술 활동이 그에게 어떤 영향을 미쳤는가에도 관심을 기울여야 한다. 어른들 사이에서 전승되던 이야기를 아이들 손에 들려주었던 그들이 없었다면, 전승되는 이야기를 바탕으로 창의적인 이야기를 꾸며내던 안데르센의 일부 작업은 이루어지지 않았을 수도 있기 때문이다. 동화가 하나의 장르로서 확고한 틀을 다져 나가는 데 안데르센이 결정적인 역할을 했다고 한다. 안데르센이 전승 동화의 재화에 그치지 않고 창조적인 작품을 쓸 수 있었던 이유들을 덴마크 문학 흐름과 덴마크에게 영향을 미쳤을 유럽의 문학사를 통해서 찾아볼 수 있을 것이다. 안데르센의 뛰어난 환상성은 당시 유럽을 풍미하던 낭만주의 사조와 연관성이 깊기 때문이다. 더 나아가 문학적 흐름에 대한 이해는 물론 정치 · 사회 · 경제 문화 전반에 대한 검토도 요구된다.

마지막 과제로 삼고자 하는 것은 덴마크어 원전의 번역이다. 국내 형편으로는 아직 어려운 과제이지만, 너나없이 읽고 자란 안데르센의 작품들이 중역과 재역의 결과물이라는 것을 생각할 때, 미뤄 둘 수 없는 시급한 과제임은 분명하다. 안데르센 동화에 대한 연구는 원전에 기초한 정확한 번역물 없이는 사상누각의 형세를 면치 못하기 때문이다. (1995년)

제2부 동시 읽기

이원수의 동시 문학과 동시에 대한 자의식 탐색
— 이원수의 동시들

노동한다, 고로 존재한다
— 자연, 고향, 우리 것에 대한 신현득의 시들

문학의 바다에서 동시조로 흐르기
— 시조 동인 〈쪽배〉와 으뜸 사공 박경용 이야기

이원수의 동시 문학과 동시에 대한 자의식 탐색

— 이원수의 동시들

이원수 아동문학전집 1『고향의 봄』
(웅진출판, 1983).

1.「고향의 봄」의 시인 이원수

가장 널리 알려진 우리 문학작품으로 흔히 김소월의「진달래꽃」을 꼽는다. 일정한 교육을 받은 사람들에게 이 시가 기초적인 문학 상식으로 통하고 있음은 주지의 사실이다. 그러나 교육받지 못한 사람들까지 포함한다면, 보다 더 대중적인 작품은「고향의 봄」이라고 할 수 있다. 이 동시는 지어진 후 곡이 붙여져 무교육자들도 감상할 수 있었고, 오늘날까지도 어른과 아이가 입을 모아 애창해 왔다. 국내뿐만 아니라 해외 교포들도 이 노래를 부르며 눈시울을 적시는 모습은 이 시를 〈아리랑〉 다음으로 많이 불리우는 민족의 노래로 간주하게 한다. 그러나 〈아리랑〉은 구전 민요이고,「고향의 봄」은 시인이 문자로 기록한 본격적인 문학작품이다. 따라서 민족 대중에게 가장 널리 알려진 기록문학 작품은 바로「고향의 봄」인 것이다.

이 노래를 쓴 사람은 동원(冬原) 이원수(李元壽)이다. 설사 그를 모른

동시인 이원수.

다 하더라도 홍난파가 곡을 붙인 노래 〈고향의 봄〉의 시인이라면 대개는 고개를 주억거린다. 아동문학에 조금이라도 관심이 있는 사람은 이원수를 아동문학계를 대표하는 문학인으로 간주한다. 이원수는 아동문학가로서의 활동 기간이 반 세기가 넘는다. 그 기간 동안에 동요와 동시, 동화와 아동소설, 아동극과 동수필 그리고 아동문학 평론과 아동문학 이론에 이르기까지 아동문학의 전 장르에 걸쳐 방대한 글을 남겼는데, 이들은 30권의 전집으로 묶였다.[1] 그를 주목하는 더 중요한 까닭은 그가 남긴 성과가 아동문학사에서 간과될 수 없는 것들이기 때문이다. 아동문학에 관한 석사 이상의 학위논문 중 가장 많이 다뤄진 아동문학가가 이원수라는 사실이 이를 증명한다. 오랜 기간 동안 다방면에 걸친 활동과 방대한 간행물, 그리고 그에 대한 학문적 연구는 그야말로 이 땅의 대표적인 아동문학가임을 확연히 가리킨다.

아동문학가 이원수에 대한 연구는 이재철에게서 비롯되었다. 이재철은 이원수의 문학을 아동문학사적인 맥락에서 정리한다.[2] 이재철에 따르면 이원수가 한국 아동문학사에서 탁월한 업적을 남긴 부분은 평론문학과 이론 분야이고, 동화 문학과 동시가 차례로 그 뒤를 따른다. 그러나 본고는 이원수의 동시 문학에 특별히 주목하고자 한다. 이원수는 동시를 자기 문학의 출발지로 삼았고, 평생 동시 쓰기를 멈추지 않았고, 동시를 쓰면서 아동문학에 대한 이해를 다졌고, 자신의 아동문학의 마지막 점을 찍었던 분야이다. 그러므로 다른 영역보다 우선적으로

1) 이원수, 『이원수 아동문학전집 1~30』, 웅진출판사, 1983~1984.
2) 이재철, 『한국 아동문학 작가론』, 개문사, 1988, 68~77쪽.

검토할 가치가 있다.

동원의 동시에 대한 본격적인 연구는 김용순, 공재동, 김성규의 학위 논문과 이오덕의 두 편의 평론을 통해서 진행되었다.[3] 김용순의 논문은 이원수의 동시가 어떻게 변모해 나갔는가를 성실하게 더듬었다. 그러나 시의 변화 이면에 놓인 이원수의 동시에 대한 자의식의 흐름과 그 변화의 원인과 의미가 어떤 것인지 밝히는 데까지는 논의가 진전되지 않았다. 공재동의 연구는 이원수의 동시를 현실 참여적인 관점만으로 정리하고 있어서, 6·25 이후의 변모에는 적절한 설명을 듣기 어렵다. 김성규의 논문은 이원수 동시에 대한 본격적인 이해를 시도한 것이다. 그러나 동원이 가진 시 의식의 근저를 드러내기는 했지만, 이 모든 것을 꿰어내는 원류에 대해서는 침묵하고 있어서 안타깝다. 이오덕은 이원수 동시의 생성 배경과 맥락을 정확하게 짚어내고 있다. 그러나 현실의 직접적인 반영이라는 문학 개념에 집착함으로써 후기 이원수 동시가 보여준 변모에 대한 섬세한 읽기에는 한계를 보이고 말았다.

동원의 시는 비교적 소박한 어법과 내용을 간직하고 있다. 그럼에도 불구하고 동원의 시 세계에 대한 논의들은 동의와 이견이 서로 복잡하게 얽혀 있다. 이원수 시 변모를 추적하는 선행 연구들은 저마다 강점과 약점을 지니고 있지만, 동원의 시가 보여주는 표면적인 내용과 형식에만 집중함으로써 연속성을 갖지 못하는 분절된 두 세계로 갈라 놓는 한계를 공통적으로 갖는다. 그 결과 1950년대부터의 시는 이전의 시 분석 잣대로 잴 수 없어서 새로운 잣대를 마련하거나(김용순), 아니

3) 김용순, 「이원수 시 연구」, 성신여대 교육대학원 석사논문, 1988.
공재동, 「이원수 동시 연구」, 동아대 교육대학원 석사논문, 1990.
김성규, 「이원수 동시에 나타난 공간구조 연구」, 한국교원대 석사논문, 1995.
이오덕, 「역사를 살아가는 동심」, 『어린이를 지키는 문학』, 백산서당, 1984.
이오덕, 「죽음을 이겨낸 동심의 문학」, 『어린이를 지키는 문학』, 백산서당, 1984.

면 의미를 부여할 수 없는 영역으로 낙오시킨다(이오덕). 이는 전체를 관통하는 맥 잡기에 실패한, 그리하여 총체적인 시 읽기에는 못 미치는 부분적인 연구로 남게 마련이다. 따라서 이 글은 동원 시 이면에 놓인 동원의 시 의식에 주목했다. 그 결과로써 이원수의 시들은 그가 현실과의 일정한 관계 맺음의 산물이며, 동시의 변화와 이에 내재된 동시 의식의 변모는 동원의 현실 대응의 변모와 긴밀히 연관된 것임을 드러내고자 한다.

2. 현실 대면 의식의 변화에 따른 시와 시 의식의 변모

첫시인 「고향의 봄」을 썼던 1925년(발표는 1926년)에서, 마지막 시 「겨울 물오리」를 쓴 1980년(발표는 1981년)까지, 동원은 56년이라는 만만치 않은 시력을 가진 시인이다. 따라서 그 긴 세월 동안 어떤 시적 변모 과정을 겪었는지 연구자들의 관심을 자극하기 마련이다. 일관되게 진행되던 동원의 시는 6 · 25를 기점으로 커다란 변화를 보인다. 그러므로 전쟁 전의 시를 1단계(1926~1949년)의 것으로 묶을 수 있다. 이후 시들은 시인의 내적인 성숙에 따른 현실 의식의 변모와 이와 맞물리는 동시 의식의 성장에 근거를 두고 나타난 변화를 따라 묶으면 세 단계로 구분된다. 즉, 전쟁 이후의 시들은 1950년대(2단계: 1950~1956년)와 1960년대(3단계: 1957~1969년), 그리고 1970년대(4단계: 1970~1981년)의 시로 나뉜다.

1) 1단계(1926~1949년): 동시는 동시이다

약자 편에 서는 것이 옳은 일로 알고 스스로 약자 편에 서려는 고집이 싹

튼 것은 열 살이 채 못 되어서이다.[4] 어린이를 위한 작품을 찾아 볼 수 없어서 탄식했고, 동심이 담긴 작품을 써보고 싶은 의욕이 대단했었다.[5] 불의에 대해 마음 쓰고 일제와 타협하고 혹은 그의 수족이 된 자들에게 대한 반항심,[6] 그리고 해방 후에는 이욕에 눈이 시뻘개진 사람들이 판치는 세상에서 자라는 아동들의 형편에 대한 울분에서 비롯된 것이다.[7]

이원수가 남긴 위의 기록들은, 자신의 동시 역사 45년 중 전반부 23년을 한결같이 어린이 현실에 밀착해서 동시를 쓴 까닭에 대한 진술이다. 이로써 동시 창작 계기와 동시의 지향점이 명확하게 파악된다. 실제로 1단계에 해당되는 그의 시들은 민족의 간난 속에서 어린이들이 겪는 아픔을 꾸준히 그려냈다. 그의 시에 드러난 아픔은 아이들이 아이들답게 크지 못하는 고통이다. 부모와 형제 자매가 하나의 가족 울타리 속에서 살지 못하고, 흩어져 살며 가족을 그리워하고, 먹고살기 위해 노동을 하고……. 동원은 마음껏 뛰놀지 못하고 공부할 수 없는 아이들의 현실을 구체적으로 묘사해 나감으로써 안타까움과 슬픔을 독자에게 고스란히 전달한다.

이 시기 시에서 자주 드러나는 내용은 가난 때문에 가족이 헤어져 살고 친구와 이별하는 아픔이다. 「기차」「가시는 누나」「정월 대보름」「잘 가거라」「그림자」「장터 가는 날」「전봇대」「개나리꽃」 등은 여기에 해당된다.

누나를 바래 주러
뱃머리에 나왔더니

---

4) 이원수, 「열 살 때의 결심」(『샘터』, 1971년 11월), 『전집 27』, 108~109쪽.
5) 이원수, 「소파 선생의 감화를 받고」(1959), 『전집 30』, 239쪽.
6) 이원수, 「노래 고개 넘는 데 예순 해가」(『여성동아』, 1971년), 『전집 30』, 247쪽.
7) 이원수, 「나의 문학 나의 청춘」(『월간문학』, 1974년), 『전집 30』, 255쪽.

흐렸던 하늘이
그만 비를 뿌리시네.

두 달 만에 한 번
겨우 다니러 왔다가
단 이틀을 못 쉬고
가야만 하는 건지.

편지마다 고향집이 그립다던 누나건만
처음 갈 땐 배에서도 울던 누나건만
점원이 된 지 이제 두 달,
내 손에 과자봉지 쥐어 주며
안 나오는 웃음으로
잘 있거라는 그 목소리.

잘 가세요.
잘 가세요.
세상에 누구보다
고마운 우리 누나,
씩씩한 우리 누나.

옷보퉁이 옆에 끼고
비 오는 갑판 위에 우두커니 선 누나,
그 눈에도, 그 눈에도
필시 비는 오시리라.

바다에 비는 부슬부슬,
빗속에 배도 멀어져 안 뵈건만
나는 부두에 혼자 서서
비 오는 바다만 보고 있다.

—「가시는 누나」[8](1929) 전문

산문시적인 문체로 타지로 다시 일하러 가는 누나를 배웅하는 현실을 구체적으로 묘사한다. 이 시의 중심은 가난으로 헤어져야 하는 가족 구성원의 아픔이다. 시의 화자인 어린 소년이 드러내는 슬픔과 안타까움은 현실을 바라보는 이원수의 심정에 잇닿아 있다. 「보오야 넨네요」「낙엽」「보리방아 찧으며」「찔레꽃」「나무 간 언니」「자전거」 등에는 아이들이 어떤 일을 하고, 그때 어떤 심정이었는지 현장감 있게 묘사되었다.

저녁이면 성둑에
아기 업고 나와서
"보오야, 넨네요."
"보오야, 넨네요."

아기는 일본 아기
칭얼칭얼 우남이.
해질녘엔 여기 와서
"보오야, 넨네요."

8) 이원수, 『고향의 봄』(전집 1), 14~15쪽(*이후 이 글에 나온 시의 출처는 모두 이 책이다).

귀남아,

귀남아.

너희 집은 어디냐?

저 산너머 마을이냐?

엄마 아빠 다 있니?

나무 나무 늘어선 서산 머리는

새빨간 새빨간 저녁놀빛.

귀남아, 네 눈에도 저녁놀빛.

—「보오야 넨네요」[9] (1938) 전문

조선 아이 귀남이는 집을 떠나 일본 아이를 돌보고 있다. 조선말이 아닌 일본말로 아이를 달래야 하는 비참함이 배어 있다. 눈에 놀빛이 맺혔다는 것은 남의 아이를 보면서 부모의 사랑을 받지 못하는 제 신세를 서러워하는 아이의 심정 묘사이다. 아이들이 제대로 먹고, 공부하고, 마음껏 뛰놀 수 없는 현실을 은근히 고발한다.「헌 모자」「교문 밖」, 그리고「너를 부른다」는 공부할 수 없는 아동들의 처지를 구체적으로 묘사한다.

나뭇잎이 손짓하며

너를 부른다.

운동장 느티나무

가지마다 푸른 잎새

바람에 한들한들

9) '아가야 자장'이라는 뜻의 일본말.

너를 부른다.

꽃이파리 꽃잎마다
너를 부른다.
울타리엔 찔레꽃
향기마저 피우며
바람에 하늘하늘
너를 부른다.
순희야
순희야.

양담배 양사탕
상자에 담아 들고
학교엔 안 나오고
한길로만 도느냐.
우리도 목메며
너를 부른다.

—「너를 부른다」(1946) 전문

해방이 되면 자유롭게 공부하고 뛰놀 수 있다고 생각했는데, 아이들은 여전히 생계 유지를 위해 거리로 내몰리고 있다. 더 기가 막힌 현실이기에 그는 '너를 부른다'고 절규하는 것이다.

이원수가 동시 쓰기를 통해 이민족의 지배와 가난 속에서 아이들이 겪는 고통을 드러내고, 이로써 현실 고발에 나서고 있음이 분명하다. 한편 시인은 아동의 정서와 생각을 고려하되 그 이면에는 성인인 자신의 의식을 심어 두기 마련이다. 아동문학은 아동 코드와 성인 코드로 이루어진 이중적인 코드 시스템을 가지고 있다는 점은 이미 지적된 사항이다.[10] 즉, 일반 문학처럼 발신자와 수신자 모두가 성인이 아니라 발신자는 성인이나 수신자는 아동인 것이다. 바로 이 점이 일반 문학과 구별되는 아동문학의 특징이다. 이원수의 동시가 수신자인 아동의 심정을 어루만졌음은 이야기되었다. 이제 발신자인 이원수의 현실 대면 의식은 어떤 것인지 눈여길 차례이다.

동원의 시들은, 그의 현실 인식이 대자적이라기보다는 즉자적임을 알려 준다. 소박하고 단순한 의식 상태이다. 약한 자의 편에 서는 것이 옳다는 자신의 신념에 입각해서 고통스런 현실을 있는 그대로 드러낸다. 시인의 눈길은 특별한 변용 장치를 거치지 않고 거의 그대로 아이의 시선으로 변화될 수 있었다. 만일 그가 대자적 인식 속에서 현실을 구조적으로 파악해 들어갔다면 사정은 달랐을 것이다. 즉, 현실 모순에 대한 근원적 분석과 현실과 자기 삶의 영향 관계에 대한 면밀한 사유를 진행했더라면, 독자에게 상황에 대한 인식의 확장과 함께 그 원인을 통찰할 수 있는 단서들을 제공했었을 것이며, 그의 시는 자신의 사유를 아동의 인식 체계로 전환시키려는 과정에서 빚어지는 다채로운 무늬를 내보였을 것이다.

발신자 이원수의 현실 의식은 수신자 아동 독자와 크게 구별되지 않았다. 게다가 동시란 아이들의 현실을 드러내는 것이라는 개념과 맞물린 채, 동시문학에 대한 자발적인 점검도 진행하지 않았다. 자기가 인식한 만큼의 현실을 '아이의 눈'이라는 렌즈를 통해서 드러냈기에, 어느 때보다 동심의 표출이 손쉽고 명료하게 이루어진 것이 이 시기의 특징이다.

10) 마리아 니콜라예바, 『용의 아이들』, 문학과지성사, 1998, 97쪽.

2) 2단계(1950~1956년): 동시는 동시가 아니다

이원수의 초기 시 세계는 변화를 맞는다. 그는 밖으로 향했던 시선의 상당 부분을 내면으로 돌린다. 선행 논자들이 지적했듯이 그 원인은 한국전쟁에 있다. 6·25 발발 후 서울에 남았던 그는 9·28 수복 때까지 경기공업학교에 나가 사무를 보았다. 이것이 빌미가 되어 한때 문단에서 소외와 고립을 겪었다. 영국군 노무자로 일 년간 천막 생활을 하다가 전쟁이 끝나 서울에 오니 집은 남에게 넘어가 버린 뒤였다. 그 와중에 세 아이를 잃었는데 끝내 두 자식을 찾지 못하고 가슴에 묻어야 하는 처절한 고통까지 경험했다. 이런 체험은 시에서 현실에 대한 발언을 접게 만들었을 것이다. 안으로 향한 시선은 전쟁이 남긴 내적 상처를 인지하고, 이 상처를 치유해 가는 힘겨운 과정에 초점을 겨눈다. 그 결과가 2단계(1950~1956년)까지의 시이다. 따라서 이 시기의 시에는 이원수가 입은 내적인 상처의 치유 과정과 이에 따른 변화가 드러날 수밖에 없다.

> 꾀꼴꾀꼴 귀여운 노랫소리 꾀꼴꾀꼴/버들 숲에 와서 기쁜 노래하세.
> 살랑바람 타고 흔들거리면서/라라라라 라라라라 노래의 나라
>
> —「꾀꼬리」(1952) 제1연

이것은 1952년 전시의 대구에서 자신이 발행하던 『소년세계』에 실은 시다. 어린이를 위해서 밝은 노래를 불러야 한다는 사명감에서 발로된 시인데, 태엽이 풀리면서 흐르는 노래처럼 시인의 혼이 느껴지지 않는다. 뒤이은 「서울 급행차」와 「달빛」의 어디론가 부유하는 분위기는 자신의 정서와 일치되지 않는 노래를 부르는 사람의 심리를 정직하게 대변한다.

통절함은 숨길 수 없는 것, 이원수는 혼자 흐르는 여울물 소리를 목메인 어머니의 목소리와 원망하는 누이의 목소리같이 느끼고(「여울」), 소쩍새의 울음을 잃어버린 동생이 죽어서 오빠를 부르는 소리처럼 듣고 있다(「소쩍새」). 이 두 시에는 잃어버린 자식에 대한 그의 회한이 담겨 있다.

불안은 안정으로 회귀하고자 한다. '포플러 네 싱싱한 손바닥에 글씨를 쓰고 싶다'라고 토로한 「포플러 잎새」는 불안정한 자신의 상태를 느끼고 여기서 벗어나 상처받기 이전의 자신으로 돌아가려는 심리가 반영되어 있다. 하지만 돌아가는 일은 결코 쉬운 일이 아니다. '언제나 세월을 기다리며 사는 게지……(「그리움」)' 하며 한숨 쉬는 그의 심리적 자아는 낮은 포복 상태이다. 그러나 이미 싱싱한 손바닥에 글씨를 쓰고 싶어하는 사람은 곧 낮은 포복에서 몸을 일으키기 마련이다. 그는 산의 기운을 받으며 한 뼘 정도 자신을 추스른다.

산이 나를 안아 준다.
장송과 잡목이 몸짓해 반겨 준다.
골짜기 개울이 노래를 불러 준다.

해는 어느 산 뒤에 숨고
검푸른 밤이
우줄우줄 소리 없이 다가드는 길.
그 서늘한 산기운 속에
나는 그만 훨씬 더 어린 아이가 된다.

어둠의 아름다움,
쉼쉬는 수목의 향기로움.

손을 잡은 아이가
못 견디게도 귀여워서
덥석 안고 돌아서면
아, 물결처럼 흐르는 나뭇잎 냄새.

밤은 이렇듯 아름다운 것인가.
밝는 날은 또 얼마나 화려할 것인가.

귀여운 내 아기가
가슴에 안긴 채, 스르르 잠이 든다.

—「산정」(1954) 전문

산이 자신을 안아 준다는 대목이나, 자기가 어린아이가 되었다는 진술은 바로 자신이 어딘가 안기고 싶을 정도로 지치고 아픈 상태임을 고백하는 것이다. 그가 퇴행적인 심리 공간에 놓였음이 직감된다. 그리고 그가 넓고 밝은 곳이 아닌 어둔 산 속, 즉 깊고 어두운 곳에서 안온함을 느끼는 까닭도, 어둠을 아름답게 받아들이는 이유도 이해된다. 예서 그치지 않고 더 나아가 아이를 안아 준다는 태도에 시를 읽던 눈길이 잠시 머문다. 생각하면, 이는 자아 깊은 곳에서 웅크려 있던 자신이 외면의 존재를 향해 기지개를 켰다는 것으로 이해할 수 있다. 그러나 마지막 행까지 읽는다면 그가 안은 것은 바로 자신, 여지껏 아파하다가 이제야 비로소 안온함을 맛보는 자아이며 연민의 대상인 자신임이 드러난다. 자기 자신을 아이이지만 타자로 객관화할 만큼 여유를 회복한 것이 그는 반가웠던 것이다. 그 여유를 가능케 한 아이가 못 견디게 귀여운 것은 당연할 터이니 덥석 안고 돌아서는 것이다. 더 나아가 물결처럼 흐르는 나뭇잎 냄새를 의식하는 행복을 누리는 것이다.

그는 '밤은 이렇듯 아름다운 것인가'라는 탄성과 함께 '밝은 날은 또 얼마나 화려할 것인가' 하고 상상한다. 즉, 자신을 넓고 밝은 곳에 여유 있게 드러내는 순간의 황홀함을 생각하는 것이다. 밤 시간 아기의 잠은 고단함을 풀어 버리는 안락한 휴식이다. 아기가 잠든다는 마지막 부분은 스스로 그 휴식 속에 잠기고 그럼으로써 밝은 광장에 나서는, 즉 타인들과 현실에 대면하는 순간을 꿈꾸는 것과 맞물린다. 이 시를 통해서 그가 맛본 안온함의 힘이 얼마만한 것인가를 가늠할 수 있다. 이제 그는 곧 고독을 떨쳐 버리리라는 짐작도 가능하다.

시간이 흐름에 따라 이원수는 내부 상처를 아무려 가면서, 단단해진 마음을 바깥으로 서서히 내밀어 본다. 웅크린 자아에 묶인 시선을 자유롭게 풀게 된 결정적인 순간을 「눈 오는 밤」에서 찾을 수 있다.

눈 오는 소리 사락사락—
밤은 깊어도 쉬지 않고 사락사락
산골 동네, 등불도 안 보이고
모두 모두 잠든 밤을
눈만 혼자 쌓이는데,

스웨덴, 노르웨이
먼 북쪽 어느 나라엔
눈 속에서 굶주리는 새들을 위해
모이를 뿌려 준다는 아름다운 이야기들

아, 그렇다.
귀여운 새들, 모두 며칠씩 굶고 추워
어디서 비비비 울고 있겠지.

사락 사락 사락 눈은 자꾸 내리는데.

먹이를 줄 생각조차 못해 보는
가난한 이 나라에 사는 새들아.
봄이 올 게다. 봄맞이할 꿈을 꾸며
부디 참고 잘 있거라.

사락 사락 사락
눈은 자꾸 쌓이는데
아름다운 이야기의 먼 북쪽 어느 나라,
그 눈 오는 밤이 부럽구나.

—「눈 오는 밤」(1956) 전문

눈 속에서 굶주리는 새들을 위해 모이를 주는 나라가 있다는 사실에 그는 놀라고, 아름다운 이야기라는 결론을 내린다. 이원수는 이 시를 이렇게 설명해 준다. '남을 해치고 고통을 주고, 심지어는 죽이기까지 하는 사람들의 이야기를 듣던 마음에서, 이런 산새의 이야기를 생각해 보는 마음이 느끼는 것은—그것은 사랑에 가득 찬, 부럽기 한이 없는 이야기라는 생각이 아닐 수 없다. 제 이웃을 해치고 제 동포를 죽이고 하는 이 세상을 미워하는 마음일수록 이런 새의 이야기를 더 깊이 느끼게 되는 것이다.'[11] 전쟁이라는 거대한 대립을 경험하면서 외부에 대한 시선을 닫아 걸고 있었기에, 야생의 존재들을 보살피는 손길이 있다는 것은 충격적이었을 것이다. 미물에 대한 이국민들의 사랑은 이원수에게는 내부에 갇혀 있는 자신의 모습을 극명하게 드러내는 거울이

11) 이원수, 「동시 작법」(1960), 『전집 29』, 67쪽.

되었다. 손상된 현실을 대면하려는 의지가 상당히 회복되기도 했지만, 낯선 거울에 자신을 비춤으로써 자기에게로 향했던 시선을 외부로 돌릴 수 있었다.

앞 단계의 이원수에게 동시란 소박한 현실 인식을 바탕으로 약자 어린이들의 비참한 현실을 노래하는 것이었다. 그러나 전후의 그는 현실의 참상이 지속됨에도 불구하고 아이들의 삶에서는 눈길을 거두다시피 한다. 전쟁을 통과하면서 겪은 부대낌은 현실을 붙들고 씨름하기보다는 현실에서 상처받은 자신을 돌아보게 했던 것이다. 현실에 대한 직접적 대면을 포기하고 자기 안으로 움츠렸기에 이 시기의 시들은, 어린이의 삶과는 유리될 수밖에 없었다. 동원에게는 현실 아이들을 노래하기보다는 자기 상처의 치유가 선결 과제였던 것이다. 자기를 둘러싼 현실을 대면할 수 있는 힘을 얻지 않고서는, 자기 이외의 것을 노래하기 어렵고, 노래했다 하더라도 추상적일 수밖에 없었음을 무의식적으로나마 깨달은 탓이다.

내면의 응시는 필연적으로 사색의 세계로 이어진다. 앞서 살폈지만 이 시기의 시들은 자아에 대한 사색이 깊다. 아동 현실을 드러내는 것을 동시의 임무로 삼던 그는 새로운 동시를 쓰면서 동시에 대한 의식마저도 변화시킨다. 그가 해놓은 아동문학사 정리를 읽어 볼 필요가 있다. 그는 1950~1960년대를 통속 문학 발호기로 규정하고 '시에 있어서도 자유시를 제껴 놓고 군가조의 정형시가 성히 나왔으며, 그 뒤를 이어 현실 외면의 유희적 동요의 남작으로 시에서 멀리 떠난 노래로써 아동들의 귀를 마비시킨 것이 사실이다'[12]라고 정리한다. 군가조, 유희적 동요의 공통점을 시성(詩性)의 상실로 보았다는 점은 동시에 대한 새로운 성찰이 진행되었음을 의미한다. 쓰라린 현실 경험이 외면

12) 이원수, 「아동문학의 결산」(『월간문학』, 1968년), 『전집 29』, 239쪽.

적이고 고발적인 경향에서 내면적이고 사색적인 경향으로 바꾼 것이다. 통속적이고 어용적인 동시를 비판하는 발언들은 평범한 당연지사적 논리로 그칠 수 없다. 시류에 맞서서 예술작품으로써 동시를 쓰려는 의식을 배태한 요인이 무엇이었는지 짐작케 하는 단서가 되기 때문이다. 동시에 대한 새로운 의식은 내적인 성찰과 맞물려 갔을 것이다. 이 짐작은 3단계 그의 시의 변모를 통해 타당성이 입증된다.

3) 3단계(1957~1969년): 동시는 시이다

동원이 전쟁을 겪은 후 부른 노래가 그 전과 사뭇 달라졌음을 살펴보았다. 이것은 세상과 자기 삶, 그리고 시의 관계를 재조립했던 결과이다. 3단계는 그러한 2단계와 연관선상에 놓이지만, 그가 시 의지에 자신을 복속시키지 않고 자신의 삶에 시를 더 적극적으로 끌어들인다는 차이를 갖는다. 이제 그는 동시라는 이름에 묶인 특정 시 세계를 추구하지 않고, 눈에 보이고 들리며 겪는 모든 일들을 몸에 배인 가락으로 노래한다. 시를 자기 삶에 복속시킨 그에게 시란 자신을 드러내는 도구로 기능한다.

1960년 4월 혁명으로 동원은 더욱 자신감을 얻어 활기찬 시 세계를 전개시켜 나갔던 것 같다. 이 자신감은 아동 현실을 직접적으로 드러내는 시 세계로 돌아가기보다는, 2단계를 통해 보여주었던 자기 표출에 힘을 실으면서 3단계 시의 전반적인 모양새를 형성한다. 이 시기의 이원수의 동시는 고운 동심에 얽매이거나 직설적인 아동 현실의 고발이라는 책무감에 눌리지 않는다. 성인 이원수의 심정과 의식과 관심사를 고스란히 드러낸다는 점에서 다른 시기의 동시들과 구별된다.

3단계 시는 크게 세 유형으로 갈라진다. 1)회복된 시심을 바탕으로 진지한 자기 성찰을 진행하고, 다시 이를 기반으로 삼아 삶에 대한 새로운 자세를 갖추어 나가는 시들, 2)자기 이외의 것들을 바라볼 수 있는 여유를 갖추면서 자신을 둘러싼 주변 사람들이나 사물에 대한 태도를 드러낸 시들, 3)밝고 따뜻해진 시선에 다양한 이미지와 비유를 동반하면서 전에 볼 수 없는 감각을 드러내는 시들이 그것이다.

(1) 자신과 삶에 대한 성찰

이원수의 동시 중 두 번째로 널리 알려졌다고 할 수 있는 시는 「겨울나무」(1957)이다. 이 시는 동원이 자신에게 행한 성찰이 어떤 것임을 보여준다.

> 나무야, 옷 벗은 겨울 나무야./눈 쌓인 응달에 외로이 서서
> 아무도 오지 않는 추운 겨울을/바람 따라 휘파람만 불고 있느냐.
>
> 평생을 지내 봐도 늘 한자리/넓은 세상 얘기는 바람께 듣고
> 꽃피는 봄 여름 생각하면서/나무는 휘파람만 불고 있구나.

이원수의 겨울 나무는 측은함보다 의연함이 느껴진다. 눈 쌓인 응달에 외로이 서서 찬바람만 맞는다는 현실 인식은 춥고 외로운 것이지만, 시인은 과거처럼 즉각적이고 직접적인 현실 대응은 삼간다. 세상 이야기를 전해 들으며 돌아올 봄을 생각하는 지혜와 여유를 내보인다. 세상에 한 발 거리를 두면서 진행하는 성찰은 그의 현실에 대한 자세가 직접적인 데서 간접적인 것으로, 또 외면적인 것에서 내면적인 것으로 변모 중임을 증명한다. 얼음판 밑에서 용케 견뎌낸 석죽을 통해 자신을 이해하는 「석죽」도 같은 맥락으로 파악된다.

1960년에 들어서면서 진행한 동원의 자아 성찰은 새로운 면모를 보인다. 새롭게 자기를 드러내는 방식에 자신감을 얻은 이원수는 4·19 혁

명에 자극받아 더욱 활기찬 모습을 개진한다. 혁명을 통과하면서 진지한 역사 의식과 현실 대결 의식을 회복하는 대신, 자아 성찰에서 더 나아가 자기 삶에 대한 성찰로 걸음을 진전시켰다.

비 온다, 소낙비 좍좍 온다.
아무데나 두들기며 막 쏟아진다.

추녀 밑에 들어서서 보고 있으면
꽃나무들 제자리서 비를 맞네.
장독도 제자리서 비를 맞네.

비 속에 또 비 온다, 좔좔 온다.
산도 들도 비 속에 매 맞고 있네.

추녀 밑에 들어서서 보고 있으면
아버지가 논귀에서 비를 맞네.
누렁이도 논길에서 비를 맞네.

—「소낙비」(1960) 전문

예측하지 못한 소나기가 아무 데나 두들기며 막 쏟아지는데도 그는 꺼려하지 않는다. 오히려 장렬한 빗줄기로 대변되는 외부의 강한 기운을 차분히 인정한다. 뿐만 아니라, 비를 맞고 있는 꽃나무와 장독, 아버지와 누렁이를 열거하면서 쏟아지는 장대비를 과감히 온몸으로 받아들이는 대열에 슬쩍 끼어들 듯한 느낌까지 준다. 그러나 그는 추녀라는 가림막 아래서 비를 피할 뿐이다. 비 속에 비가 온다고 할 정도로 쏟아지는 비, 산과 들을 매질하고 있는 저 세찬 외부의 자극에 온전히 제 자신을 들이밀지 못하는 것이다. 아직은 현실과 거리를 둔 관찰자로, 온몸으로 현실에 맞서는 것들을 그저 바라보며 그런 삶을 서서히 배운다. 「씨감자」 「비오는 밤에」 「산동네 아이들」 「자박자박자박」 「우리 어머니」 「편지」 등은 같은 맥락에 있는 시들이다.

1960년대 전반의 몇몇 시편이 관조에 그치거나 관념에 머물렀음을 기억한다면, 현실을 직시하는 시선을 간직하거나 그럴 가능성을 내보인 「개나리 꽃봉오리 피는 것은」 「씨름」 「싸움 놀이」 「산동네 아이들」 등은 대단한 발전이다. 특히 홀로 적의 무리에 맞서 싸우는 처절한 패기를 보이는 「싸움 놀이」는 그의 시 전체에서 힘과 기개가 가장 살아난 시이다.

(2) 주변에 대한 돌아봄

자아나 자신의 삶에 태도에 대한 성찰을 통해 자신감을 회복하자, 동원은 자기 이외의 존재들에게 서서히 눈길을 돌린다. 그리하여 가족, 이웃, 사랑하는 여인까지도 시 속으로 불러 모은다.

연두빛 이파리는 작은 손바닥
잘랑잘랑 소리난다 나뭇가지에.

언덕 위에 가득, 아, 저 손들
나를 보고 흔드네
어서 오라고.

미운 애 고운 애
모두 웃으며
손짓하는 언덕에

나도 갈 테야.

—「나뭇잎」(1959) 전문

노래로 익히 알려진 이 시에서 미운 애 고운 애 모두에게 달려가는 이원수가 보기 좋다. 상처 속에서 홀로 있던 그가 이를 극복하고 친구들이 있는 세상으로 들어서기 때문이다. 둘째 연에 대해 동원이 들려주는 이야기는 이러한 해석을 뒷받침해 준다. '반드시 포플러 잎사귀의 이야기로 해석하지 않아도 좋은 것이다. 즉, 언덕 위에 아이들이 손짓하며 부른다고 생각해도 좋다. 여기서는 포플러 잎사귀와 아이들과 그것들이 한데 어울려서 하나가 되어 버린다.'[13]

가족에 대한 동원의 시선도 새롭다. 즉, 1단계 시에서 출연하는 가족은 빈궁함을 드러내는 존재들이었다. 그러나 「어미닭 병아리」와 「과꽃」에서는 가족 그 자체에 대한 애정을 드러내고 있다. 시선에서 여유와 깊이는 물론 감각적 면모를 느낄 수 있는 가족시들도 등장한다. 「등나무 그늘」「완두콩」「외로운 섬」이 그것이다. 「완두콩」(1961)을 보자.

완두콩 하얀 꽃 피었다고
좋아했더니
어느새 콩이 열렸네.
연두빛 고운 콩 꼬투리

햇볕에 비쳐
속이 환히 보이네.
하나 둘 셋 넷… 일곱 여덟 개

13) 이원수, 「동시 작법」(1960), 『전집 29』, 90쪽.

연하디연한 어린 콩알 나란히 들어 있네.

바깥엔 무슨 바람 불어와도
모른 체 나란히 들어 있는 콩.
우리 식구도 여덟이란다.
아! 완두야, 잘 자라라.
엄마 배 속에 든 아기처럼—

완두밭엔 여전히 흰 꽃들 피어 있고,
비 한 번 안 와도
꽃은 이어 피고
콩은 무수히 맺어 자란다, 자란다, 예쁜 우리 완두콩

연둣빛 콩깍지에 감싸인 완두콩에 올망졸망 살아가는 식구들을 대입시켰는데, 산뜻함과 정겨움이 남는다. 선명한 이미지로 가족이라는 집단의 결속력을 명료하게 전달했다. 이전의 가족시들은 구체적인 가족 성원에 대한 진술이 주류를 이루었으며, 궁극적인 진술 내용은 그 가족 구성원에 대한 것이 아니라 빈곤이나 헤어짐에서 오는 그리움, 그리고 그들에 대한 화자의 애정이었다. 「완두콩」은 과거의 시들과 구별된다. 그 까닭은 이원수가 새롭게 획득한 자신감과 안정감에서 찾을 수 있다.

가족이나 친구 이외에 중요한 타인은 이성이다. 「다릿목」「햇볕」「웬지 몰라」「해 · 달 · 별」「달」「포도밭」「책 속의 두견화」 등은 이성에 의해서 그려지는 마음의 무늬다. 이원수는 일련의 연시에 대해 이렇게 밝히고 있다. '나는 1960년이 지나서부터 내 시의 세계나 동화에 많은 변화가 온 것을 스스로 인정한다. 사회에 대한 관심에서 좀 자리를 멀리하고 사적인 애정 세계에 가까이하게 된 것이다.[14] 그런 것을 남부끄럽게 생각하지도 않고, 남에게 지지도 않을 것을 은근히 믿고 있는 것이다.'[15] 동원은 동시에서는 터부시되던 남녀의 사랑을 과감히 다룰 정도로 모든 것을 동시로 노래했다. 아동문학에 대한 제약을 허물고 그 지평을 넓혀 가고자 했던 것이다.

(3) 섬세하고 화려하게 가꿔진 감각의 투사

이원수의 시에서 기존에는 볼 수 없었던 맑게 갠 감성, 깨끗하게 빛나는 감각, 화려한 이미지, 환상적인 분위기를 찾아볼 수 있는 것도 이때의 일이다. 과거 이원수 시에서는 짐작하기 어려운 이 새로운 경향은 3단계를 통해 꾸준하게 가꿔진다. 앞의 두 유형의 시들이 시간을 두고 보다 감각적인 분위기를 노정하는 것도 섬세하고 화려하게 가꿔진 감각이 투사되었기 때문이다. 바람을 시련에 대한 상징이 아니라 푸른 나뭇잎을 춤추게 하는 밝은 이미지로 처리한 「바람과 나뭇잎」, 그리고 햇빛, 물, 파란 나무, 빨간 지붕, 바람, 물결 등 맑은 날에 보는 모든 것들을 투명하고, 빛나고, 예쁘고, 시원하게 느끼는 「맑은 날」은 과거 어둡고 고달픈 정서의 반대편에 위치한다. 어둔 밤들도 무섭지 않다.

> 어둔 밤 풀숲 위에,/물소리 나는 곳에/
> 반짝반짝 별이 간다./파아란 불이 간다.
>
> 쬐꼬만 꽃초롱에/파아란 불 켜들고,/
> 파아란 풀잎 끝에/꿀 이슬 찾아간다.

---

14) 이원수, 「나의 문학 나의 청춘」(『월간문학』, 1974년), 『전집 30』, 258쪽.
15) 이원수, 위의 글, 260쪽.

파아란 초롱불은/잠든 아이 꿈의 초롱/
나도 같이 꿈이 되어/파아란 불 켜고 간다.

—「파란 초롱」(1959) 전문

오히려 신비롭기만 하다. 초롱은 보통 붉은빛을 낸다. 그러나 밤 풀숲 위에 물 소리 나는 곳에서 본 초롱은 푸르다. 시간적·공간적 배경 탓에 파란색은 신비감을 자아낸다. 꿀 이슬을 찾아가고 잠든 아이 꿈이 되어 가면서 푸른빛의 신비성은 더 아롱져 간다. 한여름 밤 풍경을 담은 「개구리」와 「어둔 밤에 피는 건」은 그간 경직되었던 감수성이 완전히 풀려 있음을 드러낸다. 시 「꽃들의 꿈」에서는 환상성이 구현된다. 이러한 기법적인 실험은 왕성한 시 의욕이 갖추어졌을 때 가능한 일이다. 봇물이 터지듯 터져 나온 감각은, 밝고 아늑한 분위기에서 생동감 있고 과감하고 강열한 이미지의 세계로 도약한다. 이러한 발전적인 면모는 1960년대에 쓴 시에서 잘 드러난다.

산은 너무
조용해서 무섭다.
따순 바람은 고여만 있어
나뭇잎 풀잎 하나 꼼짝도 않고.

우거진 푸른 덤불 속에
아, 아!
저 작은 불송이들. 가시줄기 사이로
죄 짓는 듯 딴다.
보드랍고 연해
조심스런 산딸기

불을 먹자.
따스하고 서늘한
달고 새큼한
연하고도 야무진
불의 꼬투리
내 입에도 넣어 주고
네 입에도 넣어 주고.

작아도 빨간 딸기 송이는
덤불 속에 열린
호화로운 눈동자.
우리도 저런 것이 될 수 없을까.

꾸르륵 꾸르륵……
어디서 괴상스런 소리의
새가 운다.
사람이 너무 없어
아늑한 산이
무서우면서도 좋다.

—「산딸기」(1968) 전문

여기의 산딸기는 붉은색의 시각과, 달고 새큼한 미각과, 보드랍고 연한 촉감과 어울려 있다. 그러나 우리가 주목하게 되는 것은 산딸기를 놓고 연신 터뜨리는 '작은 불송이들', '불의 꼬투리', '호화로운 눈동자'라는 은유들이다. 이들은 푸른 덤불 속에 박혀 있는 새빨간 산딸기의 시각적 재현임은 물론, 불꽃의 화려함과 뜨거움을 동반한다. 화려함과 열정은 「시월 강물」에서 절정에 다다른 느낌이다.

한편 붉고 뜨거운 감각이 배인 시들에 치열한 삶의 의지가 담겨 있음을 주목해야 한다. 세 유형의 시들이 서로 상호 작용 관계에 있음을 알리기 때문이다. 즉, 동원이 자아와 삶을 주목하는 과정에서 내면을 정돈하면서 새로운 힘을 습득했는데, 이것이 타인이나 제3의 무엇으로까지 시선을 넓히게 한 것이다. 또한 존재 자체에 대한 성찰에서 안정감을 확보하면서 새로운 감각의 발화를 이룩해 나갔는데, 이것은 다시 성찰적인 시들을 써갈 때 싱싱한 감각을 형성하는 원동력이 되었다. 이렇게 감각시와 성찰적인 시들은 분리 발전한 것이 아니라 서로에게 영향을 주면서 성숙을 꾀했던 것이다.

여기서 동시와 어른 시를 비교하는 동원의 음성에 귀 기울여 보자. 그는 동시가 아동 생활을 노래하는 시에 국한된 것이 아니라, 아동들에게 느낌을 줄 수 있고, 특히 좋은 영향을 줄 수 있는 시들을 포함한다고 본다. 즉, 동시란 어린이의 생각과 언어와 행동을 흉내낸 특수한 시로 일반 시와는 다른 것이 아니라, 아동의 정서와 사상과 관계 없어도 그들이 시의 뜻을 자기네 마음으로 느끼는 모든 시라고 본다.[16] 그리하여 쉬운 말로 어른 아이 모두 느낄 수 있는 마음을 읊은 시는 동시라는 의식 없이 썼어도 동시로 본다. 동시란 동심을 담은 것, 더 나아가 어린이가 이해하는 시일 뿐이지, 동시와 어른시의 명확한 구별은 없는 것으로 정리한다.[17] 이러한 확장된 동시 개념으로 3단계 시들을 본다면, 삶에 대한 성숙하고 다면화된 시선을 통해서 동시를 또 하나의 시로 여기는 의식의 전환을 보였다고 말할 수 있다.

---

16) 이원수, 「시작 노우트」(『아동문학』 제15집, 1968년), 『전집 29』, 108~132쪽.
17) 이원수, 「동시 작법」(1960), 『전집 29』, 91~97쪽.

4) 4단계(1970~1981년): 동시는 동시이다

동원의 마지막 단계의 시들은 앞 단계와 어떤 변별점을 가지는가? 사실 그의 1970년대 시는 1960년대의 연장선상에 놓여 있으나, 나이에서 오는 시선의 폭과 깊이의 확장을 가지고 있다. 나이, 죽음 앞에 선 삶, 공기, 불 등의 추상적인 제재가 새롭게 노래되고 있는 것이다. 그러니 이 시기의 특징을 언급하고자 할 때, 여러 번 그리고 뛰어나게 다루었던 죽음에 대한 그의 시선을 검토해야 할 것이다. 그리고 표면적으로는 동일해 보이지만 전에 없이 진한 정감을 드러내는 시들을 주목해야 한다. 이 시들은 이순의 나이를 넘기며 동시를 써온 동원이 체득한 깊고 숙달된 동시 경지를 드러냈다고 해도 무방하다.

포플러 숲을 가면
여울물 소리.
여기 무슨 강이 있나
둘러보며는
여울물이 하늘로
흘러가면서
가자 가자 가자고
갈바람 소리.

울던 일은 언제던가
모두 다 잊고
나도 너랑 손잡고
하늘로 간다.
간다 간다 간다고

여울물 소리.

—「여울물 소리」(1970) 전문

포플러 잎사귀들이 만드는 여울물 소리를 따라 하늘로 가자고 한다. 대단한 공간의 상승이다. 이 시에 대한 김성규의 다음 해석은 참조할 만하다. '공간적으로는 상승 공간으로 피안의 세계를 나타내고 있다. 시의 놀라움이 즐거움으로 바뀜은 바로 사랑을 바탕으로 한 자아 확장 공간이 이루어진 것이다.'[18] 하늘로 가는 모습은, 이 땅의 배고픈 아이들이나 상처 입은 자아를 추스르기에 바빴던 그에게서는 상상할 수 없는 것이었다. 이제는 하늘을 바라볼 만한 안정과 여유가 있으며, 그곳은 자신이 서 있는 지상과 무관한 공간이 아니라 '가자 가자 가자' 하며 가야 할 곳이며, 곧 도달하게 되는 공간이다. 번잡한 세속의 온갖 시름을 털어내며 가는 하늘은, 살아서는 울음이 없이 함께 손잡고 갈 수 있는 이상의 세계이며, 한편으로는 죽어서 가게 되는 고통 없는 피안의 세계이기도 하다. 이러한 새로운 삶의 경지는, 갈바람 부는 포플러 숲속의 잎새들 부딪치는 소리에서 비롯되며, 나와 네가 손잡고 가는 길이라는 순연한 초대로 이어진다. 이 시는 추상의 세계에 대한 성찰과 안내가 어떻게 동심에 담아낼 수 있는가를 간결하게 보여주었다고 평가된다.

근거리에 위치한 죽음 때문에 노년의 원숙함은 무게를 갖는다. 그가 이 시기에 내보인 열정적이고 아름다운 삶의 자세나, 삶을 싸고 도는 상승 공간이나, 절대자에 이르는 인식, 그리고 죽음에 대한 포용들은 죽음 앞에 선 유한한 생명이 바치는 긴박한 고백들이다. 1980년 한 해 전 치료했던 구강암이 재발되었다. 일흔 살 동원에게 암의 재발은 치명적

18) 김성규, 「이원수 동시에 나타난 공간구조 연구」, 한국교원대 석사논문, 1995, 81쪽.

인 것이었다(「때 묻은 눈이 눈물지을 때」「나뭇잎과 풍선」). 그는 잠식해 오는 암 세포가 주는 고통과 삶과 죽음의 긴장 사이에서 가장 싱싱하고 영원한 생명을 꿈꾸기도 했다. 그러나 최후에는 아주 겸허하고 의연한 죽음의 수용으로 돌아섰다.

얼음 어는 강물이
춥지도 않니?
동동동 떠 다니는
물오리들아.

얼음장 위에서도
맨발로 노는
아장아장 물오리
귀여운 새야.

나도 이젠 찬바람
무섭지 않다.
오리들아, 이 강에서
같이 살자.

—「겨울 물오리」(1981) 전문

자신의 시 인생을 열어 주었던 「고향의 봄」 7·5조의 가락으로 그는 조용히 노래의 문을 닫았다. 그의 마지막 시어는 '살자'였다. 저승으로 가면서 찬바람이 무섭지 않으니 오리에게 같이 살자고 한다. 추운 것을 비켜 서서 따뜻한 것을 그리워했던 삶, 뜨겁게 살고자 했던 이승의 삶을 떠나는데, '살자'라니. 또 다른 삶, 곧 차가운 죽음의 세상을 살아

갈 준비를 마친 자만이 감히 할 수 있는 말이었다. 다시 말해 그가 살자고 한 것은 이제 죽겠다는 말이다. 죽음에 순응한 인간만이 전하는 이 간명한 결단 앞에서 어설픈 삶의 송가들은 빛을 잃는다. 산자들에게 얼음 어는 강물이나 얼음장 위에서 맨발로 노닐 듯이 시린 차가움에 눌리지 말고 의연히 살라 하기 때문이다. 그것은 귀여운 물오리들 노니는 풍경 같은 것일 뿐, 삶은 감당 못 할 무게를 지닌 것이 아니라는 전언이다.

이 시를 읽으면 내재된 깊은 의미를 미처 헤아리기 전에, 7·5조의 운율이 주는 리듬감과, 동동동·아장아장 걷는 물오리가 전하는 귀여운 이미지로 인해 마치 동요를 부르는 느낌을 갖는다. 즉, 죽음 앞에서 갖기 마련인 장엄함이나 두려움보다는 어린아이의 노래가 주는 밝고 귀여운 인상을 받는다. 따라서 이 작품도 앞의 「여울물 소리」처럼 어떠한 추상에 대한 사유일지라도 얼마든지 동심적인 표출이 가능하다는 것을 보여주고 있는 시이다.

이번에는 앞 단계의 시들과 유사한 내용과 감각을 지니면서도 깊은 정감을 지닌 시들을 주목해 보자. 「쑥」「우리 원이 보고지고」「여름밤에」「한밤중에」「불에 대하여」「4월 어느 날」「싸리꽃」「솔개미」「겨울보리」「두견새」「아버지」 등을 보자. 비교적 평이하다고 할 수 있는 시들이다. 앞 단계 동류의 시들과 비교했을 때 어린 독자의 입장에서 한결 거슬림 없이 편히 읽히면서도 마음에 자작자작 배어드는 맛을 가지고 있다. 그래서 원숙한 의식이나 미려한 감각을 가진 시들에 묻힌 채 지나치지 않는다. 「아버지」를 살펴보자.

「아버지」는 회상에서 출발한다. '어릴 때/내 키는 제일 작았지만/구경터 어른들 어깨너머로/환히 들여다보았었지,/아버지가 나를 높이 안아 주셨으니까'(1연). 이원수는 외아들로 아버지의 귀여움을 받으며 컸다. 밝고 넓은 길에선 아들을 앞세우고, 어둡고 험한 데선 아들을 뒤따르게 했던 아버지는, 그가 열다섯 살 때 돌아가셨다. 이젠 아버지를 위해 앞뒤에 설 수 있지만 아버지는 산에만 계신다. '어쩌다 찾아오면/잔디풀, 도라지꽃/주름진 얼굴인 양, 웃는 눈인 양/"너 왔구나?" 하시는 듯/아! 아버지는 정다운 무덤으로/산에만 계시네.' 이 마지막 연은 부친에 대한 그리움만 표현한 것이 아니다. 죽음을 통해 찾아갈 아버지에 대한 노래이다. 즉, 죽음 이후에 놓인 만남을 통해 어린 시절 아버지가 계시는 안온한 세계로의 회귀를 드러낸다. 다시 말해 죽음은 세상을 떠나는 슬픈 일이 아니라, 아버지가 계시는 세계로 진입하려는 통로, 즉 새로운 만남을 예비하는 장치이다. 이 시에서 육친에 대한 그리움은 그의 원숙한 죽음에 대한 수용과 맞물려 여느 망부가에서 맛볼 수 없는 울림을 전하고 있다.

이 울림은 3단계의 성찰들이 어린이들에게는 다소 어렵게 느껴지게 한 관념성을 벗어 버린 데서 연유한다. 즉, 3단계의 가족시 「완두콩」이 가족의 결속과 사랑이라는 추상적 개념을 평이하게 다루는 데 비해, 여기의 「아버지」는 개별 식구의 한 존재인 아버지를 구체적으로 회상하면서 깊은 그리움의 정을 우선적으로 다룬다. 관념적 사유나 이치에 호소하기보다는 구체성과 정서에 호소함으로써 독자의 공감을 훨씬 크게 획득한 것이다. 동시가 시의 수준을 갖추어야 한다는 것은 마땅한 명제이지만, 동시에는 독자가 아동이라는 점에서 아동이 이해하고 감상할 수 있어야 한다는 까다로운 단서가 붙기 마련이다. 말기의 쉽고 평범해 보이는 이원수의 시들은, 마치 두 마리의 토끼처럼 보이는 쉽고도 수준 있는 시를 어떻게 잡을 수 있는지 방법을 제시한다. 추상적인 제재를 다루는 동시들이 시적 차원을 확보하면서도 아동 독자와 같이 호흡하려면, 사유 그 자체의 이치성보다는 개별적이고 구체적인 소재를 선택해서 독자의 정서를 자극함으로써 사유의 세계로 간접적으로 안내하는 것이다.

이 시기의 시들은 앞 단계의 시보다 사색의 깊이와 폭이 확대되었을 뿐만 아니라, 어린이 독자와 공감의 폭을 넓히고 있음을 살펴보았다. 이원수로서는 동시에 대한 의식의 변화로 삶에 대한 성찰을 진행하면서 어린이들이 느낄 수는 있되 쉽다고는 말하기는 어려운 2·3단계의 시들을 지났고, 4단계에 와서 독자 사이에 놓인 거리를 줄여 새로운 동시 세계를 이룩하고 이로써 동시의 영역을 넓혔던 것이다. 즉, 말기의 동원 시는 새로운 동심의 경지에 도달했다고 말할 수 있다. 연구자 김용순이 이원수의 말년의 동시가 동심을 회복하고 있다고 보는 것도 이런 맥락이었을 것이다.[19)]

3. 쉽고 좋은 시를 향하여

한 인간의 문학적 심성은 그가 다 자란 이후에 읽는 시와 소설이 아니라 어린 시절에 읽었던 동시와 동화에 뿌리를 두고 있다는 점을 생각한다면, 아동문학의 중요성은 결코 가볍지 않다. 그러나 문학에서 아동문학의 영역은 협소할 뿐만 아니라 이에 대한 관심과 평가마저도 미미하다. 이원수는 누구보다도 치열하게 아동문학의 중요성과 그 문학적 질을 높이기 위해 고군분투해 왔던 아동문학인이다. 1920년대 동시를 중심으로 본격적으로 꽃피웠던 한국 아동문학의 역사는 이원수 자신의 문학적 출발이기도 했다. 그는 대중의 사랑을 받았다간 외면당하는 동시 문학의 부침 속에서 꾸준히 동시 문학에 대한 자의식을 발전시켜 나갔다. 그의 자의식을 관통하고 있는 것은, 자신의 동시가 아동의 몸짓이나 태도를 흉내내는 것이 아니라 어린이가 읽고 감상할 수

---

19) 김용순, 「이원수 시 연구」, 성신여대 교육대학원 석사논문, 1988, 61쪽.

있는 좋은 시여야 한다는 신념이었다. '동심 천사주의'에 내재된 어른 입장에서 아이 바라보기라는 관점을 받아들이지 않고 어린이 현실의 아픔을 대변하고자 했고, 한걸음 더 나아가서 어린이가 읽고 감상할 수 있는 쉽고 좋은 시가 바로 동시라는 생각으로 자신의 동시 문학을 가꿔 갔던 것이다.

그런 이원수의 노력은 현실에 대한 그의 자세와 결코 무관하지 않다. 본고에서는 이 과정을 추적해 나갔으며, 한국전쟁 이후에는 아동의 현실을 노래하는 데 적극적이지 않았다는 사실이 현실 외면과 직결되는 것이 아님도 지적해 보았다. 아동문학에 대한 자의식이라는 점에서 보다 중요한 것은, 그가 내면으로 향했던 눈길로 새롭게 포착한 삶에 대한 성찰들을 가지고 어른에게 달려가지 않았다는 것이다. 즉, 자신이 출발한 동요에 담기 어려운 생각의 깊이를 시에 담아내면서 어린이들이 동시를 통해 삶과 문학의 향취를 느끼기를 원했던 것이다. 그리고 이것으로서 한국의 동시가 어린이들의 옹알이에서 끝나지 않고 시로 거듭나기를 추구했던 것이다.

동원의 동시 문학 발자취와 자의식을 드러내는 것이 본고의 목적이었다. 돌아보면 그의 동시 문학은 '어린애이다'에서 '어린애답다'로 돌아가는 과정을 보이고 있어서 우리가 익히 알고 있는 한 편의 선시를 떠올리게 한다. 선시는 다음과 같은데, 괄호 안은 이에 대한 전 고대 철학과 교수 김용옥의 해석이다.

'산은 산이고 물은 물이다(기존 관습에 따라 산과 물을 소박하게 의식한다)./산은 산이 아니고 물은 물이 아니다(문제 상황 속에서 자발적 의식을 가지면서 어떤 아포리아에 봉착했을 때 산은 산이 아니며 물은 물이 아니다)./산은 물이고 물은 산이다(탐구가 시작되면 동양적 인간은 산과 물 그 자체로 해결책을 구하여 산이 물이 되고 물이 산이 되는 무차별의 공상(空想)으로 해탈 초월한다)./산은 산이고 물은 물이다(그러나 이런 웅혼한 무차별의 경지는 다시 해탈하여 산은 산이고 물은 물인 현실로 되돌아온다. 물론 이 것은 제1행의 상태와는 다른 것이다).'[20]

이원수의 동시에 대한 의식은 이 선시와 같은 논법으로 진행된다. 즉, 동시는 동시이다(동시란 동심을 담는 시이므로 어린이들의 세계를 드러내고, 시는 어른들의 세계를 드러낸다)./동시는 동시가 아니다(동시는 반드시 어린이들의 세계만을 드러내는 것은 아니다)./동시는 시다(동시는 쉽고 좋은 시이다)./동시는 동시이다(동시는 어린이들이 읽고 감상할 수 있는 쉽고 좋은 시이다).

어른이 자기 문학 행위에 대한 독자를 아동으로 삼아 문학을 한다는 것은 문학에 대한 의식과 어린이에 대한 이중의 의식을 동반하는 어려운 일이다. 동원은 이 이중의 제약 속에서 아동문학하기에 대한 자의식을 누구보다 충실히 견지하면서 아이와 어른이 함께 읽을 수 있는 시들을 써 나갔다. 이는 동시 문학뿐만 아니라 문학 일반에서 언제나 관심을 기울여야 하는 인물로 그를 지목해야 하고, 여기에 대한 마땅한 평가를 요구하는 대목이다. (1998년)

20) 김용옥, 『동양학 어떻게 할 것인가』, 통나무, 1986, 325쪽.

노동한다, 고로 존재한다

— 자연, 고향, 우리 것에 대한 신현득의 시들

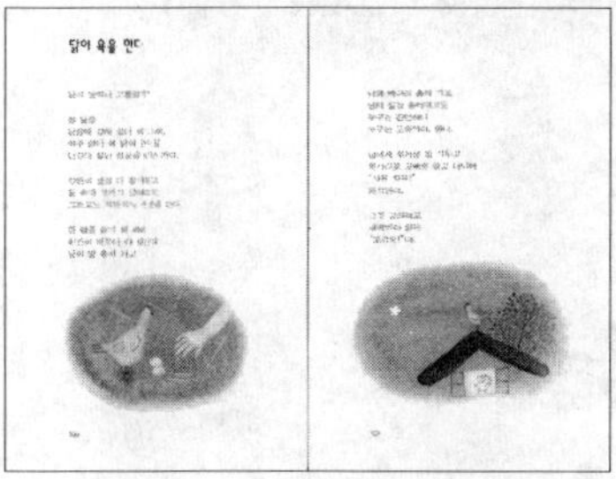

신현득 제14동시집, 이한중 그림 『대추나무 대추씨』 (아동문예, 1999).

1. 자연, 고향, 우리 것의 관계

신현득이 자연을 보는 눈은 복잡하지 않다. 자연에 대한 신현득의 시는 편한 내용과 모양을 지녔다. 대단한 인식의 깊이를 갖추지도 않았고, 황홀하리만큼 감각적 묘사를 구사하지도 않고, 감상적이지도 않다. 그렇다고 자연을 음풍농월의 대상으로 다루지도 않는다. '자연 친화, 고향, 우리 것'과 관련된 그의 시편들은 일견 범상스럽다.

허나 그가 자연을 자연 그대로 읊조리는 법은 드물다. 신현득의 시에서는 그만의 독특한 힘줄이 불거져 있다. 그가 자연, 고향, 우리 것을 볼 때는 그에게 내면화된 시선, 즉 일꾼의 눈초리가 일어선다.

자연은 옥중이[1]가 방 창호문을 열면 당장 펼쳐지는 풍경이다. 처음 대자연은 옥중이라는 생명체를 받아 주었지만, 그가 어느 정도 성장하자 뼈 빠지는 노동을 요구하는 가혹한 대지로 다가섰다. 옥중이가 태

1) 옥중이는 신현득의 아명이다.

동시인 신현득.

어나 자라던 때는 살기가 몹시 어려운 시절이므로 이러한 자연의 역할 변화는 당연해 보인다. 그의 자연에 대한 시들에서 이러한 변화가 확인된다. 그랬으니 자연에 대한 그의 시심은 음풍농월은 물론, 여유 있고 세련된 정서를 이입해 볼 틈도 없으며, 더더군다나 어떤 철학적 사유는 더욱 진행시키기 어려웠을 것이다. 자연은 그에게 삶터이고 일터였으며, 근면과 성실로 버티면 살아갈 수 있으며, 또 그렇게 살아야 함을 가르친 교사였다.

자연 속에서 이루어진, 출생, 성장, 노동 이 모든 것은 고향이라는 말에 포섭된다. 다시 말해 신현득에게 고향은 피를 나눈 가족과 함께 먹고 잔 곳이며, 주어진 대지를 가꾸어 소출을 냄으로써 제 피를 뜨겁게 간직할 수 있는 기반인 곳이다. 이러한 농경적 고향은 자연이라는 공간적 배경을 전제로 해서 성립된다. 자연을 배경으로 한 고향은 가족이든 자연물이든 땀 냄새를 풍기고 있어서 정겹고 소중한 산천으로 기억된다.

그가 도시로 나오고 동시에 조국의 근대화에 박차가 가해지면서, 자연과 고향은 사라지는 우리 것들이라는 이름을 서서히 달게 된다. 고향과 자연은 혈족이 거처하고, 여기에 혈연처럼 정겨운 들녘이 포개져 한없이 다사로운 공간이다. 이것이 사라진다는 것에 그는 유달리 가슴 아팠을 것이다. 그래서 우리 것에 대한 시편들에서는 센티멘털한 정조를 발견하리라는 짐작이 따라 붙는다. 그러나 막상 그의 시는 감상적인 정조와는 대조적이게도 교훈성마저 풍기고 있어서 상식적 예상은 파격을 맞는다. 우리 것이라 할 수 있는 사물들을 주목하는 그의 시선에는 제 할 일을 충실히 다하라는 그의 삶의 태도가 깔려 있다. 결국은 여기에도 일을 한다는 노동의 그림자가 어려 있다.

정리하면, 자연에 관한 시는 고향에 대한 시로 쉽게 이어지며, 이 두 종류의 시는 우리 것을 노래한 시들을 껴안는다. 이 세 부류의 신현득 시들을 관류하는 것은 대지에서 일하는 일꾼으로 표상되는 신현득의 삶이다. 즉 자연, 고향, 우리 것에 대한 신현득의 시를 모아 보면, 그 매개항은 노동하는 육체가 드러내는 힘줄임을 목격할 수 있다. 그 힘줄은 그가 역사와 민족, 가족과 교실에 대한 목소리를 낼 때에도 은밀하게 드러난다. 이미 그를 대표하는 시 「옥중이」에서 '나무 한 짐 '쾅당' 해오'겠다지 않았는가?

그래서 자연, 고향, 우리 것에 대한 그의 시에서는 이 힘줄을 짚어야 한다. 우리 동시에서 자연, 고향, 우리 것을 다룬 시들은 한여름 고향 마을 풍경을 채우는 갖가지 색감의 푸르름처럼 흔하면서도 저마다의

신현득의 동시집 『참새네 말 참새네 글』(창작과비평사, 1982)와 『일억오천만년 그 때 아이에게』(현암사, 1994).

다른 개성을 보인다. 온통 푸르른 시의 더미 속에서 신현득의 시는 잘 찾아진다. 더듬어 보면 일하느라 탱탱하게 긴장되어 있는 힘줄을 가졌기 때문이다.

2. 대지에서 일하는 일꾼들

1) 자연을 노래한 시들

대지와 대기 사이에 생명을 가지고 있는 모든 것들은 움직인다. 신현득은「봄개울」한 장면을 통해서 자연이라는 이름 속에 들어 있는 수많은 생명의 움직임을 보여준다.

햇빛이 입김을 불어
겨우 얼음을 뚫었다.
개울물이 겨울잠에서 깬다.
그제야 산 그림자가
물속에 와 선다.
버들개지도 제 얼굴을 비춘다.

가재가 잠에서 깨어
굴 속에서 기어나온다.
실지렁이도 잠에서 깼다.

햇볕은 물 밑에 쌓인다.
따뜻하다.

햇볕은 피라미 새끼의 체온이 된다.
햇볕은 붕어 새끼의 체온이 된다.
따뜻하다.
까치 울음이 물속까지 들린다.
비둘기 구슬픈 울음도 들린다.

움추렸던 물줄기가 벋는다.
물 소리가 난다.
미나리 하얀 발이 씻긴다.

먼 산에 바람 소리가
물에 실려 내려온다.
산새의 노래도 실려 온다.

바람 소리 새 소리가
물 밑에 쌓인다.
물 소리가 커진다.

—「봄개울」 전문

봄개울의 부산하고 활기찬 움직임이 눈에 잡힌다. 무릇 생명 있는 것들은 움직인다. 봄개울이 보여준 생명 있는 것들은 동물(가재, 실지렁이, 피라미, 붕어, 까치, 비둘기, 산새)과 식물(버들개지, 미나리)에 국한되지 않는다. 햇빛, 개울물, 산 그림자, 물줄기, 바람도 생명을 가지고 있다. 신현득의 시에서 그들을 보라. 식물과 동물이라는 '너'에게 자신의 입김과 온기와 움직임을 주는 '나'이지 않는가. 봄개울에 속한 모두는 새 계절을 맞을 때 한결같이 움직임이 요란하다. 들판도 마찬가지이다. 「땅속에서 땅밖에서」를 보면 3월의 땅 속은 '벌레알이 꼬물꼬물'거리고, '씨앗도 꿈에서' 깨는 것은 물론 '공룡의 화석도 꿈틀거'린다. 땅밖은 '살구나무 가지 끝이 환하'고 '진달래가 꽃초롱을 들고' 있다. '커다란 공룡의 등딱지' 같은 땅은 경운기가 갈아 엎고 나비가 그 뒤를 따른다. 분주하기 이를 데 없는 모습이다. 신현득에게 자연이란 시간을 따라 쉴새없이 움직이는 오만가지 것들의 삶터이며, 또 바로 이들을 부르는 이름이다.

자연은 결코 고정되어 있는 법 없이 부단히 움직인다. 신현득에게 자연의 움직임은 대부분 생명을 살리는 노동 행위로 이해된다. 햇빛의 움직임은 얼음을 뚫는다. 얼음이 뚫어져야 개울물, 가재, 실지렁이가 잠을 깬다. 잠을 깨야 또 살아갈 수 있지 않겠는가. 햇볕은 움직여 물밑에 쌓인다. 그리하여 피라미, 붕어가 따뜻한 체온을 얻는다. 햇볕의 움직임이 물 속 생물로 하여금 새로운 한 해를 살아가게 한 것이다. 과연 깨어나더니 까치와 비둘기의 울음을 듣지 않는가. 그가 자연의 움직임을 노동 행위로 보고 있음을 주목하자. 그는 자연물의 움직임을 그것 본연의 행동 방식으로 보지 않는다. 살아가게 하는 행위, 즉 노동하다로 이해한다. 노동을 해야만 살아갈 수 있지 않는가. 그런데 그 노동은 행위자 자신이 아니라 다른 것의 생명을 유지시키는 경우도 많다. 「햇빛은 엄마예요」에는 '"냠냠"/꽃이 한 숟갈씩 받아 먹어요.//햇빛은 엄마예요/"깔깔깔깔"/웃는 꽃은 아기죠'라고 되어 있다. 햇빛이 아파트 베란다로 들어가, 화분 속 꽃을 먹여 살린다. 꽃을 위한 햇빛의 노동은 아기에 대한 엄마의 수고처럼 자신을 위한 것이 아니다. 이러한 이타적 노동이 연쇄적으로 파급되고 있다. 그 결과 자연의 움직임은 거대한 상생적 노동을 이룬다.

서로에게 이익이 되기 때문인지 이들의 노동은 즐겁다. 「봄개울」의 분위기가 밝고 즐거운 것은 이 때문이다. 때로는 노동과 놀이가 구분되지 않는다. 「산」은 그 현장이다. '심심해 노루들이/메아리를 부르다 가면/메아리를 듣고/나무들이 크고/꽃이 피고……//이렇게 어울려 어울려 놀면서/산에서는 모두들 즐거울 거야.'

신현득은 일을 하는 한 쓸모 없는 자연은 없다고 말한다. 가시나 달고 사는 「탱자나무」를 보자. 탱자나무 울타리에 가시가 났다. 그 흉한 가시는 '이파리 밑에 숨'어 지내지만, 자라서는 과일 나무 열매를 훔치는 도둑을 막는다. 얼마나 중요한 노동을 하는 존재인가.

2) 고향을 노래한 시들

이번에는 자연과 농촌이 중첩된 시를 읽어 보자.

잎 사이에
움츠려 넣어 두었던
머리가 올라왔다.
파란 수염부터
올라왔다.

목고개가
쑥쑥 길어진다.
수염에
씨앗이 매달린다.

머리가 하루하루
무거워진다.
보리는 목고개에

힘을 준다.
— 내 얼굴이 어떤가?
— 옆의 보리를 보면 알지.

한 포기씩 모여
한 이랑이

한 이랑씩 모여
한 들이

고갯짓만 약간 해 줘도
아득한 한 들이 파도가 돼
일렁인다.

—「보리가 팬다」 전문

보리 싹 트기, 수염 나기, 줄기의 성장, 열매 맺기, 열매 익기가 순서대로 묘사되었다. 보리의 생장을 그린 것이다. 이랑을 보아 인간의 손길이 닿은 보리이다. 즉, 보리의 성장은 아버지의 땀 덕이다. 그러나 고향의 보리밭을 보는 신현득의 눈길은 아버지의 노동에 초점을 맞추지 않았다. 보리라는 자연물의 움직임에 주목하고 있다.

보리가 부단한 움직임을 통해 제 생명을 보존 발전시켰다. 보리는 동료들을 통해 제 행위의 뿌듯한 결과를 확인한다. 근면한 노동 주체들이기에 이들은 고갯짓만 약간 했을 뿐인데도, 들에는 파도가 일렁대는 장관이 연출된다. 이 시는 이렇게 잘 성장해 온 보리의 대견함, 보리가 일군 풍요를 노래한 것이다. 보리가 싹트기에서 열매 익히기까지 어느 한 순간 움직임을 멈췄더라면 장엄한 풍경은 성립되지 않았을 것이다.

왼쪽부터 신현득의 제9동시집 『착한 것 찾기』(미리내, 1992), 제10동시집 『독도에 나무심기』(미리내, 1994), 제11동시집 『몽당연필로 시쓰기』(미리내, 1995).

그런데 '아득한 들이 파도가 돼 일렁인다'로 시를 마감함으로써, 신현득은 들판 밖에서 보리를 보고 있는 사람들이 상상할 몫을 남긴다. 신현득은 보리라는 식물이 해왔던 노동의 장대한 결실을 보여줌으로써, 말할 것을 다 말한 듯 입을 다물었다. 하지만 그가 입을 다문 지점이 절묘하여 독자는 뒤에 남는 여운을 무시할 수 없다. 마지막 연은 독자에게 누릇한 보리 파도가 주는 시각적 즐거움을 불러일으킨다. 추수와 탈곡 후 그릇을 채우는 보리밥이 그려지기 때문이다. 이 상상은 사람의 배를 채운다. 이 포만감 때문에 누런 보리 파도는 즐겁고, 그 즐거움을 유발하는 보리 열매는 장엄한 것이다.

앞서 말한 대로 이 보리밭에는 아버지의 노동이 깔려 있다. 그러니까 보리 파도가 주는 포만감은 보리의 노동과 보리를 가꾼 아버지의 노동이 합쳐서 만든 것이다. 아버지의 노동은 보리를 크게 한다. 제 키를 늘리고 열매를 익혔던 보리의 노동은 아버지의 배를 불린다. 말할 것도 없이 보리가 풍년이려면 인간의 근면한 노동이 뒷받침되어야 한다. 그러니까 결국 이 시의 화자는 눈길을 줄곧 보리밭의 보리에 두었으되, 입술은 그 이면에 있는 자연물과 인간이 서로 바치는 상생적 노동과 그 풍요를 말한다. 신현득이 계산한 이 시의 자장은 보리의 대견함에서 그치는 것이 아니라 인간의 성실함까지 포함된 것이었음이 드러난다.

인간이 자연을 돌보는 노동을 하면, 자연은 이를 바탕으로 제 성장이라는 움직임을 취하여 인간에게 이익을 준다. 이를 드러내는 가장 생생한 현장이 고향 땅이다. 보리밭이 있는 곳이다. 보리밭은 자연과 인간 사이에 교류되는 움직임도 상생적임을 보여준다. 신현득이 인간의 자연 경작을 거듭 그리는 것은 그러한 노동이 목숨을 살리는 신성한 행위이기 때문이다. 부모를 노래한 많은 시편에서 노동하고 있는 엄마, 아버지를 그린 것도 이런 인식이 깔려 있어서이다. 심지어는 '죽은 엄마 묏벌 둘레에/상추씨 갈고//보리갈이를 마치고 아버지는 재 너머 마을에 새 엄마 얻으러'(「비둘기」) 가지 않던가. 다음 시에서 신현득은 보리밭에서는 감추었던 인간의 노동을 전면으로 내세웠다.

아가씨가 베를 짜고 있었습니다. 뒷밭에 목화씨가 베 짜는 장단에 싹이 틉니다.

'딸깍' 한 눈.

'딸깍' 한 눈.

'딸깍' 또 한 눈……

뒷밭에는 하룻밤 사이에 목화꽃이 소복이 나왔습니다.

〔… 중략 …〕

베 짜는 장단에 뚝뚝 꽃이 지고, 베 짜는 장단에 다래가 열고, 다래가 벌어 목화가 피기 시작했습니다.

'딸깍' 한 송이.

'딸깍' 한 송이.

'딸깍' 또 한 송이……

목화밭은 하룻밤 사이에 하아얀 솜밭이 되었습니다.

—「목화밭」 일부

아가씨의 베 짜기와 목화의 생장이 중첩되어 있다. 베 짜기와 목화송이 영글기는 별개의 과정이지만, 여기서는 '딸깍' 소리에 하나로 묶여 있다. 딸깍은 한 번에 한 줄씩 피륙의 키를 늘리는 베 짜는 소리이면서 목화가 하나씩 싹이 트고, 꽃봉오리 맺고, 흰 솜으로 벌어지는 순간들을 표현한 소리이기도 하다. 이렇게 '딸깍'은 인간과 목화라는 두 존재의 움직임을 동시에 담는다.

이 시에서는 아가씨의 베 짜기에 따라 목화가 생장하지만, 실은 베 짜기가 없어도 목화는 큰다. 반면에 베 짜기는 목화 솜이 벙글어져야 가능하다. 그렇다면 아가씨는 베 짜는 틈틈이 베를 짜기 위해 목화밭을 가꾸었을 것이다. 시인은 이런 유추에서 베 짜는 소리로 목화가 큰다는 상상을 펼쳤고, 시에서는 노동이라는 아가씨의 행위와 성장이라는 목화의 행위를 딸깍이라는 소리를 매개항으로 삼아 중첩시킬 수 있었던 것이다.

「고향의 무게」는 서울역에 내려서 종이 상자를 어깨에 메며 "이게 고향 무게로군"이라고 말하는 장면에서 시작된다. 어느덧 도시로 와서 살던 시인이 고향에 다녀오면서 무거운 상자를 받아 온 것이다. 상자가 무거운 까닭은 거기에 온갖 먹거리가 담겨 있어서만이 아니다. 고향 사람들이 '마을 버스길까지 나와 조금씩 놓아 주던 정'이 가득하기 때문이다. 어떻게 지은 곶감, 고춧가루, 마늘, 사과, 호콩 농사인가. '고향 목소리가 들리네' 하며 고향의 정을 가슴 깊이 느끼는 것은 그 농산물을 소출한 고향 사람들의 노동을 알기 때문이다.

보리밭이든 목화밭이든 고향에서 이루어지는 자연의 성장은 이들을 돌보는 인간의 노동에 의지한다. 인간의 노동을 먹으며 제 생명을 키우는 노동을 하는 자연은 제 결실을 인간에게 줌으로써 보답한다. 이렇듯 신현득의 고향 말하기는 노동을 담보로 자연과 인간이 서로 엉켜 있는 공간 읽기에 다름 아니다.

3) 우리 것을 노래한 시들

신현득이 자연과 나누는 교감과 애정의 내용은 근면하게 살아가는 인간의 시선에 물들어 있다. 삼라만상의 움직임을 '일하다'는 행위로 파악할 수 있는 그이니, 고향 땅에서 늘상 보던 사물들 또한 그렇게 보지 않겠는가. 삭정이 한 가지 꺾어 만든 부지깽이, 한 덩이 흙을 이겨 빚은 시루도 신현득의 눈에는 제 할 일을 다해내는 참으로 거룩한 존재들로 보인다.

부지깽이는
어디가 착한가?

섶나무
공구어 피우며
자신의 한 끝을 태우는 목숨.

— 뜨거운가?
— 뜨거울 수밖에.

장작불 뒤적여 주고,

자신도 불이 붙는다.
— 아픈가?
— 아플 수밖에.

내 몸 태우지 않음,
어쩨서 부지깽이랴.

아궁이 곁에 놓여
불 지피며 짧아지다가

오뉴월 점심낮에
보릿짚을 때다가
보리밥 지으며
몽당이가 되다가

마지막
남은 내 몸까지를
불 속에 던지는
부지깽이.

—「부지깽이」 전문

'자신의 한 끝을 태우'고 '마지막 남은 내 몸까지를 불 속에 던지는' 부지깽이의 노동 자세를 어찌 가벼이 보아 넘길 수 있는가? 뜨거운 불길을 마다 않고 일하는 것은 「시루」도 마찬가지다. '치닫는 김,/열을 견디며 시루가 외우는 말/— 남을 데우려면/내 몸부터 데워야 하느니라.' 시루의 살신성인적 노동 태도는 한 켜씩 쌓은 쌀가루와 고물을 익혀 '담너머로 나누어 먹는' 인정을 만들어낸다.

부지깽이와 시루의 노동은 의무의 단순한 이행이 아니다. 그 경지가 구도자의 자세에 가깝다. 하찮아 보이는 사물의 이러한 태도를 들어 바람직한 인간의 삶의 자세와 행동을 촉구하는 것이 신현득의 의도이다. 이런 의도를 심기 위해서는 일차적으로, 자신의 눈과 사물 사이에 '일하다'라는 필터를 끼워야 가능하다. 사실 신현득에게, '일하다'의 필터는 끼운다는 의식 없이 자동적으로 끼워져 버린다. 즉, 이 시인에게는 하찮은 사물들도 자기에게 주어진 노동을 신성하게 감당하는 존재들이기에 시인은 제 노래 마당 한 귀퉁이를 이들에게 내주고 있는 것이다.

「지게」는 쓰임 자체가 노동을 위한 도구이다. 지게가 일을 하는 것은 당연하므로, 신현득은 지게가 얼마나 엄청나게 일을 하는지 보여준다. 조그만 지게가 들, 숲, 바다를 업어 나른다고 한다. '하나 가득 익은 들을/업어 나'르고, '산에 가면/오솔길로 숲을 나누어 업고/그것으로 우리 조상의 온돌/아랫목을 데워 주고', '바다에 가면/바다를 나눠 등짐으로 업고/대관령 큰재 너머/우리네 장독간까지/소금맛을 대어 주던 지게'인 것이다. 그러니 지게야말로 '우리네 역사를 업어 온' 대단한

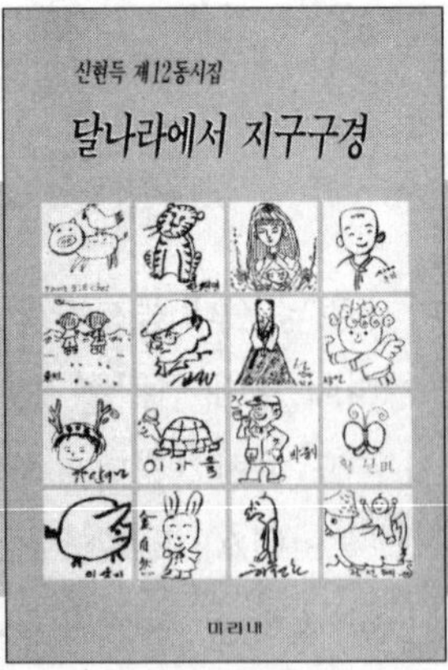

신현득의 제12동시집 『달나라에서 지구구경』(미리내, 1999), 제13동시집 『고향 솔잎』(미리내, 1997).

존재일 수밖에. 「신이란 그릇」을 노래할 때도 이들이 일하고 있다는 것에 음조를 맞춰 둔다. 신은 '제 크기에 딱 맞는 발을 담고' '몸 안에 담긴 발을/사랑으로 감싸 안고/진창길을 대신 밟아 주'고, '따습게 발등을 감싸 안고/눈길, 얼음판을 밟아' 준다. 「가지치기」도 전지가위의 행위를 과일 나무를 '건강한 나무가 되기 위해' 펼치는 의료 노동으로 본다. '복을 건지는 그릇/복조리. 얄랑얄랑, 복을 일어 건져요'라고 운을 뗀 「복조리」에서 신현득은 '복은 요행으로 얻는가?' 묻는다. 그리고선, '아니어요. 씨앗처럼 땀으로 가꾸는 것'이라는 대답을 내놓는다. 땀만이 복을 가져올 수 있다는 생각은 그의 신념이다.

3. 자연 · 노동 · 시

자연, 고향, 우리 것은 신현득의 심상에 움직임이 많은 존재들로 나타난다. 커 나가느라, 어울려 노느라, 일하느라 삼라만상은 역동적이다. 신현득의 시에 그려진 이들 움직임은 남을 이롭게 하며, 그렇게 함

신현득의 제14동시집 『대추나무 대추씨』(아동문예, 1999), 제15동시집 『우리 집 강아지는 아기 공룡이에요』(창작미디어, 1999).

으로써 제 자신을 살아가게 한다는 내용을 갖는다. 나와 남을 살리는 행위는 즐겁고 건강하다. 그의 많은 시들이 제 할 일을 충실히 다하라는 권면을 품고 있는 것은 이 때문이다. 삼라만상 모두가 제 할 일을 하는 순간이 그가 가장 이상적으로 여기는 자연의 세계이며, 고향의 풍경이며, 우리 것의 가치이다.

신현득이 이들 움직임을 노동으로 파악하고 있는 것은 근면하게 살아왔던 시인의 삶의 태도가 시에 투사된 결과이다. 가난이 그를 힘든 노동의 현장의 몰아냈지만, 그는 힘겨운 일하기를 통해서 일이 없는 세상을 꿈꾸기보다는 일의 가치를 발견했던 것 같다. 노동이야말로 자기가 맡은 역할을 수행하는 일이었고, 그럼으로써 세상을 이롭게 하고, 또 타인의 노동에 의해 내가 살아간다는 진리를 터득했을 것이었다. 고향을 떠나서는 자연 속에서 진행했던 노동의 진실함을 반추하며 시를 썼을 것이다. 이것은 시인이 낯선 도시에서의 삶을 바투잡아 갈 수 있는 힘이었을 것이다.

자연, 고향, 우리 것이라는 세 항목에 일정한 연관성을 갖게 하는 매개항이 '일하다'임을 살펴보았다. 이 대목이 다른 동시인들이 쓴 같은 부류의 동시들과 신현득의 동시를 구별하게 하는 구별점이 된다. 신현득은 노동의 소중함과 가치를 흙처럼 깔아 놓고, 거기서 자연, 고향, 우리 것에 대한 애정을 품은 시의 나무를 성장시켜 왔다. 이 일은 시인 신현득의 노동이다. 그의 노동은 누구를 이롭게 하고 있는가. 그의 시를 읽는 사람들을 이롭게 한다. '노동한다, 고로 존재한다'는 명제를 넌지시 그리고 새삼 깨닫게 하기 때문이다. (2000년)

문학의 바다에서 동시조로 흐르기

— 시조 동인 〈쪽배〉와 으뜸 사공 박경용 이야기

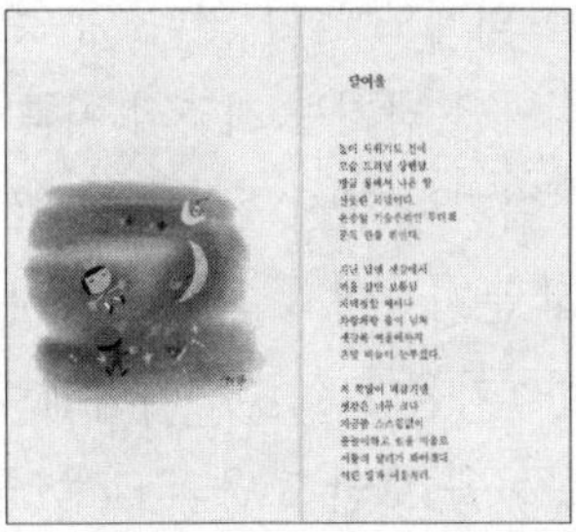

〈쪽배〉 1호 동인집 『어린 달과 어울리러』
(이경규 그림, 가람, 1997).

1. 동시조 역사와 박경용의 역할

마이너 중의 마이너. 무수한 문학 영역 중에서 동시조의 위치가 그러하다. 그런데 동시조 동인 〈쪽배〉가 없었더라면 21세기 한국 문단에서 동시조 장르는 더욱 미미한 분야로 남았을 것이다.

동시조를 지키는 사람들이 십 년 전 어느 날, 한국 아동문학사에 잔잔한 물결을 일으킬 모임 하나를 만들었다. 바로 〈쪽배〉의 결성이다. 결성 계기는 소박하다. 『아동문학평론』에서 1992년 동시조 특집을 마련한 바 있는데, 이때 작품을 냈던 동시조인들이 자리를 같이함으로써 〈쪽배〉가 진수된 것이다.

문학의 바다를 떠도는 작은 배, 동시조 동인은 '쪽배'를 제 이름으로 삼아 문단에서의 자기 입지를 늘 되새긴다. 작지만 도도하게 흐르리라는 결의가 번득이는 쪽배라는 이름에는 사뭇 단단한 비장함이 잠겨 있다. 또한 〈쪽배〉 이름에는, 우리 고유의 얼과 넋, 그리고 말을 보듬으려는 의지도 녹아 있다. 무엇보다도 이 모든 뜻을 총괄하면서도 여유와 여백을 남기는 시조적 이름임을 놓칠 수 없다.

여기서 잠시 동시조의 역사를 간략하게 짚어 보지 않을 수 없다. 현대 문학사에서 최초의 동시는 1923년 가람 이병기가 『신소년』에 발표한 「가을」로 친다. 가람에 바짝 이어 1920년대 후반부터 활발한 시조 활동을 보인 조운의 작품 중 「채송화」를 비롯한 수 편은 동심을 담은 것들로 동시조사에서 간과될 수 없다. 가람과 조운의 시조에 동심의 내음이 물씬했지만 의식적인 동시조 창작이라 보기 어렵다. 동시조에 대한 자각을 바탕으로 한 본격적인 창작은 시기가 더 늦추어진다.

동시조의 필요성은 역시 아동문학가에 의해서 제기되었다. 1940년 동화작가 이구조가 「아동시조의 제창」(동아일보, 5. 29)을 발표했던 것이다. 이후 1964년, 『가톨릭소년』(지금의 『소년』) 주간으로 있던 이석현이 동시조의 계발을 정식으로 제의했다. 이것은 시와 시조를 쓰던 송라 박경용이 본격적인 동시조 창작의 길로 들어서게 한 계기가 되었다.

송라의 참여로써 의식적이고 본격적인 동시조 창작이 이루어졌다고 할 수 있다. 1968년 『가톨릭소년』을 매체로 한 그의 동시조 발표는 몇 가지 점에서 주목을 요한다. 우선 자신의 작품을 동시조라고 또렷하게 장르 구별을 했다는 점이다. 두 번째, 작품을 세 차례에 걸쳐 잇달아 발표함으로써 동시조에 대한 관심을 일과성 행사로 흐르지 않게 했다는 점이다. 세 번째로는 「바다 생각에 젖게 하는 것들」 등 본보기 작품에 동시조 창작 실제에 대한 이론을 곁들였다는 점이다. 이 세 가지 사항은 그가 동시조에 대한 확고한 장르 의식을 갖고 있었고, 이 장르를 본격화시켜야 한다는 의지가 굳었음을 드러낸다.

더 나아가 그는 백수 정완영을 동시조 운동에 동참케 함으로써 이후 수 년 동안 동시조의 꽃을 활짝 피우는 기반을 다졌다. 그리하여 1980년대 중반까지 동시조 인구의 확산이 이루어졌다. 그러나 이에 버금

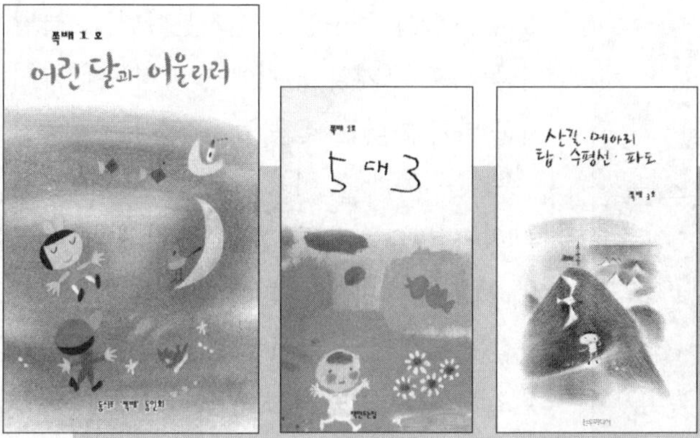

왼쪽부터 〈쪽배〉의 동시조집 1호 『어린 달과 어울리러』(가람, 1997), 2호 『5 대 3』(책만드는집, 1999), 3호 『산길·메아리·탑·수평선·파도』(선우미디어, 2001).

가는 질적 성장은 보이지 못한 채 소강 상태에 머물고 말았다. 그런 중에도 1979년 백수의 『꽃가지를 흔들 듯이』가 나와 최초의 동시집 발간으로 기록됐고, 뒤이어 송라가 1980년에 『별 총총 초가집 총총』이라는 동시조집을 펴냄으로써 동시조 장르의 본격적 형성이라는 문학사적인 수확을 거두었다.

1990년대 초반까지 이 두 사람에 의해서 지탱되다시피 한 동시조단은 〈쪽배〉의 결성을 통해 새로운 전기를 맞았다. 박경용을 중심으로 결성된 〈쪽배〉는 진수 3년 만인 1997년에 첫동인집 『어린 달과 어울리러』(가람)를 내고, 계속해서 『5 대 3』(책만드는집, 1999), 『산길·메아리·탑·수평선·파도』(선우미디어, 2001)를 발간했다. 이들의 활동은 동시조사에서 일인 문단 시대의 종료와 함께 집단적 활동 시대로 들어섰음을 의미한다. 따라서 이 집단의 활동이 보이는 시적 성취는 그대로 동시조의 장르적 성숙을 뜻하는 것이 된다.

〈쪽배〉에 대한 소식을 모르더라도 현재 가장 왕성한 동시조 창작 활동을 벌이고 있는 작가들을 추려서 논하다 보면, 이야기는 〈쪽배〉로 돌아가게 마련이다. 이상의 흐름을 염두에 두거나 〈쪽배〉 한 가운데에 서 있는 사람이 누구인지 살펴본다면, 오늘날의 동시조 쓰기와 읽기에는 박경용에게 의지한 바가 크다는 것을 알 수 있다.

박경용의 일곱 번째 동시집 『샛강마을 숲동네』(가나출판사, 2001).

송라는 쪽배를 이끄는 으뜸 사공으로서 『샛강마을 숲동네』를 올해 초 상재한 바 있다. 시조에 대한 풍성한 담론을 유발하는 이 시집은 송라가 보였던 오랜 침묵에 값하는 것으로, 따로 지면을 내어 논하는 것이 좋을 것이다. 여기에서는 『샛강마을 숲동네』에 대한 인상을 바탕으로 이 시집이 유발시킨 생각, 즉 그의 작가적 투혼이 동시조의 역사와 독자에게 어떤 의미가 있는가를 잠시 적어 보고자 한다.

전통의 계승, 민족의 노래를 운운하며 세상에 문 닫고 자수율을 다듬으며 시조 쓰기에 순정을 바치는 것과 송라의 작업은 구별된다. 현대인의 정서를 시조의 호흡법으로 다뤄 보려는 것이 박경용의 주된 관심사 중의 하나였던 것이다. 이번 시집은 여기서 한 발 더 나아갔다. 시조가 가장 익숙하게 담아내는 정서와 현대인이 찾고자 하는 정서의 합치점을 새롭게 포착한 후, 이를 살고 싶은 삶터의 일상으로 모아 적극적이면서 푸근하게, 그리고 넉넉하게 다루고 있는 것이다. 그렇다고 해서 전원 생활을 영위하는 서민 대중의 소박하고 질펀하고 흐드러지는 감성을 담고 있다고 말하기는 어렵다.

이 시집에 대한 인상주의적 평이겠지만, 송라가 지어낸 시조는 현대인의 탄성을 자아내게 하는 우리 고유의 옷 한 벌과 같다고 할 수 있다. 즉, 그의 시들은 전통적인 방법에 따라 옷감을 염색하고 고아한 선을 그대로 살려 바느질하여 지어내어 그 빛감과 자태, 그리고 단아함과 우아함 때문에 누구든 입고 뽐내고 싶어하는 그런 한복을 마주 대한 느낌을 맛보게 하는 것이다. 송라의 언어 다듬기는, 옷감 한 올도 흘리지 않을 정도로 빈틈없고, 엇나간 바느질은 한 땀도 허용하지 않는 야무진 손끝에 비견된다. 언어에 대한 박경용의 장인 의식은 예나 지금이나 여전하여 이 시집에서도 기와집에 사는 대감님 옷에 바치는 노고를 쏟아 붓고 있는 것이다. 그러나 정작 시의 내용은 초가에 사는 영이네 집 안팎의 일로 소탈하다. 이 시집의 묘미는 바로 이러한 빈틈없음과 초탈함의 자유로운 공존에 있다. 시의 올을 다듬는 섬세한 공력이, 특정 이념과 양식에 매달려 대자연의 이치를 망각한 채 고단하게 보내는 일상에서 훌쩍 비껴 선 삶과 서로 교류하고 있는 것이다. 그만한 형식의 엄격함과 단아함은 수더분한 내용을 허용할 것 같지 않은데, 이 시집에서는 양자의 교합이 수월하게 이루어지고 있으니 그 원인을 생각케 한다.

이것은 시조문학에 대한 그의 치열함과 송라의 시 세계 변화라는 두 측면에서 각기 논할 만한 내용이다. 근원적으로 보아, 시조라는 정형시의 형식적 특성을 유지하면서도 율격의 엄격함에 매이지 않고 되려 이를 자유롭게 활용하려는 실험 의식이 배어 있다. '샛강마을 숲동네'라는 제목만 하더라도 푸근한 정감을 풍기는데, 이런 제목을 고른 것은 정형시의 딱딱함에 더 이상 구속되지 않게 된 그만이 선택할 수 있었던 것이다. 동시에 이 제목은 자신의 시적 실험에서 거둔 성공이 주는 안정감을 반영한다.

우리는 자유시 시대를 살아가는 정형시 주체자가 자유시를 타자로 놓고 진행한 부단한 실험을 통해 이룩한 시적 성취가 어떤 것인가를, 이 시집을 통해 확인할 수 있다. 요컨대 동시조인 송라가 현대 문학에서 펼친 진검 승부의 현장을 보고 있는 것이다. 동시조 집단 〈쪽배〉를 진수시키고 또 앞장서서 노저어 나갈 수 있었던 것은, 독자적인 동시조 쓰기를 게을리하지 않았기 때문이다. 동인들이 그가 마련한 쪽배에

안심하며 몸을 맡기고 동시조 쓰기를 진척시켜 나갈 수 있었던 이유를 여기에서 찾을 수 있다.

그는 동시조 하나로 자신의 문학을 견고하면서도 광채나게 구축해 온 작가이다. 오랜 글쓰기가 가져오는 타성 따위는 용납하지 않는다. 동시조에 대한 자신의 종교에 가까운 신념과 동시조사에서 스스로 떠맡은 역사적 책무를 등에 진 사람답게 일관된 엄격함으로 동시조라는 양태의 예술에 매진해 왔던 것이다. 군살 한 점 없이 날렵한 동시조를 한 편씩 읽어 나가면 문학에 대한 꼿꼿한 그의 몸가짐이 전해 와 흐물거리던 의식은 어느덧 엄격함을 새로 배우고 더불어 시조의 정형성이 갖는 아름다움을 저항 없이 수용하게 된다. 일반 독자는 물론 어린 독자들도 동시조의 맛과 문학에 대한 혼을 배워 나가게 되는 것도 여기서 유래한다. 이러한 문학적 자세와 작품의 성과를 쌓아올린 그이기에, 그를 동시조사의 흐름을 잡아 나가는 문학 주체로 손꼽는 데 이의를 제기할 수 없다. 다시 말해 동시조에 대한 송라의 이러한 의식과 의지가 아니었다면, 이 땅의 동시조 문학사는 이만큼 성립되기 어려웠을 것이다.

2. 동시조와 나—〈쪽배〉 동인들의 이야기

지난 여름(2001년 7월 7일), 〈쪽배〉 동인 결성 10년 및 동인지 3호 발간을 축하하는 모임이 광화문에서 열렸다. 흔들리고 흔들며 문학의 바다를 용케 10년이나 흘러왔던 〈쪽배〉가 장하고 대견했던 것일까? 김종상, 신현득, 이준관, 박두순, 김용희 다섯 아동문학인이 성사시킨 자리에 〈쪽배〉를 타고 있는 동인들인 박경용, 서재환, 신현배, 진복희, 허일은 물론 잠시 〈쪽배〉에서 내려 있던 김향기, 송길자, 임형선, 황미경 네 식구가 자리를 지키고, 초대를 받고 달려온 강원희, 권오삼, 권영상, 권태문, 김현숙, 문삼석, 민현숙, 박구하, 오원석, 이경희, 이규희, 이상교, 이선우, 이준섭, 전병호, 조두현, 최지훈 등이 달려와 축하의 인사를 건넸다.

발기인 대표의 인사(김종상), 이에 화답하는 동인 대표의 인사(허일), 그리고 참가자들의 소개(신현배)와 인사가 이어진 뒤에 음식을 나누었다. 물에서 잡아 올린 해산물로 얼큰하게 끓여낸 매운탕이 바닥을 보이자, 〈쪽배〉가 제3동인지로 거두어 올린 싱싱한 동시조를 놓고 풍성한 말의 잔치가 이어졌다.

그런데 돌아보는 사람이 드문 동시조를 왜 붙들고 있는 것일까? 우선 〈쪽배〉 동인들의 생각이 궁금하다. 오랜 세월 동안 시조에 전념한 진복희 시인은 시조에 대한 애정이 동시조로 확장된 경우이다. 그는 동시조를 쓰면서 아동문학에 대해 새롭게 관심을 환기하고, 동시조 쓰기를 통해 아동문학이 더욱 다채롭게 가꾸어지길 바라고 있었다. 그가 〈쪽배〉 활동을 통해 써낸 작품을 묶어 최근에 펴낸 동시조집 『햇살 잔치』는 이러한 관심의 확대를 입증하는 증거물이다.

진복희가 시조에 대한 초지일관한 애정을 바탕으로 하고 있다면, 신현배와 서재환은 시와 시조를 자유로이 넘나든다. 그들에게 있어서 시조, 동시조, 동시는 모두 시나무에서 피어난 꽃들이다. 하지만 꽃송이 모두를 동일한 공력으로 피워내는 것은 아니라고 한다. "시보다 시조 창작이 어렵고, 시조 창작보다 동시조 쓰기가 더 어렵다"는 게 서재환의 고백이었다. '아이에게도 좋은 시이고, 어른에게도 부족함이 없는 시', 이 과제가 비단 동시조인의 것만은 아니나, 그들이 과연 어떻게 처리해 나갈지 앞으로도 계속 눈길이 머물 것이다.

계속해서 황미경, 임형선, 송길자, 김향기 동인의 순으로 '동시조와 나'라는 화두를 어떻게 풀어내는지 들어 보았다. 동시조가 남들에게는 스쳐 지나는 문학일 수 있어도, 〈쪽배〉 동인에게는 비켜 설 수 없는 운명의 상대였다. 물론 동시조에 대한 그들의 행로는 부분적으로 겹치면서 서로 다르다. 하지만 동시조에 대한 순수한 열정과 〈쪽배〉 활동을 통해서 동시조에 대한 정열을 불태워 왔음은 한결같다. 〈쪽배〉의 세 권 동인집을 연이어 읽으면, 그들의 치열성과 발상의 전환, 그리고 표현 미학을 위한 각고의 노력을 짐작할 수 있다. 이들이 거둔 성과의 일단은 제3동인집에 실린 김용희의 회원 각자에 대한 개평에서 간명하게 확인된다. 동시조 앞에서 틀어 쥔 화두를 각기 어떻게 풀어내는지 오래도록 주시하는 것은 우리의 몫일 것이다.

3. 동시조에 대한 우리 시대의 반응

작아서 소중한 문학 영역을 지켜 온 〈쪽배〉가 낸 소리는 금세 공명을 얻는다. 다수의 동시인이 쪽배 3호에 초대받아 동시조를 발표했는데, 이들이 공명의 주역들이다. 축하 모임에 자리했던 이들의 이야기를 들어 보자.

이상교는 "자수 안에 잡아 넣는다는 것이 괴롭지가 않고 매력적이더라구요"라고 말했다. 관심에서 그치지 않고 시조를 진짜 써본 그이기에, 시조인들이 오랫동안 누려 왔던 그 기쁨을 순진하게 표현한 것이다. 시조에 흠뻑 취한 동시조인들에게 이만한 공감의 표시가 또 어디 있으랴.

쓰지 않아도 짐작할 수 있다. 주어진 자수에 맞추어 세밀한 정취와 사유를 담아내면, 딱딱한 틀을 넉넉히 뛰어넘으면서 얻어지는 빛나는 단아함! 그 희열은 자유시 쓰기에서는 함부로 얻을 수가 없다. 이를 위해 말을 갈고 가다듬는 일에 피가 마르지만, 고르고 고른 후 갈고 갈아서 딱 맞춰낸 말만큼 아름다운 보석을 부자의 금고에서 찾을 수 있겠는가? 한 편 한 편 시조를 다듬노라면, 모국어의 섬세한 조탁이라는 시인의 임무도 더욱 치열하고 자연스럽고 찬란하게 실행되리라. 시조가 중세와 근대의 문학 양식에 그치지 않고 계승 대상으로 삼아지는 이유 중의 하나는 스스로 갇히면서도 가둔 틀을 무너뜨리는 힘을 심어 두는 정형시의 기이한 작용 때문임이 분명하다.

이준관은 '왜 하필 이 시대에 동시조가 필요한가?'라며 동시조의 유용성 문제를 정면으로 제기했다. 이런 의혹을 품은 이가 어디 그뿐만이랴. 시인이라면 정밀한 언어의 조탁을 요구하는 정형시 쓰기의 매력을 쉬이 외면할 수 없다. 그러나 시조라는 특정 양식을 따르고자 할 때는, 시조 쓰기라는 문학 행위 그 자체에 어떤 의미가 있는가라는 물음을 던지기 마련이다. 그 대답은 동시조 집단인 〈쪽배〉가 내놓아야 한다. 문제를 냈던 이준관은 쪽배 3호에서 그 답을 찾아왔다. 그는 가장 성실한 동시조 독자의 한 사람임을 스스로 드러낸 셈인데, 다음과 같은 이유로 '동시조가 꼭 필요하다'는 결론을 내렸다.

그는 동시조 문학사를 더듬어 동시조가 하나의 장르로 형성된 과정을 반추하여, 〈쪽배〉의 문학사적 의의를 정리함으로써 동시조의 추인이라는 결말에 이른다. 그가 주목한 부분은 〈쪽배〉가 1970년대 말~1980년대 초에 걸친 박경용·정완영에 의해 진행된 의식적 창작 시대를 어떻게 계승해 나갔는가 하는 점이다. 이준관은 1990년대 동시조의 창작은 〈쪽배〉의 활동에 의해 계승 유지되었는 바 이들은 앞 시대처럼 의식적이었지만, 집단적이고 지속적인 창작 행태를 보였다는 점에서 앞 시대와 구별된다고 밝혔다. 다시 말해 〈쪽배〉는 1990년대 이후의 동시조사를 의식적·집단적·지속적 창작 시대로 규정짓게 하면서, 오늘의 동시조 존재의 당위성을 입증해 오고 있는 것이다.

물론 그는 이러한 외형적 의미뿐만 아니라 〈쪽배〉 동인들의 작품을 꼼꼼히 검토하여 그 시적 성취도가 이미 상당한 것임을 면밀하게 밝혀냈다. 언어를 다루는 기교의 능란함, 정제된 형식미, 리드미컬한 가락, 기승전결이라는 형식적 완결성, 소재와 주제의 현대화라는 특성을 지목하고, 이를 동시조라는 문학 장르의 성숙을 보여주는 지표로 삼는다. 더 나아가 산문적이고 서사성에 기울며, 요설적이고 허술한 구조를 보이고 있는 오늘날의 동시가 안고 있는 타성을 극복할 새로운 대안으로 가늠했다. 자유 동시가 시적 긴장감을 잃어 가고 있다면, 고정된 형식을 지켜 온 정형시는 그 대안으로 적절할 수도 있다는 것이다.

정형시의 효용성은 이미 확인된 바이다. 그러나 유교 이념을 바탕으로 군건한 중앙집권형 권력 질서를 창출한 사대부의 정서와 사유를 대변하는 형식이 불변의 문법으로 작동될 것은 아닐 것이다. 근대 서민대중이 시조의 창작 주체로 떠오르자 엄격했던 형식이 흔들렸음은 주지의 사실이다. 자유로운 시행의 배열, 연시조의 애용, 음수율에 집착하지 않는 율격의 구사라는 현대 시조의 특징은 오늘날을 살아가는 사람들의 세계관을 담아내는 적절한 형식미의 탐색과 무관하지 않다. 〈쪽배〉가 창작의 실제에서 표현 미학을 추구하며 부단하게 진행해 온 형식적 실험은 이런 맥락에서 평가되어야 한다.

시조를 한낱 정형시가로 한정하지 않고 민족의 노래로 여기는 것은 그 기본 형식이 우리 민족에게 익숙한 호흡법을 담고 있기 때문이다. 자연히 시조의 계승은 값진 의미를 갖게 된다. 이러한 관점에서 "동시조에 대한 외면은 민족과 아이에 대한 외면이라는 말에 가슴이 찔렸다"라는 문삼석의 토로는 공감을 얻게 된다. 시조 문학의 현대적 효용성은 전통 시조의 현대적 계승과 변모의 성공 여부에 달려 있다고 해도 과언이 아니다. 이것은 단순하게 형식의 새로운 모색이라는 문제로 그칠 수가 없다. 문학에 있어서 내용과 형식은 서로를 규정짓는 조응관계에 놓여 있기 때문이다. 〈쪽배〉가 강조하는 문학혼의 발휘와 더불어 시인을 둘러싼 시대와 사회 그리고 존재에 대한 성찰이 동반될 때, 적절한 형식미의 창출과 작품을 매개로 한 독자와의 공감대가 형성될 것이다.

이날 〈쪽배〉가 준비했던 '종장만큼은 3543의 원칙을 꼭 지켜야 하는가'와 같은 논제는 한껏 흥미를 자극한다. 오늘날 시조 쓰기의 의미가 어떤 것인지 명확하게 드러내는 대목이 되기 때문이다. 시간 제약으로 진행되지 못한 것이 아쉽다.

동시조가 긴장감을 상실하고 시적 완성도가 낮아진 자유 동시에 대한 대안이 된다고 해서, 자칫 시를 위한 시로 전락하는 일은 없어야 한다. 이런 맥락에서 권오삼의 아동 독자를 배려한 동시조가 되라는 주문이나, 박두순의 난해성에 대한 우려는 진지하게 경청해야 할 대목이다.

한편 독자에 대한 배려 끝에 창작 강령처럼 제시되는 쉬운 시 짓기는 문학의 주체가 독자만이 아니라는 점에서 근본적 통찰이 요구된다. 독자에게 어려우면 문학이 아니라는 주장은 극단적이니만큼 상황에 따라 주장의 효용성도 다르다. 다만 일반적 상황이라면 어렵고 쉽고의 문제는 작품의 완성도와는 별개의 문제로 다루어야 한다. 그래야 어느 일면만을 강조하여 문학을 논할 때 빠지기 쉬운 경직성을 피할 수 있기 때문이다. 어려운 시도 있고 쉬운 시도 있으며, 실상 이 모두가 필요하다. 하향 평준화된 다수 대중의 입맛을 고려하는 일은 중요하지만, 그것이 전부는 아니다. 고급한 소수의 독자를 배려하는 거시적 안목이 부족할 때 문학의 영토는 위축되고 만다. 가장 분명한 것은 완성도가 낮은 작품은 쉽든 어렵든 문학의 두 주체인 작가와 독자 모두에게 유익함이 적다는 사실이다.

사실 문학작품과 현실 독자들의 밀고 당김은 어느 시대 어느 사회이든 피해 갈 수 있는 문제가 아니었다. 어떤 문학적 태도를 취할지는 전적으로 개개 작가의 몫이다. 분명한 것은 어느 한 가지의 노선만 있을 때, 문학은 그나마 확보된 영토를 잃어버린다는 점이다. 비단 〈쪽배〉만의 문제이고 동시조만의 문제이겠는가? 아동문학을 하는 사람이라면 이 난제로부터 더더욱 자유로울 수 없다.

4. 오래도록 기억되라, 〈쪽배〉여

동시조가 쓰여지고 있다는 것 자체만으로도 의미가 있는 일이다. 문학의 메뉴를 한 가지 더 늘려서만도, 단절당한 우리의 노래를 움켜쥐고 있어서만도 아니다. 민족의 노래에 대한 각성을 바탕으로 자라나는 세대에게 이를 들려주려는 고민을 품고 있는 장르이기 때문이다. 민족의 호흡을 어린 시절부터 듣고 익힐 수 있게 하고, 그 바람직한 방향을 모색하는 창작 활동은 소중하다.

현대문학에서 시조와 아동문학의 위상은 열악하기 이를 데 없지만, 그 상황에서 줄기차게 십 년을 흘러온 〈쪽배〉의 활동은 실로 가치가 있다. 작은 집단이지만 어느 영역에 지지 않는 문학 장르로 우뚝 서려고 자신이 지닌 예술혼을 쏟아 붓기에 더더욱 빛이 난다. 〈쪽배〉가 한층 정감 있게 느껴지고, 소담하게 여겨지고, 오래도록 문학의 바다에서 흐르길 바라는 소이가 여기에 있다.

당신들의 다짐처럼 세월은 가도 오래 기억되시라, 〈쪽배〉여. (2001년)

제3부 1990년대 아동문학의 흐름

1990년대 아동문학 평론의 흐름과 자의식

문학 앞에 선 아동문학
— 김용희의 아동문학 평론집 『동심의 숲에서 길 찾기』를 읽고

아동문학을 평가하는 새로운 도구를 찾아서
— 마리아 니콜라예바의 아동문학 이론서 『용의 아이들』을 읽고

아동문학에 부는 신세대 문학 바람

1990년대 아동문학 평론의 흐름과 자의식

『아동문학평론』 54호(1990년 봄호), 85호(1997년 겨울호).

1. 비평의 시대를 고대하며

미당에게 비친 국화의 모습이란 오랜 기다림, 끈질긴 준비 그리고 성숙함이다. 우리 아동문학 평론에는 미당이 바라보는 국화 같은 면모가 있다. 실제로는 그다지 주목받지 못하면서도 그 필요성과 중요성이 끊임없이 지적되는 것을 보면, 언젠간 이 꽃도 그렇게 아름답게 피어날 것이라는 즐거운 예감을 갖는다. 평론가들은 국화가 피어나듯 제 길을 걷는다. 요청이 없어도 동시며 동화를 비춰서 의미를 탐색하고 정돈하는 데 바쁜 시간을 쪼갠다. 아동문학의 활발한 출판을 바라보면, 이를 정리하고 평가해 주는 평론의 작업이 더욱 절실해짐을 느낀다. 이 느낌은 평론이 위력을 발하는 비평 시대의 도래를 점치게 한다. 그런데 지금은 그 시대를 준비하느라 아직은 제 작업을 돌아보고 의미를 챙기는 일에 틈을 내지 못하고 있다. 그러나 평론이 전체 아동문학의 건강과 풍요에 더 단단히 이바지하려면 자신을 비추는 일을 소홀히 할 수 없을 것이다.

최지훈은 1990년에 「한국 아동문학 비평 및 연구사 시론」[1]을 통해 아동문학 비평이 비평 맹아기와 수난기, 모색기와 기초 형성기를 지나 『아동문학평론』이 창간된 1976년부터를 비평 전문화기에 들어선 것으로 파악하고 있다. 이런 맥락을 따르면, 이 글에서 살피고자 하는 1990년대는 비평 전문화기의 연속 상태이다. 『아동문학평론』은 아동문학에 대한 전문 평론지로 자처하고 나선 유일한 잡지이다. 따라서 이 잡지에 발표된 비평문들은 아동문학 평론의 흐름을 살필 수 있는 가장 우선적인 자료가 된다. 1990년대 아동문학 평론 전반을 말하려면, 다른 매체들과 저술들도 대상으로 삼아야 한다. 따라서 『아동문학평론』 1990년 봄호에서 1997년 겨울호까지 실린 평론만을 다룬 이 글은 1990년대 평론 전체를 조망하기 위한 첫걸음으로 보면 좋을 것이다.

이 계간지에 실린 평론을 모으면, 아동문학 평론이 생각 외로 다양한 필진과 주제, 그리고 형식으로 진행되었음을 알 수 있다. 그러나 이들 모두를 대상으로 하지 않고, 다음과 같은 기준에 의해 검토 대상작을 정했다. 우선 국내 평론의 흐름과 의식을 가늠해 보는 자리이므로 국외인들의 글은 제외했고, 본격 비평문마저도 논의의 대상으로 떠오르는 기회가 드물었다는 점에서 계평, 서평, 작가와의 만남도 논외로 두었다. 개별 단체의 세미나나 대회 등에서 발표한 글들을 재수록한 경우 문제 의식 파악에 도움이 되지만, 본격적인 평론 의식의 반영과는 다소 거리가 있다는 점에서 언급하지 않기로 했다. 좋은 책을 고르기처럼 아동문학 작품과 직접적 관계가 없는 글들도 제외했다.

그래도 백 편을 육박하는 분량이다. 이들은 다음과 같이 갈래지었다. 1)글의 성격상 작가론이 가장 많아 작가론을 독립된 검토 항목으로 세

1) 최지훈, 「한국 현대 아동문학론」, 『아동문예』, 1991, 250~287쪽.

웠다. 2)동시나 동화 전반에 대한 검토를 진행한 글도 자주 눈에 뜨인다. 이 글들은 장르별 검토라는 항목으로 처리했다. 3)작가론이나 장르별 분석과 달리 특정 주제하에서 아동문학 전반에 대해 언급한 평론도 일군을 이룬다. 이들은 주제별 검토라는 제목으로 살펴보았다. 이 과정에서 특히 주목해야 할 평론가가 드러난다. 그들을 통해 아동문학에 대한 평론가들의 자의식을 살펴보고자 했다. 최지훈, 김용희 두 평론가를 골라 이들의 평론 세계를 조망해 보았다. 이들에 대한 언급은 장을 달리해서 서술하지 않았다. 앞서 나눈 항목을 진술한 때, 그 항목에 주력한 평론가로 다루었다.

2. 작가론 검토와 최지훈의 평론

평론가는 작품을 면밀하게 읽으며 작가의 의식 세계 탐색을 즐겨한다. 그래서 작가론은 평론가가 자주 그리고 자연스럽게 그려내는 그림이 된다. 평론가별로 그들이 다룬 작가를 살피면, 최지훈: 김녹촌, 정진채, 신현득, 이준연, 박경용, 하청호, 권용철, 이영호/최명표: 유경환, 윤동주, 김녹촌, 최춘해, 이윤희/정춘자: 이주홍, 유경환, 석용원, 엄기원/최용: 조대현, 이상현, 전원범/채찬석: 정지용, 조대현/김현숙: 마해송, 김요섭/김관석: 석용원/김용희: 강소천/김학선: 정지용/김경중: 이상현/권오삼: 이오덕으로 정리된다.

작가론이 30여 편이나 되는 까닭은 '이 시대의 아동문학가'와 '제3세대 아동문학가의 현주소'라는 장기 기획물 탓이 크다. 작가론에서 제일 관심사는 평론가들이 어느 작가에 가장 많은 관심을 보냈는가이다. 정지용과 김녹촌이 각각 2회에 걸쳐 논의되었을 뿐 나머지는 한 번씩만 다루어졌다('제3세대 아동문학가의 현주소'에는 편집 의도가 한 작가를 두 사람의 평론가가 바라보게 함으로써 동일 작가에 대한 다양한 시선을 제시하는 것이었으므로, 비록 2편의 글이 수록되었더라도 한 편으로 간주했다). 이는 두 기획물을 기획하는 데스크가 다수 작가들을 골고루 다루려는 의도로 작가의 중복을 사전에 차단했기 때문에 빚어진 현상이다. 그러나 평론가들이 자기 관심에 따라 적극적이고 능동적인 작가론을 쓰고 발표하는 일이 많았더라면 주목받는 작가군의 성립도 가능했을 것이다.

기획 제목에서 알 수 있듯이, 현역 작가를 다룬 글이 많아 작고 문인에 관한 것의 두 배나 된다. 그 결과 현장 비평에 성실했다는 칭찬과 저널리스틱한 평론으로 치우쳤다는 비판이 동시에 가능하다. 작가와 시인을 다룬 비율은 엇비슷하다. 1990년대 아동문학이 동화를 중심으로 진행되었음을 염두에 둔다면 이것 역시 작가와 시인을 고루 다루려는 편집실의 의지가 반영된 것으로 풀이할 수 있다.

작가론에 배어 있는 비평가의 분석 태도와 관점에 빛을 들이대면, 평론가들 저마다의 글읽기의 결이 생생하게 드러난다. 작가론에 공력을 바쳐 온 평론가가 많지만, 여기서는 격렬하다고 할 정도로 작품 읽기에 힘을 기울이며 이를 평문으로 정리해낸 최지훈을 특별히 주목하고자 한다.

최지훈은 아동문학 작품을 가장 열심히 읽고 정리해내는 평론가로 손꼽힌다. 그가 '이 시대의 아동문학가'난을 거의 혼자 도맡다시피 하면서 우리 시대의 주요 작가와 시인의 내면을 꼼꼼히 들여다본 것은 평론가로서 그의 성실성을 단적으로 드러내는 대목이다. 연이어 게재되는 그의 작가론은 양적으로나 질적으로나 일정한 무게를 간직한 채 꾸준히 진행되고 있어서, 그를 1990년대 대표적인 아동문학 평론가로 점찍게 된다.

1990년대 한국 동시와 동화를 읽어내는 최지훈의 눈길은 문제 의식으로 꽉 차 있다. 그가 써낸 각각의 작가론에는 그 작가를 고른 까닭이 드러난다. 그가 많은 아동문학인 중에서 그 시인과 작가를 골랐다는 것은 그의 문제 의식이 무엇인가를 표명한다. 그는 자신이 고른 작가들이 풀어낸 작품들을 원사로 삼아 아동문학에 대한 자신의 견해를 촘촘히 천으로 짜 나갔기 때문이다.

최지훈은 김녹촌이 한국 시단에서 보기 드문 남성적 어조를 갖추었음을 놓치지 않는다. 그는 김녹촌을 특이한 발성의 소유자라고 생각다. 김녹촌의 발성이 시의 진실 토로법에 대한 생각거리를 던져 주고 있음을 주목하고, 김녹촌의 어조와 발성이 동시 문학 본령에 어떻게 잇닿는지 따져 본다. 한편 「하청호론」에서는 '동심의 시'의 시인인 하청호가 시 쓰기 자세를 어떻게 변모시켰는지를 추적한다. 그리고서 낮아진 시인의 몸 높이에 박수를 보낸다. 이는 '동심의 시'에 대한 최지훈의 평가서이며, 끊임없이 독자에게로 몸을 낮춰 달라는 주문서이다. 최지훈은 두 시인론을 통해 동시는 무엇이고, 동시란 어떠해야 하는지에 대한 자기 음성을 또렷하게 표출하는 것이다.

거대한 시 세계를 내보이는 신현득을 빠짐없이 읽어내려는 최지훈의 의욕은 탁월한 비평 전략을 수립한다. 가로로는 신현득 시인 개인에서 나라와 민족으로, 세로로는 오늘에서 어제로 종횡무진하는 틀을 짠다. 이것은 코끼리를 만지는 장님처럼 부분만을 더듬고 있을 뿐이라는 최지훈의 겸손과 달리, 신현득을 전체적으로 보려는 그의 야심을 짐작케 한다. 「박경용론」에서 최지훈은 박경용 시에 대한 이윽한 만족감과 황홀한 도취를 바탕에 깔고, 시인의 무애하면서도 엄결한 문학 세계를 깔끔하게 정리한다. 이는 무애한 공간을 허방하게 쓸려 다니다 자칫 놓치거나 경도되기 쉬운 박경용 문학 세계를 꼼꼼하게 탐색하려는 전략에 따른 것이다. 시인을 만날 때마다 최지훈이 새로운 비평 전략을 짜는 것은, 적절하고 빈틈없는 시인 읽기라는 욕망 때문만은 아니다.

거대한 시 세계를 내보이는 신현득이 내뿜는 겨레 인식과 무애한 시 세계를 자랑하는 박경용을 통해 한국 동시의 몸매가 어떤 볼륨감이 있는지 살피려는 것이다. 즉, 평론가로서의 한국 동시 문학에 대한 치열한 탐색인 것이다.

최지훈은 정진채를 설화적인 이야기 틀을 통해 유불선이 혼융된 동양적 환상성을 창출해 나가는 동화작가로 파악한다. 이는 최지훈이 한국적 판타지를 모색하며, 한국 동화가 자기 정체성 확립하기를 고대하고 있음을 암시한다. 그가 이준연을 논하는 것은, 그 작가가 신체적 장애와 건강의 열악함 속에서도 작품집의 높이를 한없이 올렸기 때문이 아니다. 이준연이 보여준 동화에 대한 철저성 때문이다. 이준연에 대한 최지훈의 진술에는 문학의 역동성을 간직한 작가를 발견한 기쁨이 묻어 있다. 즉, 전통 농업사회에서 근대 산업사회로 변모해 가는 한국사회를 바탕으로 했을 때, 바람직한 한국 동화의 모습을 이준연에게서 발견하고 있는 것이다. 이는 최지훈이 어떤 동화 문학을 아끼는가를 드러내는 대목이다.

최지훈은 이영호를 '소년소설을 정당한 소설문학으로서 위상 확립에 성공한 첫번 작가'라고 평가한다. 아울러 이영호 특유의 소설 창작원리를 밝힌다. 최지훈이 조목조목 열거하고 있는 창작 원리는 동화작가들이 이야기꾼으로서 갖추어야 할 자질들을 꼽아 보는 것에 다름 아니다. 최지훈은 입심 좋은 이야기꾼과 대비되는 탈서사적 작가인 권용철도 관심권내로 끌어들인다. 그런데 그는 권용철이 이야기를 갖추지 않는다는 점을 그 작가의 특징적 태도라 진술할 뿐 시비를 따지는 일은 삼간다. 이것은 동화 문학의 본질의 영역이 어떻게 확장될 수 있는지 타진하는 은밀한 포즈이다.

동시에 대한 어조와 발성법, 거대하고 무애한 시 세계의 탐색, 한국 동시의 커다란 한 줄기인 동심의 시에 대한 진단 등 최지훈은 동시인론을 통해 한국 동시가 어떻게 제 몸을 다듬어 왔는가를 더듬어 보고 있다. 그는 군살을 빼고 보다 아름다운 몸을 다듬어 나가는 것이 오늘날 한국 동시의 과제라고 느끼는 것 같다. 한국적 판타지의 모색, 한국 사회에서의 바람직한 동화 문학의 정신 제시, 본격적인 소년소설의 창작 원리 탐색, 동화 문학의 개념 정의에 있어서 유연성 확보 등 최지훈의 동화작가론은 한국 동화가 보여준 몸 불리기에 대한 탐색이다. 그의 작가론은 보다 크고 강건하게 한국 동화가 제 몸을 불려 나가야 할 때임을 느낀 노회한 평론가가 해당 작가들을 선택해서 그 배경과 전망을 더듬어 본 결과물이다.

최지훈은 작가론의 대상으로 삼았던 시인과 작가를 통해 거시적이면서도 치밀한 문학적 지형도를 짜 나간 비평가이다. 그의 비평 안테나에 걸린 작가들은 한국 아동문학에서 자양분이 되는 존재들이다. 그들의 의미를 정리하는 작업의 궁극적 지향점은 당대 문학적 현상과 문학의 방향 모색으로 맞춰진다. 이것이 최지훈 비평의 초점이다. 이러한 그의 비평 방향은 그가 한국 아동문학 평론에서 점유하고 있는 위치와 무관하지 않다. 그의 스승이자 선배인 이재철은 작가의 작품 세계를 몇몇 개의 특징으로 정리하고, 이에 대한 문학사적 평가 내리기에 몰두해 왔다. 반면에 1980년대에 등단한 그의 후배들은 작품의 현상보다 이면에 잠재되어 있는 작가의 자의식에 꼼꼼한 눈길을 주고 있다. 문학사적인 의미 추적과 작가 내면의 결을 쓰다듬기, 그 중간적 위치를 점하고 있는 그이기에 당대 문학적 현상과 문학의 방향 모색은 적절한 평론적 포즈로 보여진다.

3. 장르별 검토

1) 동화 평론문 검토와 김용희의 평론

특정 작가를 벗어나 동시나 동화가 어떤 흐름과 문제를 가지고 있는가를 따져 보는 일도 평론가의 주요한 작업이다. 비평가들은 주로 동화에 대한 평필을 통해 아동문학이 1990년대를 지나면서 받은 도전들에 기민하게 응전하며 문단의 주요 문제를 이슈화했다.

「동화 문학의 새로운 서사적 가능성」(김용희), 「동화 문학, 장편, 여성화의 시대」(최지훈), 「꿈이 없는 시대의 동화 문학」(채찬석), 「90년대 동화 소년소설 전망」(심후섭) 등은 시간의 흐름을 타고 전개되는 동화의 운행을 짚어 보는 글들이다. 이 글들은 통시적 고찰에 머물지 않고 동화가 새로운 세월 속에서 어떻게 자기 정체성을 이룩해 나가야 할 것인가에 대한 근원적 성찰을 담아내고 있다. 「위기에 선 동화 문학의 길 찾기」(정연지), 「상업주의에 물든 선비 정신 — 동화 문학의 현실과 기대」(최지훈), 「동화 문학에의 새로운 각성 — 영상 시대의 동화, 그 현실과 과제」(김문홍)는 문제적 현상에 대한 진단에 나선 글들이다. 「동화의 재미성 재고론」(김경중), 「쓰는 작가는 많은데 읽히는 작품은 드물다」(김용희), 「기초적 문제의 접근」(채찬석) 등도 문제 의식을 들이밀면서 현상을 분석해 들어갔다. 이 글들 모두는 동시대 동화를 재료로 해서 동화 문학에 대한 통찰을 진행한 것들이다.

본질을 탐색하는 성찰 행위에는 현재 여기라는 시공에 발을 딛고 서 있으면서도 시선을 먼 과거로 뻗치거나 밖으로 넓히게 마련이다. 「소파 '양초 귀신'과 연암 '호질'의 해학 공간 비교」(이정석), 「동남아의 전래동화」(정선혜), 「동화 소재 계발을 위한 탐색 — 삼국유사의 임금님 귀는 당나귀 귀를 중심으로」(정선혜), 「고전의 동화적 창조 양상」(이경화), 「우물에서 올려다본 하늘의 넓이」(유경환)는 과거에 만들어져 오늘날까지 전승되고 있는 동화들을 검토하고 있다. 「안데르센 동화 세계의 탐험」(김현숙)은 외국 동화 쪽으로 시선을 돌린 경우이다. 동시대 동화와 과거의 동화, 그리고 외국의 동화 — 각기 다루고 있는 재료는 달라도 이들의 궁극적 목표는 현재 우리 동화에 대한 정체성 확립에 맞춰져 있음을 알 수 있다.

여기서는 이정석의 「소파 '양초 귀신'과 연암 '호질'의 해학 공간 비교」에 대해서만 간략히 언급하고자 한다. 이 글은 진작 있어야 할 것이 이제 나왔다는 느낌을 준 글이다. 이정석은 인물과 구조 분석을 통해 두 작품을 성공적으로 연결했다. 이로써 우리가 소홀했던 고전 작품과의 대면을 이룩한 것이다. 문학사적인 맥을 이어 가는 작업에서 아동문학은 구비문학 쪽에 치우쳐 있다. 따라서 두 기록문학을 통해 시대성을 담아내고, 해학이라는 구체적인 문학 정신을 비교한 이 글에는 전통 계승 작업에서 그 영역을 넓혔다는 평가가 주어진다. 이 글에서 한 가지 아쉬운 점은 연암과 소파의 의식 비교를 통해서 두 작가의 해학이 담지한 의미 파악이라는 측면에서도 공통성을 발견할 수 있지 않을까 하는 점이다.

「리얼리즘, 그 동심적 조응」(최용), 「삶의 현실 표현과 리얼리즘」(김경중)은 이야기 문학으로서의 동화가 리얼리즘 기법과 문학 정신에 치밀할 것을 요구한 글이다. 이들은 동화 문학이 급속한 시대 변화 속에서도 지속시켜야 할 정신이 무엇인지 따져 보는 과정에서 나온 산물이다. 성인문학 작가의 동화 쓰기는 동화작가들의 촉각을 자극한다. 「비전문 아동문학가의 동화소년소설을 말한다」(김문홍), 「동화의 환상성 문제」(정진채), 「시인·소설가가 쓴 인기 창작동화에 허점 많다」(이현주), 「동화의 독자는 누구인가」(선안나)는 성인문학 작가들이 쓴 동화의 허와 실을 지적하고 나선다. 이 지적들은 동화 쓰기에 대한 신중한 검토와 모색 없이 선불리 발을 들여 놓은 성인문학 작가들이 귀담을 충고를 담고 있다. 논자들은 아동문학인으로 자신들의 전문성을 강조하고, 자기 영역에 대한 자존심과 치열성을 드러내고, 외적 자극을 통해 자기 갱신을 이루려는 의지를 표명하기도 한다. 이는 타자의 도전에 대한 바람직한 응전 자세로 평가된다.

동화 장르에 대한 평론을 보면, 평론가들이 민감한 정신을 갖추고 다양한 촉수를 뻗어내고 있음을 알 수 있다. 다른 한편, 이것은 그만큼 아동문학을 둘러싼 시대의 요동이 급격하며, 따라서 동화 문학의 본령이 새롭게 조망되어야 함을 평론가들이 잘 의식하고 있음을 뜻한다.

동화 문학 평론에서, 주목 대상으로 떠오른 평론가는 김용희다. 그의 「수난의 상상력과 꿈의 상징성」은 강소천 문학이 갖는 의미층을 한결 깊게 파내려 강소천 문학이 갖는 함의를 제대로 풀어 준다. 이 한 편만으로도 김용희가 믿을 만한 텍스트 해석력과 섬세한 해석의 결을 가진 평론가임을 알 수 있다. 그는 1990년대라는 시간대의 흐름을 조망하는 수 편의 글을 썼다. 그 중에서 「동화 문학의 새로운 서사적 가능성」과 「90년대 아동문학과 새로운 징후」가 돋보인다. 「동화 문학의 새로운 서사적 가능성」의 경우, 끈질기게 동화 문학의 본성을 확인해 들어감으로써 제시된 문제의 해결책을 모색한다. 이 과정에서 그는 아동문학을 한다는 것이 어떤 것인가를 따져 묻는 자의식의 통제를 받는다. 그가 직접적인 언술로 자의식을 드러내지 않는다 하더라도, 독자로 하여금 문학적 자의식을 의식하게 한다는 점에서도 그렇다고 말할 수 있다. 독자의 의식에 파장을 일으키는 그의 글은 단순한 해법 이상의 의미를 저장한다.

2) 동시 평론문 검토

동시에 대한 평론은 그리 많지 않다. 감각적 표현을 허용한다면, 평론가들은 동시에 짧은 입맞춤을 보내고 있다는 생각이 든다. 그 입맞춤들은 이렇다. 「동시를 어떻게 읽을 것인가」(최용)는 동시에 다가서는 자신(평론)의 숨결을 정돈한다. 「동시의 시어」(정춘자)와 「한국어 동사의 시적 변용」(최명표)에서 동시의 혀를 느끼고자 한다. 「오늘의 동시 어디로 가고 있는가」(권오삼), 「동시의 몇 가지 과제」(오순택), 「가벼운 시대의 무거운 시 쓰기」(최명표)와 「창구멍으로 세상 보기」(이정석)는 동시와의 입맞춤 중이거나 그 뒤의 고백으로 간주할 수 있다. 그런데 어떤 과정이든 이들은 애인인 동시에게서 황홀한 떨림을 받는 경우는 드물다. 씁쓸함으로 화내거나 가슴아파하는 경우가 많다.

위축되고 자신 없어 보이는 동시단, 여기에 그리 자주 던져지는 평문도 아니라서 한 편의 평론이 던지는 울림은 꽤 클 것이다. 그렇다면 약한 모습을 질책하는 것에서 끝내서는 안 될 것이다. 애정을 바탕으로 한 구체적인 지적들이 아쉽다. 각성을 촉구하는 구호보다는 섬세한 속삭임이 그리운 때라고 생각된다. 어떤 이야기를 할 것인가도 중요하지만 그 이야기를 어떤 목소리로 들려주어야 하는가도 세밀한 의식을 지닌 평론가들이 고려할 사항이다.

여기서는 시어에 관한 두 편의 글만을 검토하겠다. 최명표의 「한국어 동사의 시적 변용」은 동사 '타다'가 동시에서 어떻게, 얼만큼 쓰이고 있는가를 분석한 글이다. 이것은 동시인들에게 모국어에 대한 무한 책임을 촉구하는 구체적인 방법이었다. 반면 정춘자의 「동시의 시어」는 아동 독자를 대상으로 하는 동시에서 아동의 언어가 어떻게 시어로 등장할 수 있는가를 꼼꼼히 따졌다. 시어와 시의 독자층과의 관계를 고심한 글이다. 동시인은 두 평론가가 제시하는 측면들을 모두 염두에 두어야 하는 고된 일에 손을 담고 있는 사람들이다. 따라서 동시인들이 언어 조탁의 과정으로 아동어를 시어로 승화시키는 노력을 경주할 때, 평론가는 그 노력을 샅샅이 뒤져 분석해 주어야 한다. 실용적인 예시가 풍부한 글을 통해 동시인들이 은밀하게 가려워하는 지점을 긁어 주는 일은 오늘의 평론가가 지나칠 수 없는 부분이다.

4. 주제론 검토

1) 분단 극복을 위한 아동문학론

잡지사의 기획에 따른 결과이기는 하지만, 분단 극복을 위한 아동문학론과 아동문학 위기론이 가장 활발한 논의거리가 되었다. 분단 극복 아동문학론에 해당되는 일곱 편의 글은 민족 동질성 회복을 역사의 최우선 과제로 삼는다는 면에서 관점과 주장의 대략적 일치를 보이고 있다. 좀더 세부적으로 보면 분단 극복을 위한 아동문학의 원칙을 세우거나, 이에 대한 실천적인 방안의 모색, 그리고 아동문학이 통일에 어떤 역할을 할 수 있는가를 짚어 보는 작업이 진행되었다.

「민족 동질성을 지향하는 분단극복 문학」(김관석)이 기본 원칙을 제시했다면, 이후 전개된 「민족 통일과 아동문학」(허형만), 「휴전선, 그 흥부와 놀부의 박」(최지훈)은 앞의 것을 원칙으로서 확인하는 단계로 볼 수 있다. 남북한의 동요·동시를 비교하는 「통일 지향의 아동문학」(제해만)은 남북이 함께 부를 수 있는 분단 이전의 동요·동시에 대한 재평가와 발굴을 요구하고 있다. 이는 남북한 문학이 통일을 위해 어떻게 활용될 수 있는지 구체적인 방법을 모색한 글이다. 「동심적 혜안으로 통일 내다보기」(최용)는 분단 현실을 단순한 주제로 처리하지 않는다. 분단으로 인한 사회 병리적 요인의 해부를 시도함으로써 분단에 대한 심화된 의식을 내보인다. 「분단 조국과 아동문학의 역할」(권오삼)은 분단 시대 조국을 둘러싼 국내외 정세를 분석하며 아동문학인들의 의식의 각성을 촉구하는 데 초점을 맞추고 있다. 「통일에 대비한 아동문학」(김재창)은 오늘날의 아동문학은 통일 시대뿐만 아니라 해외 교포문학과 연대하여 민족 아동문학으로 승화시켜 나가야 한다는 주장을 담고 있다. 민족문학으로서의 통일문학을 생각하는 것으로 역시 안목의 심화를 보인 글이다.

2) 아동문학 위기론

무릇 살아 있는 것들은 끊임없이 위기에 직면하며 맞서 싸워 나가기 마련이다. 1990년대의 아동문학 또한 여러 가지 문제적 상황에 처해 왔고, 비평문들은 각기 전선에 선 병사들처럼 자기 의식을 다해 이를 해결하려고 노력해 왔다. 그간 아동문학 문단을 흔들어 왔던 논의들 중에서 가장 강도 높은 논의는 후기 산업사회에 강력한 자기 등제력을 과시한 영상 문화 및 정보통신 문화가 초래한 위기였다. 이를 직접적으로 다루고 있는 것은 「영상 시대의 동화 그리고 그 현실과 과제」(김문홍)와 「흔들리고 있는 문학의 경계—다매체 시대 아동문학의 대응전략을 탐색하기 위해」(김현숙)이다.

김문홍은 이전 논의들에 대해 두 가지 반성적 태도를 보인다. 우선 영상 매체가 가져오는 부정적인 측면에 집중하여 시대 흐름에 거부적으로 반응하는 태도들이다. 그는 이에 대해 영상 매체에 대한 초기적 반응으로는 당연한 것일 수는 있어도, 문제 해결에는 그다지 도움이 되지 않는다는 판단을 내린다. 두 번째로 영상 매체의 위력을 추인하며 문학에서 치열한 자기 정진을 다짐하자는 결의에 대한 것이다. 이에 대해 김문홍은 구체적인 대안의 뒷받침 없이는 나약한 논의에 불과하다고 비판한다. 아울러 동화 문학이 오늘의 딜레마에서 벗어나려면 영상 매체라는 거대한 조류를 아동 독자와 성인 작가가 함께 탈 것을 주장한다. 시대 흐름을 반영한 실험성과 다양성을 내보여야 한다는 주장도 덧보탠다. 이 경우 앞서의 논의보다 진일보한 것이라고 평가된다. 그럴지라도 그의 상황 인식은 문학 내부의 것으로 한정되어 있다는 점에서 동일하다.

김현숙의 글은 영상 매체로 인한 위기 상황은 패러다임의 변화를 요구할지도 모르는 거대하고 근본적인 변혁이라는 입장을 전달하는 데 주력한다. 이는 새로운 시대적 조류들에 대한 포괄적이고 정확한 상황 인식이야말로 그간의 경험 범위내에서 문제를 인식하고 마련한 처방보다 장기적이고 실효성 있는 대응책 마련에 효과적이라는 판단 때문이다. 확대된 문제 의식을 제시했다고 할 수 있다. 그러나 아동문학 차원에서 구체적인 대안 제시를 마련하지 못해 미진함을 면치 못하고 있다.

한 가지 주제를 놓고 펼쳐진 두 평론은 공통적으로 영상 매체의 도전에 적극적인 응전 자세를 펼칠 것을 요청하고 있다. 그러나 새로운 흐름을 읽는 시각 차이를 보임으로써 독자로 하여금 시비거리와 판단거리를 제공한다고 하겠다.

3) 독자론

아동문학이 독립된 문학 영역으로 성립하는 것은 독자의 특수성에서 기인한다. 그렇기에 아동문학은 독자에 몹시 민감하다. 수많은 아동문학 평론들은 작품 창작시 독자에 대한 고감도의 안테나를 세우라고 독려한다. 작품 평가에 있어서도 독자에 대한 고려는 중요 기준으로 작용한다. 그런데 아동문학의 일차적 독자인 어린이를 배려하라는 주문은 그들의 입맛을 맞추라는 주문과 반드시 일치하는 것은 아니다. 그들을 고려하면서도 무시하라는 이율배반적 지침이 등장하는 까닭은 무엇인가. 어린이 독자의 문학적 판단 능력이 성숙한 성인 독자와 같지 않다고 보기 때문이다. 한편에서는 문학작품으로서 독자에게 주는 재미에 대해 성숙한 결론에 접근하고자 노력한다. 즉, 문학적 재미란 어린이의 감각에 영합하라는 것이 아니라 문학이 갖는 재미성을 올바르게 구현할 때 드러나는 재미라는 것이다. 이러한 성찰은 여러 번 되풀이되는데, 「동화의 재미성 재고론」(김경중)은 한 예이다. 「동시의 몇 가지 과제」(오순택), 「오늘의 동시, 어디로 가고 있는가」(권오삼), 그리고 「동화의 독자 이탈 문제」(장문식)는 일견 상반되게 보이는 문학성과 아동 독자의 고려가 문학에 대한 보다 치밀한 의식 속에서는 같은 맥락에 놓인 것임을 설명한다. 이 글들은 문학성의 기반 위에서 다양한 발전 수준을 형성하는 아동 독자의 고려가 섬세하게 이뤄질 때 아동 독자의 사랑을 받는 아동문학이 되고, 아동 시와 구별되면서 성인 시들과는 어깨를 나란히 하는 문학적 성과를 얻을 수 있다고 본다. 「아동문학의 독자」(제해만)은 아동문학의 적극적인 독자로 나서야 할 성인들은 누구인가를 구체적으로 밝혀 준다. 이는 앞 글과는 다른 측면에서 아동 독자에 대한 관심을 기울이지만 기본적인 관점은 같다.

독자론이 문제적 논의로 등장하는 것은 최근 대두된 아동문학의 독자 상실이라는 문제와도 무관치 않다. 1960년대에도 독자의 상실 문제가 제기되었다. 그때는 동시 내부의 흐름과 연관되었다. 당시 진행된 본격 동시 운동의 산출물들은 독자에게 어려운 것 → 재미 없는 것 → 안 읽게 되는 것으로 작용해 갔다고 거칠게 요약할 수 있다. 그러나 1990년대의 독자 상실은 기계 문화라는 문학외적 요인에서 먼저 촉발되었다. 도시 기계 문명의 발전은 아동 독자들이 자신들이 태어나고 자란 그 문명을 반영한 작품을 요구했다. 그러나 문학작품은 이에 신속하고 적절히 대응하지 못했다. 문학외적으로는 더 근본적인 상황이 연출되었다. 보고 들으며 즐길 수 있는 새롭고 매력적인 매체들이 읽기라는 고답적인 행위를 요구하는 책의 독자를 순식간에 앗아 갔던 것이다.

독자 상실 현장을 바라보며 독자에 대한 새로운 인식, 그리고 문학의 본질에 탐색이 이루어졌던 것은 다행이다. 그러나 성급한 독자 수용론의 적용은 경계해야 한다. 독자 수용 비평이 독자를 주목하는 맥락과 아동문학에서 독자를 주목하는 맥락은 다른 성질의 것이다. 독자 수용 비평에서의 독자는 텍스트를 완성시키는 존재로 소위 말하는 '문학적 능력'을 갖추고 있는 독자이다. 아동들의 현실적인 독서 취향과 능력을 고려해 볼 때, 이들이 문학적 능력을 갖추고 있는 독자라고 할 수 있을지 곰곰이 따져 보아야 할 것이다.

5. 한 겹씩 올라가는 평론 문학의 높이

이 글은 비평가들이 남긴 다양한 글들을 살폈다. 특이하게도 그들이 아동문학의 근원을 묻고 있다는 점이 자주 지적되었다. 왜 이런 현상이 나타나는 것일까?

문학비평 작업은 독자의 입장에서 성실한 글읽기에서 출발한다. 단순한 읽기의 재미를 구하지 않고 작품을 이해하고 작의를 파악하려는 찬찬한 글읽기를 행한다. 이 과정에서 엄정한 균형 감각을 발휘하곤 한다. 한 작품이 던지는 문학적 파문, 더 나가 사회·역사적 의미에 대한 곰곰한 반추도 동반시킨다. 나의 정신이 반응할 만한 작가의 정신을 만나면 가장 큰 희열을 느낀다. 두 정신이 공감대를 형성하고 있는 토대를 확인하고 싶어한다. 비평 작업은 글쓰기에서 마무리된다. 자기 정신이 반응한 작가 정신의 실체를 드러내고자 하므로, 작품 해설 수준에 머무르기를 좋아하지 않는다. 작품을 비추는 자신의 글쓰기는 또 어떤 뜻을 담을 것인지에 대한 고민이 뒤따른다. 이른바 문학적 자의식을 행간에 묻는 글쓰기에 도전한다. 이 글쓰기는 자기가 인식한 내용들을 다른 형식으로 표현하는 것이므로, 고통과 환희에 찬 작업이기도 하다.

아동문학은 성인 작가의 작품과 아동 독자의 독서를 조건으로 하는 문학이다. 그런 까닭인지 아동문학 비평가의 역할은 작가와 작품, 그리고 어른과 어린이 사이에 놓인 간섭자 혹은 중재자 노릇이 자주 요구된다. 그러나 중재자 노릇에 함몰되면, 앞 단락에서 애써 고백한 비평의 고통과 황홀함을 맛보는 일과는 거리가 멀어짐을 느낀다. 아동에 방점을 찍을 것인가 문학에 방점을 찍을 것인가, 아동을 상대로 하는 문학작품을 대상으로 하는 평론가의 고민이 시작되는 곳이다. 이 고민을 해결하기 위해 아동문학 평론가들은 아동문학의 본질 규명에 퍽 집요한 노력을 경주하고 있는 것이다.

평론이 전체 아동문학의 건강과 풍요에 이바지하려면 자신을 비추는 일을 소홀히 할 수 없다고 서두에서 밝혔다. 자신의 진단과 평가가 올바른 것인가 되묻지 않는 것은, 자신의 오류를 시정할 기회를 고스란히 저버리는 일이다. 부끄럽게도 우리 비평에서는 반성이 부족했던 것이 사실이다. 반성에 반성을 거듭하면서 연출되는 팽팽한 문학적 자의식의 대결, 그 장엄한 광경 앞에서의 숨막힘을 경험하기에는 아동문학 평론의 여러 가지 기반이 허약하다. 문학평론과 문학연구는 구별되면서도 중첩되는 부분이 꽤 많다. 이는 치밀한 평론을 하려면 그만한 연구 작업이 뒷받침되어야 함을 의미한다. 아동문학을 적절히 설명할 수 있는 이론의 확립이 우선적 문제로 대두되고 있다.

불충분한 여건 속에서도, 앞 시대와 비교해 볼 때 1990년대는 비평 전문화의 길을 착실하게 걷고 있다고 할 수 있다. 1990년대 들어와서야 비로소 일정 수의 평론가가 확보되고,[2] 선후 세대 구별이 가능할 만큼 비평가들의 특징이 표출되고, 비평가별로 수준 있는 문제 의식과 개성적인 아동문학 탐색이 이뤄져 가고 있기 때문이다. 물론 이 글은 한 잡지에 발표된 평론만을 대상으로 했기에, 1990년대 한국 아동문학 평론의 전모를 드러내는 데는 역부족이다.[3] 그러나 대략의 윤곽과 흐름을 짐작하는 단서로는 작용할 수 있을 것이다.

『아동문학평론』을 통해 등단한 평론가들은 십수 명, 그나마 꾸준한 활동을 펼쳐 간 사람은 소수에 불과하다. 지면 역시 극히 제한되어 있으며, 그들의 평론 작업에 변변한 고료가 주어졌다는 이야기도 드물다. 소수인의 열정으로 버텨 가는 한국 아동문학 평론의 현실 속에서 아동문학 평론가들은 자신의 문학에 대해 자괴감 섞인 지난함과 외로움을 토로하곤 한다. 이 심정 고백은 그대로 탁월한 메타 비평으로 들

---

2) 1990년대 전반『아동문학평론』을 통해 활동한 평론가는 최지훈, 권오삼, 정연지, 정선혜, 김용희, 최명표, 최용, 채찬석, 김경중이 꼽힌다. 후반으로 넘어오면서 최지훈, 권오삼, 정선혜를 제외한 나머지 평론가가 여러 가지 사정으로 활동을 중단하거나 소강 상태를 보인다. 반면 새로 등단한 김현숙, 선안나, 이정석의 활동이 본격적인 행보를 떼어 놓고 있다.

3) 여기서 1998년 현재까지『아동문학평론』 이외의 지면을 통해 활발한 활동을 펼친 우리 시대의 평론가들을 잠시 거명해 본다면, 이오덕, 이재복, 원종찬 등의 이름이 쉽게 꼽아진다. 아울러 1990년대에 출간된 아동문학 평론집들을 추려 본다면, 최지훈『한국 현대 아동문학론』(아동문예, 1991), 최지훈『동시란 무엇인가』(비룡소, 1992), 김열규『어머니, 동화는 이렇게 읽어 주세요』(춘추사, 1993), 이재복『우리 동화 바로 읽기』(한길사, 1995), 최윤정『책 밖의 어른 책 속의 아이』(문학과지성사, 1997), 최명표의『균형감각의 비평』(신아사, 1997)이 책상 위로 올라온다.『한국 현대 아동문학론』은 최지훈이 1977년 데뷔 후 발표했던 글들을 묶은 평론집으로, 한국 문학사상 최초, 공식 관문을 통과한 전문 아동문학 평론가의 작품집이라는 의미가 있다. 이 작품집에 수록된 작가들을 다룬 차후의 작품론들에서 이 책이 거의 예외 없이 중요한 참고문헌으로 등장하고 있는 것은 이 책이 얼마만한 노작인가를 증명한다.『동시란 무엇인가』는 최초의 본격 동시 평론집으로 기록된다. 저자는 초등학교 고학년 학생을 독자로 삼아 썼다고 하나, 그 내용은 일반 아동문학가의 일독을 요청할 만큼 깊고 풍부하다.『어머니, 동화는 이렇게 읽어 주세요』의 저자 김열규는 이미 구비문학의 대가로 알려진 이다. 전래동화를 공부하고 이해하는 데 읽어 두어야 할 책이다. 새로운 시선으로 성실하게 자기 공부를 해온 이재복의『우리 동화 바로 읽기』는 문학작품을 보는 다양한 시각을 갖게 하는 데 도움을 준다.『책 밖의 어른 책 속의 아이』는 아동문학 문단 밖에 있는 저자의 시선이 선명히 드러난 책으로 아동문학이 일반인들에게 어떻게 이해되고 있는가를 알려 준다.『균형감각의 비평』은 다양한 문학비평 방법을 섭렵하여 이를 아동문학 작품들에 적용해 가며 아동문학 평론의 지평을 넓히고자 한 젊은 비평가의 고뇌가 읽혀진다. 이밖에 이재철 교수 회갑기념 논문집으로 마련된『한국 아동문학 작가 작품론』(서문당, 1991)과 이재철 교수 정년퇴임기념 논총문집인『한국 현대 아동문학 작가 작품론』(집문당, 1997)은 현대 아동문학의 작가들에 대한 본격적인 연구논문을 담고 있으며, 방대한 작업량을 자랑하는 중요한 저작물로 기록된다. 덧붙여서 아동문학 작품에 대한 비평이 실리는 잡지로는『아침햇살』『월간문예』『문학과창작』『아동문예』, 그리고 한국아동문학인협회 협회지인『한국아동문학』 등이 있으며, 1997년 봄호로 창간한『한국문학평론』에서도 앞으로 아동문학 평론을 게재할 방침이라고 한다.

린다. 외로운 문학 영역, 그러나 외로움이 진할수록 그들은 바로 자신의 평론에 대한 열정을 도드라지게 하려는 의지를 가다듬곤 하기 때문이다.

그 의지의 결과가 앞서 살핀 1990년대 아동문학 평론이 보여준 일련의 흐름이다. 따라서 이 흐름이 주는 메시지는 희망이라는 말로 요약된다. 자신의 끈질긴 의지와 동료의 글을 통해 자기 평론 문학의 높이를 한 겹씩 쌓아올리기 때문이다. (1998년)

문학 앞에 선 아동문학

— 김용희의 아동문학 평론집

『동심의 숲에서 길 찾기』를 읽고

김용희의 아동문학 평론집
『동심의 숲에서 길 찾기』
(청동거울, 1999).

1. 김용희의 각오

아동문학 평론가 김용희가 동심의 숲에서 길을 찾는다고 한다. 아동문학은 동심을 바탕으로 한 문학이므로 그가 찾아서 걷고자 하는 길은 아동문학의 길이며, 더 구체적으로는 아동문학 평론의 길이다. 길을 찾는다는 것은 아직 길이 제대로 나 있지 않으니 길다운 길을 내겠다거나, 이미 난 길과 다른 새로운 길을 뚫겠다는 뜻을 담는다. 김용희의 길 찾기가 아동문학과 아동문학 비평 일반에 대한 비판적 성찰을 내재한 것임이 짐작된다.

그가 1999년에 펴낸 첫 아동문학 평론집 『동심의 숲에서 길 찾기』(청동거울)는 크게 세 부분으로 이루어져 있다. 동화작가론과 작품론, 동시인론과 작품론, 그리고 한국 아동문학에 대한 일반론이자 자성론이다. 전체 16편을 실었는데, 동화와 동시에 대한 글을 각각 6편씩 수록해서 산문과 운문 어느 한쪽으로 쏠리지 않도록 배려하고 있다. 아동문학에 대한 일반적인 생각과 그 흐름을 짚어 본 4편의 글을 덧붙여서 책 전체의 균형을 잡아 두었다.

여기서 잠깐 그와 아동문학 비평과의 인연을 살펴보는 것도 의의가 있을 것이다. 그는 1982년 『아동문학평론』지를 통해 아동문학 비평가로 데뷔했다. 스물일곱, 젊은 그는 국문학 연구를 전공으로 삼은 대학원 학생이었다. 한국 비평사를 보면 그가 지속적으로 문학 공부를 해왔던 1970년대는, 이른바 '창비'와 '문지'라는 두 비평 집단의 맹렬한 활동으로 화려한 비평의 개화기를 이루었던 기간이다. 그러니까 김용희는 그 개화기 내내 대학과 대학원에서 국문학 공부를 해온 사람으로, 자기 앞 세대가 경험할 수 없었던 화려한 문학이론과 세찬 비평의 세례를 받아 왔을 터이다.

그의 등단 당시 아동문학은 비평의 문을 서서히 열던 때였다. 비평의 불모지와 다름없던 아동문학계는 1970년대를 거치면서 아동문학 연구 결과물을 내고, 비평 매체를 마련하고, 전문 비평가들을 배출시켰다. 그러나 연륜이 짧고, 이론적 토대가 취약하고, 전문 종사자와 발표 지면이 부족한 탓에 아동문학 비평은 독자를 충분히 만족시킬 만한 상태에 도달했다고 보기에는 어려운 것이었다. 이러한 아동문학 안팎의 상황은 김용희가 선배 아동문학 비평가들의 비평적 공과를 살피며 새로운 양상을 보여주려는 의욕을 고취하도록 자극했을 것이다. 그의 첫비평집 제목 '동심의 숲에서 길 찾기'가 풍기는 도전적이고 탐색적인 분위기는 이런 배경 때문이다. 그는 책머리에서 이렇게 고백하고 있다.

아동문학비평은 아동문학의 제 특성에 비추어 볼 때, 그 본연의 임무가 절실하면서도 정체되어 있음이 실로 안타까운 일이다. 〔… 중략 …〕 (아동문학) 비평은 아동과 어른 사이에서 대상의 초점을 잃고, 느낌과 비평을 혼동해 왔다. 〔… 중략 …〕 이 책은 아동문학이 일반문학과 다른 독특한 미학을 지닌 문학이라는 사유로부터 비롯된다. 〔… 중략 …〕 '길 찾기'란 곧 동심으로 본 미학 찾기를 의미한다.

—『동심의 숲에서 길 찾기』, 6~7쪽(중략과 괄호는 필자)

느낌에 머무르지 않고 비평에 이르겠다는 각오를 드러냈다. 구체적으로 자신의 비평적 임무를 아동문학 작품에 담긴 문예 미학적 원리를 추출하는 것으로 설정하고 있다. 평론가란 누구보다도 날카로운 문학적 자의식을 내장시켜 온 존재들이지만, 김용희가 갖는 문제 의식은 남달리 깊어 보인다. 이러한 김용희가 찾아내고 있는 미학은 어떤 것인지 자못 흥미롭다. 여러 작가와 작품을 놓고 끊임없이 문학적 자의식을 반추하며 일련의 물음을 던졌을 때, 비로소 아동문학 일반에 대한 고유하고 새로운 미학의 도출이 가능하다. 평론가가 이 과정을 밟는 일은 작가가 겪는 창작의 고통을 능가한다. 김용희가 겪은 고통은 그의 평문 편편에 배어 있다. 그 중 「강소천론」「강준영론」「노원호론」은 그의 욕망과 고뇌의 폭을 가장 잘 드러낸 글들로 꼽힌다. 세 글은 김용희가 구사하는 비평적 전략들을 보여주면서도 검토 텍스트들을 꼼꼼하게 분석해서 아동문예의 미학 원리를 끌어내고 있기 때문이다.

아동문학 평론가 김용희.

2. 세 가지 비평 전략으로 접근한 아동문학 미학 원리

1) 적확한 방법론 끌어오기

먼저 그의 「강소천론」 일부를 읽어 보자.

> 그러나 지금까지 논의되어 온 강소천 문학연구는 꿈의 상징적 의미보다 교육적 측면에 편중되어 "교육적 아동문학", "로만과 현실 긍정의 교육성", "도덕에 대한 강한 집념", "효용의 문학" 등으로 강소천 동화 문학의 대체적인 면모가 세워졌다. 이런 강소천의 교육적 작가로서의 면모는 그의 꿈 모티프가 "어린 옛날로 돌아가는 그리움의 세계"이거나 "소극적 회고 취미를 벗어나지 못하는 단계"쯤으로 방기되어 버릴 위험성을 안게 된다. 강소천 문학에 나타난 꿈은 구성상 단순한 복선이나 인물과 플롯의 인과적 계기로 활용되어 동화의 분위기를 조성해 가는 주제적 문제가 아니라 문학 작품에 고착적인 꿈의 속성들을 다양하게 배치시킴으로써 여러 가지 상징성을 유발해내는 기법상의 문제라는 것을 간과했기 때문이다. 강소천의 꿈 모티프는 현실 도피나 회고 취미이기 전에 그에겐 절박한 상실과 찾음이란 상관논리 속에 가치 있는 대상을 찾아나가는 통로 역할을 하는 매개물이다. 그러므로 강소천 문학 속의 꿈은 인간의 욕망 충족적 삶의 측면에 관련되기도 하지만, 인간의 궁극적 존재에 대한 물음이거나 찾음이란 탐색 과정 속에서 필연적인 삶의 문제로 떠올린 서사적 장치인 셈이다." (16~17쪽)

강소천은 초기 아동문학가로서 우리 아동문학 발전에 큰 족적을 남긴 인물이다. 때문에 아동문학 연구자들에게 관심이 높은 연구 대상이다. 강소천에 대한 연구가 거듭되면서 그의 동화 의미는 다양하게 드러난 듯하다. 하지만 김용희의 지적에 따르면, 소천이 애용했던 꿈이 갖는 함의는 적실하게 밝혀지지 못했음을 알 수 있다. 소천 문학의 핵심에 도달하기 위해, 김용희는 꿈에 대한 일반적인 방식이었던 주제적 접근법을 버린다. 그리고 독특하게도 기법상의 문제로 파악한다. 그리하여 미처 발견되지 못했던 소천 문학에서의 꿈의 의미를 드러냈다.

이 작업은 두 가지 측면에서 중요한 의미를 담고 있다. 하나는 소천 문학에 대한 해석과 평가에 관한 것이다. 그간 소천의 꿈에 다양한 접근이 시도되지 못하고 일면적 평가가 거듭되는 동안 그 결과가 그 작가의 문학적 특징을 드러내는 유일한 잣대로 고착되는 것은 안타까운 일이었다. 이런 때 김용희는 적확한 접근 방법으로 읽어냄으로써, 강소천 작품을 읽는 편향된 물꼬를 틀어 다양한 줄기가 형성될 수 있는 본보기를 제시했다고 할 수 있다.

그러나 더 중요한 것은 꿈이 동화 문학에서 어떤 미학적 가치를 가지고 있는가를 밝히고 있다는 점이다. 소천의 작품은 꿈이 갖는 문학적 효용성을 대번에 확인하게 한다. 소천이 드러낸 꿈의 효용성에 공감했기 때문에 많은 동화작가들이 작품 기법으로 꿈을 애용해 왔다. 꿈 기법이 되풀이되면서 동화 문학의 고유한 문예미학적 원리의 하나로 자리잡았다. 일반 문학과 달리 여러 가지 제약을 가지고 있는 동화 문학은 때로는 꿈을 통해서 다양한 상징을 설치함으로써 문학적 묘미를 간직하곤 했다. 욕망의 충족, 존재에 대한 탐색, 성장 등을 보이려는 작가의 글쓰기 전략이 동화 문학 안에서 그런 장치를 마련하는 것이다. 때로 꿈은 이상한 세계에 던져지거나, 마술의 물건을 갖는다거나 등의 장치와 동일한 역할을 담당하는 경우도 많았다. 강소천 꿈에 대한 김용희의 분석은 꿈에 얽힌 이러한 효능과 가치를 직시한 것이다.

이로써 꿈은 다양한 변형과 유의미한 상징의 내재를 통해 발전시켜야 할 하나의 기법임이 명료해졌다. 동화 문학의 활력 넘치는 발전을 위해, 한때는 너무나 과용되는 꿈 기법을 배제할 것이 요구되기도 했다. 그러나 꿈의 배제만이 능사는 아니다. 김용희의 분석은 오늘날 작가들에게 꿈에 새롭고 적절한 상징을 내장시켜야 한다는 과제를 안기고 있다. 안이한 창작 태도로 꿈 기법을 채용한 작품은 독자에게 환영받지 못하며, 진부한 기법이나 쓰는 작가라는 폄하를 당하리라는 것도 김용희의 글은 암시하고 있다.

2) 적극적으로 공명하기

비평은 두 정신의 울림에서 비롯된다고 했던가? 작품을 써낸 훌륭한 한 정신과 그를 읽고 알아채는 또 하나의 훌륭한 정신이 있을 때 비로소 성립한다는 말이다. 한 작품을 놓고 정신의 황홀한 교류를 나누는 비평가와 작가는 바로 백아와 종자기의 모습일 것이다. 김용희가 취하는 두 번째 비평 전략은 여기에 근거한다. 즉, 시중에 흘러 넘치는 오염된 문학에 날카로운 질책을 가하기보다는 탁월한 작품을 찾아내어 음미하며 공감하기를 즐기는 것이다. 이런 태도가 가장 잘 드러난 것이 「강준영론」이다. 강준영론은 평론가 자신이 끌어안고 있는 삶에 대한 성찰과 문학에 대한 안목이 그만한 것을 가지고 있는 작품을 만나자, 욕심껏 공명음을 발산하고 있는 현장이다. 요컨대 강준영이라는 동화작가는 김용희라는 문학비평가가 문학에 대한 제 심중을 토로케 하는 입이 되었던 것이다.

강준영은 요절한 까닭에 활동 기간이 짧아 많은 작품을 남기지 못했다. 비평가의 시선이 지나치기 쉬운 그 작가를 김용희가 주목한 것은 강준영이 세상을 버린 십 년 후 그의 지인들이 묶어낸 동화책에 제 정신의 울림을 통감했기 때문이다. 울림은 깊어 표제작인 「전쟁과 촛불」이라는 단편 하나에 한 편의 평론을 바치다시피 한다. 김용희는 강준영의 어떤 정신에 그토록 깊은 공감을 일으켰던 것일까? 김용희가 매료되었던 강준영의 정신이란 동화를 하나의 문학으로 가꾸어내려는 데 바쳤던 치열함이었다.

그의 고유 기법은 단순히 강준영 문체의 섬세함과 구성의 치밀함이라는 형식 차원에만 머문 것이 아니라 더 나아가 개인의 관념적 사고로부터 사회학적 상상력에 이르기까지 의미화 과정을 통괄하는 개연성을 유연하게 부여하고 있다. (108쪽)

소설과 다른 동화의 미학을 발견해내고, 동화를 독특한 고유 장르로 독립시키기 위한 다양한 기법과 한국적 소재 발굴에 주력해 왔다는 점에 있다. 분명 강준영의 동화는 하나의 상징이며 비유 혹은 이미지의 미학이다. 그는 스토리를 중시하던 동화 문학에 새로운 표현법을 제시한 동화작가이다. 거기에다 시적 응축미와 환상과 현실의 조화미, 한국적 서정을 통해 우리 동화 본연의 미학성을 회복하려 부단히 노력한 작가이다. 또한 강준영은 시대적 상황과 문학적 상상력의 조응을 통해 자기화된 체험을 보편화시키고, 개인과 사회의 아픔을 극복해내어 자유와 희망, 그리고 진실과 행복의 가치를 경도하던 70년대 선도적 동화작가인 것이다. (109쪽)

김용희가 강준영 동화를 통해서 동화 문학 고유의 미학으로 내세우고자 했던 것은 '비유와 상징, 그리고 이미지로 주제를 빚어 놓기'였다. '동화는 시와 같다'는 말이 있다. 이는 동화가 소설보다 간결한 형태를 가지고 있음을 주목한 것이며, 그 간결한 형태에 소설에 버금 가는 주제를 압축해 두어야 한다는 점을 지적한 것이며, 드러내는 결이 고와야 한다는 것을 암시한 것이다.

문학이란 무엇인가?라는 해묵은 질문은 문학이 존재하는 한 계속된다. 그것은 정의 내릴 수 없는 개념이어서가 아니라, 끊임없이 변하는 개념이기 때문이며, 다양한 측면에서 정의될 수 있는 개념이기 때문이다. 어떤 개념을 갖느냐에 따라 문학 활동을 하는 사람들은 하나의 집단과 사조를 형성하고, 이런 다양한 움직임은 문학 자체의 발전을 이끌고 간다. 동화도 마찬가지이다. 강준영에게 적극 공감하는 김용희만이 동화의 본질에 도달했다고 할 수는 없다. 그러나 여기서 김용희가 동화 문학에서 강력하게 추구하는 내용은 유의미하다. 그는 다른 무엇보다 문학이 갖는 상징성에 주목한다. 문학이 여타의 글과 구분되는 가장 또렷한 한 가지 특성은 주제를 직접적으로 드러내지 않는다는 점이다. 문학은 주제를 담고 있으되 그 주제를 어떻게 드러내느냐에 가장 골몰하는 글쓰기이다. 비유·암시·복선·이미지 등은 주제를 은근히 드러내는 상징 어법들이다. 김용희가 강준영의 동화를 통해 이를 강조하는 것은, 동화는 어린이 독자가 읽는 것이므로 형태의 간결함 속에서 성인 작가의 메시지를 부드럽고 요령 있게 드러내야 하기 때문이다.

김용희가 상징에 유난한 의미를 부여하는 것은, 시중의 동화 문학이 상징을 담아내는 일에 서투르고 안이하다는 비판이 전제된다. 상징은 단순한 기교의 문제만은 아니다. 그 상징이 말하려는 것, 곧 가치 있고 명료한 주제 의식이 선행되어야 한다. 그후에는 그를 넌지시 그리고 아름답게 드러내는 상징에 대한 고민이 뒤따른다. 그렇다면 김용희에게는 동화 작품에서 깊고 넓은 주제 의식을 읽어 보기 어렵다는 현장 판단도 있었던 것이다. 위의 인용에서는 이러한 김용희의 심중이 드러나 있다. 즉, 김용희는 「강준영론」에서 동화 문학 현실에 대한 뼈아픈 인식과 비판을 전제로 「전쟁과 촛불」이 '비유와 상징, 그리고 이미지로 주제를 빚어 놓기'라는 동화 문학 고유의 미학 실현에 얼마나 성공했는가를 지적한 것이다.

3) 상상력을 바탕으로 해석하기

전체에 대한 통찰이 얼마나 황홀한 일이길래 한 저명한 문학비평가의 평론집 제목이 되었을까?[1] 그 평론집을 읽다 보면, 어떤 대작 앞에서도 제 나름의 형형한 문학적 직관을 발하는 대가의 아름다움에 매료당한다. 그리고 통찰이 주는 황홀함은 탁월한 시력을 가진 자만이 누릴 수 있는 것임을 절감한다. 김용희의 노원호 읽기는 '전체에 대한 통찰'에 도전이다. 전체에 대한 통찰은 표면을 읽어내는 것이 아니라, 시인이 의식하든 그렇지 못했든, 시인의 시쓰기에 감추어진 어떤 원리를 밝혀내는 일을 뜻한다. 김용희는 동시 쓰기 20년을 넘긴 시인이 보여준 걸출한 시적 능력, 특히 '이미지를 효과적으로 적절히 구가하는' 능력에 홀린 듯하다. 하여 노원호 시 전체를 이끌어 나가는 핵심 이미지가 무엇인지 통찰해 들어간다.

김용희는 푸르름을 꼽고, 푸르름이 바다와 강을 노래하는 시들에서 골고루 나타남을 지적한다. 이어서 바다와 강은 서로 대립을 이루는 시인의 두 내면 의식을 표상하지만, 푸르름이라는 이미지가 행하는 내재적 질서에 의해 제어를 받아 결국은 푸르름이라는 질서 안으로 통합된다고 보았다. 김용희가 노원호 시에서 의식의 두 지향점을 찾아내어 이를 정치하게 드러내고, 이 둘을 제어하는 질서로서 푸르름이라는 이미지를 찾아내어 그 역할과 의미를 간파해내는 과정은 집요한 추적자를 연상시킨다. 우리가 연관 없어 보이는 작품들을 일정한 흐름 속에서 조망할 수 있게 된 것은 김용희가 이면에 놓인 연결 고리를 찾아낸 덕분이다.

비평이 작품 전체를 통찰한 후라도, 작가의 세계를 정리하는 과정에

---

1) 김현, 『전체에 대한 통찰』, 나남출판사, 1990.

서 그만 작품에 대한 해설 단계에 머무르고 마는 경우가 있다. 비평가 개인의 문학적 상상력의 부재가 주요한 원인이다. 평론가의 상상력은 대상 작품의 속살을 투시해서 자신의 고유한 문학적 감성으로 새롭게 해석하게 하는 동력이다. 상상력이 동반된 비평문은 하나의 문학작품으로 성립한다. 이런 면에 있어서 「노원호론」은, 김용희가 제 비평이 문학작품을 재료로 삼아 창작하는 또 하나의 문학작품이 되도록 얼마나 심혈을 기울이고 있는지 드러낸다. 아동문학 비평이 이런 단계에 도달해야 한다는 그의 인식이 반영된 현장이다.

김용희는 '노원호가 동시를 쓰는 일은 철저하게 자연인으로 돌아가 허망한 욕망의 집착을 넘어서 순수하게 아이들에게 꿈을 심어 주는 일'(248쪽)이라고 적고 있다. 이는 노원호의 동시 쓰기 이유와 의미까지 드러낸 부분으로 김용희 스스로가 설정했던 임무인 문예 미학의 탐구와 맞물린다. 문예 미학은 문학이 왜 어떻게 인간에게 아름다운 것인지에 대한 근원적 물음을 던지고 이에 대답하는 행위이다. 김용희가 노원호의 동시 쓰기의 의미를 위와 같이 적고 있는 것은, 노원호의 시 해석의 결과 그가 동시의 문예 미학을 만족스럽게 발견한 까닭이다.

3. 김용희가 찾아낸 길의 의미

이 평론집은 무려 17년 동안 발표한 글을 모은 것이다. 기나긴 세월의 흐름을 바쳐서 만들어진 평론집 앞에서 여러 생각이 떠오른다. 우선, 이 땅의 아동문학 평론가들의 생명력을 헤아려 볼 때, 그는 사라지지 않고 참으로 끈질기게 남은 소수 몇 사람 중의 하나라는 점이다. 또 하나는 새로 생기는 이러저러한 몸의 병으로 자주 글읽기, 글쓰기를 중단당해야 했던 세월의 무게를 묵묵히 딛고 일어나 펴낸 평론집이니

남다른 가치가 있어 보인다는 것이다. 마지막으로는 적지 않은 세월을 헤아리지만 아동문학에 대한 시종일관한 김용희의 신념이 보인다는 점이다. 그는 아동문학이 고유한 또 하나의 문학적 영역이라는 신념을 지니고 있다. 이 비평집은 그 신념의 발현체이다. 그가 비평을 통해 동심의 문학이 가진 문예 미학적 원리를 추출하고자 하는 것은 이 신념에서 출발한 것이다. 즉, 김용희의 평론집은 교육적 관점과 자기 갱신의 의지를 상실한 문학을 완강하게 거부하고, 문학으로서 아동문학을 세우려는 구체적 노력의 집산물이라고 할 수 있다.

이 글에서는 「강소천론」「강준영론」「노원호론」을 들어 김용희가 어떤 제스처로 어떤 미학 원리를 발견해 가는가를 살펴보았다. 「강소천론」에서 김용희는 적확한 방법론 끌어오기라는 비평 전략을 수립한다. 이 전략은 꿈에 대한 기법적 접근으로 다음과 같은 결과를 낳는다. 즉 동화는 다양한 상징성을 내장하는 꿈 기법을 사용함으로써, 동화에 가해진 일정한 제약에 대한 출구를 마련하고, 아울러 아동문학 고유의 상징적 질서를 형성하는 동화 문학의 미학을 형성한다는 것이다. 「강준영론」에서 김용희는 공명하기라는 비평 전략을 선택한다. 김용희는 강준영의 동화를 분석하여, 그의 동화는 소설이 가진 스토리성에서 벗어나 시적 응축미와 환상과 현실의 조화미를 갖고 있음을 밝힌다. 김용희는 이러한 강준영 동화 미학의 원리에 적극 공감을 표함으로써, 이를 동화 문학의 미학적 원리로 제시한다. 김용희의 마지막 비평 전략은 상상력을 바탕으로 해석하기이다. 그는 집요한 추적자가 되어 노원호 시의 핵심 이미지를 밝히고, 이어 상상력을 발동하여 그 이미지의 역할을 추론하여 노원호의 시쓰기 의미를 진단해낸다. 그 결과 동시는 일반 시의 원리를 이행하면서도, 이미지의 활용으로 아동 독자들과 공유한다는 동시 문학의 문예 미학을 도출할 수 있었다.

그가 보여준 비평의 결은 대단히 섬세하다. 즉, 그는 문학에 대한 유장하고 심오한 이론보다는 치밀하고 세심한 시선에 의지해서 글읽기를 행한다. 그의 민감한 손끝은 직조 방식이 단순해 보이는 작품에서도, 작가가 은밀하게 감추어 둔, 혹은 작가 자신도 미처 의식하지 못했던 문예 미학적 원리를 탐색해낸다. 작품을 크고 작은 것, 혹은 무겁고 가벼운 것으로 정리하기보다는 씨줄과 날줄이 겹쳐진 원리를 드러낸다. 이로써 아동문학 평론을 느낌에서 끝나지 않고 본격적인 문학비평으로 끌어올리겠다는, 그리고 아동문학을 일반 문학 밑에 있는 하위 레벨의 문학이 아니라 문학이라는 상위 개념 아래에 나란히 서 있는 것임을 보이겠다는 자신의 욕구를 충족시켜 나갔다. 이 모두는 동심의 숲에서 그가 찾아 걷고자 하는 길이었던 것이다. (1999년)

아동문학을 평가하는 새로운 도구를 찾아서

— 마리아 니콜라예바의 아동문학 이론서 『용의 아이들』을 읽고

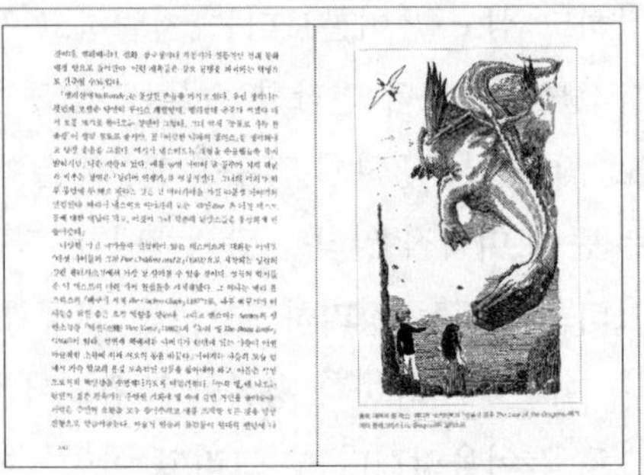

『용의 아이들』(마리아 니콜라예바 지음, 김서정 옮김).

1. 교육적 관점 따돌리기

아동문학에 채워진 강력하고 끈질긴 족쇄인 '교육적 관점'으로부터 자유로운 사람은 누구인가? 대부분의 사람들에게 이 관점은 당연한 것으로 받아들여졌으며, 설사 족쇄로 인식했을지라도 함부로 벗어날 수 없는 쇳덩어리였다. 이 족쇄를 던져 버리고 아동문학을 본격적인 문학으로 다루고 있다면 진부한 표현이지만 '신선한 충격'을 떠올릴 수밖에 없을 것이다.

『용의 아이들』[1]이라는 아동문학 이론서는 번역되자마자 아동문학인들 사이에서 화제로 떠올랐다. 저자 마리아 니콜라예바는 1997년 스웨덴 스톡홀름 대학 비교문학 교수이며 국제아동문학학회 회장으로서, 서울에서 열린 세계아동문학대회에 참가해 통찰력 있는 발언으로 우

1) 마리아 니콜라예바 지음, 김서정 옮김, 『용의 아이들』(원제목은 Children's Literature Comes of Age), 문학과지성사, 1998.

리에게 남다른 인상을 남겼던 인물이다. 그가 이 책을 통해 들려주는 바에 따르면, 스웨덴을 중심으로 한 영어권 현대 아동문학은 복잡하고 정교하고 다양한 형태를 갖추면서 전에는 상상할 수 없는 새로운 물결을 형성하고 있는데, 전통적인 장르의 법칙을 뛰어넘는 이들은 새로운 연구 방식을 요구하고 있다는 것이다. 그 첫걸음으로 그는 어떤 형태로든 엉겨드는 끈질긴 교육적 관점을 따돌리는 작업을 요구한다. 바로 이 대목이 우리들의 관심을 끈다.

그가 보여주는 아동문학에 대한 새로운 안목은 옛 생각을 가진 독자를 격렬한 대화의 장으로 몰아넣는다. 니콜라예바는 독자들이 인식의 전환점을 마련하고, 새로운 차원으로 확대되는 아동문학의 지평을 바라보게 하기 때문이다. 물론 그 과정은 간단하지 않다. 이 글은 현대 아동문학에 대해 응답하고 있는 니콜라예바와의 진지한 대화를 통해 우리 아동문학을 평가하는 새로운 도구를 찾아내려는 탐색물이다. 아동문학이 어떤 경로를 밟든 주목받는 문학 영역으로 올바르게 자리잡아 가기를 바라는 것은 아동문학에 대한 입장이 무엇이건 간에 모든 아동문학인들이 갖는 바람일 것이다.

2. 성인문학과 구별되는 아동문학의 특징

문학이라는 점에서 아동문학과 성인문학은 같은 예술 영역으로 분류된다. 그러나 아동문학은 주독자층이 아동이라는 점에 존립 근거를 두어 성인문학과 구별된다. 그런데 성인문학과 범주가 다른 문학으로 인식하면서도, 성인문학과는 다른 텍스트 타입으로서 아동문학이 갖는 특성을 규명해 보려는 시도는 드물었다. 어린이에게 읽어 주는 문학이므로 당연히 교육성이 중시되었고, 이러한 강령에 복종하느라 단순한

마리아 니콜라예바의 아동문학 이론서 『용의 아이들』(문학과지성사, 1998).

형식과 제약된 주제만을 담았기 때문에 많은 연구자의 호감을 사기 어려웠던 것이다. 그러나 비슷한 이야기들이 수없이 되풀이하는 이 간명하고 단순한 문학이 왜 사라지지 않고 지속되는지 그 비밀을 밝혀 보고자 했을 때, 오히려 아동문학은 새롭고 재미있는 연구 대상으로 다가설 수도 있을 것이다.

니콜라예바는 기호학의 눈으로 아동문학을 본다. 그리하여 아동문학을 발신자는 성인, 수신자는 아동에게 속한 텍스트 타입으로 정리한다. 다시 말해 아동문학은 각기 나름의 경험과 기대를 가지고 있는 성인 발신자와 아동 수신자로 구성되었으며, 이 때문에 아동문학은 어린이를 향하는 코드와 성인을 향하는 코드라는 두 코드를 가진 복잡하고 다이나믹한 기호 체계라는 것이다. 이러한 정리는 아동문학의 미학적 특성인 단순성과 소박성이 예술적 빈곤화에서 비롯된 것이 아닌 그 자체가 하나의 예술적 장치이며, 종종 성인문학에는 부족한 어떤 장치로 인식하게 만든다.

단순성, 즉 패턴의 유사성과 플롯 변용의 제한성 등으로 아동문학 작품들은 서로 비슷한 모습들을 하고 있다. 우리는 프로프의 『민담의 형태론』을 통해서 아동문학이 일정한 구조와 내용을 가지고 있음을 확인할 수 있었다. 그러나 왜 일정한 구조와 내용을 가지며, 왜 그 비슷함은 끝없이 되풀이되는지에 대한 의문은 여전했다. 니콜라예바는 이 의문에 도전한다. 그는 아동문학을 신화나 의식처럼 제의적이고 규범적인 문학으로 파악한다. 그리고 작품들이 아류라고 간주할 정도로 유사해지는 까닭을 바로 어린이 독자에게서 구한다. '어린이는 되풀이되는 이야기를 읽으면서 익숙한 정보에 자기 경험과 정서에서 나오는 새로운 해석을 덧붙인다.' 이것이 바로 끊임없이 되풀이되는 비슷한 이야기를 질리지 않고 읽는 까닭을 묻는 수수께끼를 풀어낸 니콜라예바의 해답이다. 되풀이되는 이야기들은 익숙해지면서 어느덧 새로운 해석을 가능케 하는 정보로 다가오기 때문에, 지겹기는커녕 재미를 느끼게 하는 장치임을 간파한 것이다.

이 탁월한 통찰은 유리 로트만의 '글이 씌어진 노트와 매듭을 만들어 놓은 손수건의 비교'에 뿌리를 대고 있다. 성인문학은 글이 씌어진 노트로서 많은 정보를 전달하나, 정보 수용자가 생성시키는 정보는 적다. 반면 아동문학은 매듭을 지은 손수건으로서 더 적은 정보를 전달하나 정보 수용자가 더 많은 정보를 생성시키게 한다. 이렇게 다른 특성을 가졌기에 아동문학과 성인문학은 우열이 가늠되는 동일 집단의 것으로 취급될 수 없다. 다른 범주에 속해 있는 두 가지 문학을 한 가지 기준으로 평가하는 것은 처음부터 불가능한 일이다. 즉, 성인문학을 분석하는 잣대로 아동문학 작품을 살펴서 평가 절하하는 오류가 진행되는 일은 더 이상 없어야 한다.

우리 아동문학계에서도 아동문학의 특수한 문학성 탐색에 부심하지 않았던 것은 아니었다. 아동문학 연구자들은 아동문학의 특징인 환상성 연구에도 열성을 바쳤고, 아동문학 연구에 일반 문학론이나 심리학에서 연구된 아동의 성장 발달론을 적용해 보기도 했다. 그러나 선행 작업으로서 아동문학과 성인문학의 차이점을 명료하게 정리하지 못했기 때문에 때로는 일반 문학 담론에 그대로 종속되거나, 무의미한 차용이나 표피적인 인용에 그친 결과물을 내놓기도 했다. 이런 상황에서 니콜라예바의 성찰은 대단히 중요한 의미를 가진다. 되풀이성·단순성에 대한 고정된 시각을 흔들었을 뿐만 아니라, 아동문학의 미학이 갖는 특성들로 증명함으로써 열세에 놓였던 아동문학 위치를 바로잡았기 때문이다.

3. 일반 문학에 뛰어드는 아동문학

비규범적인 문학과 거리를 두며 규범 미학을 따르는 아동문학의 속성은 불변의 것인가? 우리로서는 아직 일반 문학과 구별되는 아동문학만의 속성을 따져 보는 것에 주력하고 있다. 그러나 니콜라예바는 아동문학이 자신의 영역을 구축해 온 규범성을 더 이상 금과옥조로 여기지 않고 있음을 보여주어서 우리의 호기심을 자극한다. 그는 규칙을 파기하고 있는 작품들을 아동문학사의 새 시대를 열어젖히는 서막으로 간주한다. 자신이 구분한 네 단계 아동문학 역사에서 마지막 시대의 첫작품들이라는 것이다. 여기서 잠시 그의 시기 구분을 소개하고자 한다. 1)주변으로부터의 차용: 구비문학을 전래동화로 재화하고, 성인을 위해 쓰여졌던 작품 중에서 『걸리버 여행기』나 『로빈슨 크로소우』와 같이 어린이의 흥미를 끄는 작품을 흡수했다. 2)직접 어린이를 위해 쓰여진 교훈적·교육적인 이야기들: 다음 세대로 이어질 만한 가치 있는 작품은 드물었다. 3)여러 장르와 모드를 거느린 문학적 시스템을 형성하는데, 이때 규범도 갖춰진다. 4)다성부적, 혹은 다음성적 아동문학: 3)의 시스템에 저항하며 새로운 테마와 서술 장치를 마련한다.[2)]

아동문학의 핵심적 특징을 이루고 있는 규범적인 형태의 서사적 서술 구조가 깨진다면 어떻게 될까? 니콜라예바에 따르면, 새로운 타입

2) 우리 아동문학 상황은 3)단계 과정을 활발하게 전개하고 있는 것으로 판단된다. 1960년대의 본격 동시운동, 이원수 등의 아동문학에 대한 논의, 김요섭의 『아동문학사상』의 발간으로 아동문학론의 정리, 이후 이재철을 중심으로 한 아동문학 이론서의 출간과 전문 평론인의 등장에 이르기까지 근 40년의 세월은 아동문학 규범을 형성하는 일련의 과정이었다고 볼 수 있다. 현재 우리 아동문학의 중심부는 어떤 모습인가? 1990년대 중반 이후만 살핀다면, 전체 아동문학계를 흔드는 커다란 이슈는 영상 매체의 도전이었다. 이 논의는 작품 창작시 독자에 대한 고려가 더 적극적으로 이루어져야 한다는 것과, 나아가 아동문학가들이 자신의 문학하기에 대한 자의식을 한결 정밀하게 갖출 것을 요구하는 대목이었다. 이는 아동문학이 성인문학과 다른 그만의 독자적인 영역임을 강조하는 데 일조했다. 작가들로 하여금 독자와의 관계를 반추케 하고, 아동문학에 대한 더 치열해진 자의식을 촉구했다. 그러나 현재 아동문학 규범 그 자체를 질문했던 것은 아니었다. 그러나 어떤 작품을 써야 하는가, 어떤 것이 좋은 작품인가에 대한 질문들은 필연적으로 현재적 규범에 대한 반성을 유도한다. 이때 니콜라예바의 성찰은 유용한 안내자가 된다.

의 서술자, 중첩적인 다층 텍스트 구조, 다양한 실험적 형식과 진보된 서술 기법 등 어지러울 정도로 다양한 변신을 꾀한다. 뿐만 아니라 문학내 장르들끼리의 이합집산을 초래하고, 비문학적 요소와 근접 문학적 요소들까지 끌어들인다. 전통 서사적 서술 구조의 파열 뒤에는 시간과 공간 관계의 대담한 연결이 이어지고, 이어서 아동문학은 복합성과 복잡 미묘성 그리고 키노 타입이라는 용어로 대변되는 현대성을 망설이지 않고 드러낸다. 전통적인 아동 도서가 다뤄 왔던 주제들 대신 금기했던 성과 자살, 약물 중독이 탐색되고, 해피엔딩을 중심으로 한 완결된 결말은 다양한 해석을 가능케 하는 애매한 결말, 즉 열린 결말로 이행한다. 작품을 끌고 가는 핵심은 사건이 아니라 주인공의 심리 변화이다.

니콜라에바는 저들의 현대 아동문학이 기존과 다른 양상을 보이며 전에 없던 특성까지 담아내고 있음을 보여준다. 상호텍스트성을 의식적으로 드러내는 것도 특징이다. 니콜라에바가 반복성과 유사성을 의도적으로 감행하면서, 똑같은 것을 말하지 않는 대화적 작가들을 주목하는 것은 이 새로운 글쓰기가 전통의 규범을 저버리고 있는 현장임을 직시했기 때문이다. 또 한 가지의 새로움은 메타픽션의 등장이다. 메타픽션은 작가 자신뿐만 아니라 독자까지도 기존 서사적 서술의 규범에 가장 의식적이고 강력한 저항체로 작용케 한다. 그렇다면 최근 아동문학의 출발의 일정 부분은 과거의 아동문학의 해체에서 비롯되는 것임이 짐작된다.

니콜라에바는 규범적인 서술 구조의 파열, 상호텍스트성, 메타픽션들을 아동문학이 전통적인 규범을 탈피하여 일반 문학으로 편입하고 있음을 증명하는 증거물로 삼는다. 그리고 이런 특징들이 포스트모더니즘의 물결을 타고 있는 최근의 문학 일반과 일치함을 지적한다. 확실히 저들의 아동문학은 아이들이 읽는 이야깃거리쯤으로 치부해 버리기에는 너무 많이 자라 있는 것 같다. 니콜라예바가 일반 문학의 특성을 반영하는 영어권 아동문학을, 교육적 수행을 우선 과제로 삼았던 전통적인 아동문학이 사라지는 현장으로 인식하는 것은 당연하다. 아동문학이 일반 문학에 뛰어들었다는 것은 작고 낡아진 옷을 벗고 새롭게 거듭나려는 몸부림이 격화되었음을 의미한다. 이 단계에서는 자신에 대한 부지런한 성찰과 새로운 이론적 토대 위에서 자신의 성숙을 꾀하려는 일이 진행되는 것은 자명한 일이다.

4. 아동문학을 평가하는 새로운 도구를 찾아서

그 쪽 아동문학의 흐름이 어떤 맥락을 형성하든지 우리에게 남겨진 의미는 명료하다. 니콜라예바가 세계아동문학대회에서 남긴 다음 발언에 그 의미가 적절히 요약되어 있다. '아동문학이 교육적 입장을 떠나 문학적 입장을 중시하게 되면서, 예술적 표상면에서는 모방적 접근으로부터 상징적 접근으로의 전환을 보이고 있다. 아동도서들이 사회화의 도구로써 교육학적 담론내에서 계속 논의될 가능성은 매우 높지만, 머지않아 이것은 주류 문학에 합쳐지거나 사라질 가능성도 매우 높다. 그러나 아동문학을 단순하고도, 행동 지향적이고, 교훈적이면서 낙천적이라는 이름만을 붙이도록 허용하지 않는, 아동문학의 내용을 평가하는 새로운 도구가 이미 주어진 것만은 분명한 사실이다.'[3)]

규범적 아동문학이 사라진다 할지라도 아동 코드와 성인 코드가 병존하고 있는 독특한 문학 체계 그 자체가 사라지는 것은 아니다. 비록 양상은 바뀔지언정 아동문학이라는 현상이 지속되는 한 그 작품들을

3) 1997년 세계아동문학대회 발표 요지 참조.

어린이와 성인이 각기 어떻게 읽어내며, 성인 작가의 경험과 아동 독자의 경험이 어떻게 만나느냐는 여전히 연구 대상이 되는 것이다. 뿐만 아니라 훌륭한 아동문학은 반드시 성인들에게도 말하는 어떤 것을 가지고 있으며, 삶의 태도나 인생의 가치 등 그 어떤 것을 가지고 있어서 여전히 연구되어야 할 가치 있는 대상으로 남는다. 니콜라예바는 이 점들을 잘 알고 있다.[4)]

서구 아동문학계의 현상이 아직 드러나지 않지만, 여기서 우리 아동문학의 미래를 점치는 데 있어서 몇 가지 시사점을 발견할 수 있다. 우선 교육적인 관점을 제거하고, 아동문학을 문학작품으로 쓰고 평가해야 한다는 목소리에 힘을 실어 주었다. 더 나아가 이 책은 우리들이 가지고 있는 아동문학에 대한 개념들을 낡은 틀로 간주하고, 어떤 새로운 관점을 형성시켜 보라고 부추긴다. 주어진 규범들을 준수 사항으로만 받아들일 것이 아니라, 문학 그 자체를 화두로 삼고 정진함으로써 기존의 틀을 넘어서기를 요망하는 것이다. 몇몇 세부 법칙에 문제가 있는 것이 아니라, 문학 그 자체에 대한 섬세하고도 자유로운 사고가 필요한 것임을 거듭 확인한다. 전폭적인 변화는 아닐지라도 아동문학 연구는 과거와는 다른 입장에서 진행될 것이다. 즉 아동문학을 평가하는 새로운 도구가 요청될 것이고, 그 도구를 찾는 것이 우리의 당면 과제로 등장할 것이다.

1) 침묵하는 안내자가 되지 않으려면

아동문학을 평가하는 새로운 도구는 어떤 것일까? 『용의 아이들』에

4) 니콜라예바는 1997년 필자와의 대담에서 이런 내용을 말한 바 있다(『아동문학평론』, 1997년 가을호, 71쪽).

서 니콜라예바는 새로운 작품들이 일반 문학의 흐름인 포스트모더니즘을 반영하고 있다고 진단한다. 그리고 다른 비평가들에 의해 단순한 표절작으로 구별된 채 시들었던 작품들을 상호텍스트성과 패러디와 은유가 깃들인 주목해야 할 작품들로 다시 피어나게 하는 뛰어난 비평가의 면모를 보인다. 그럼에도 불구하고 그는 포스트모더니즘을 반영한 이들 작품들이 담고 있는 세계관과 의미에 대해서는 침묵한다. 서사 구조의 파괴가 이 세계에 어떤 구조와 질서를 부여하지 못하는 작가들의 고통스런 현실 인식의 결과이며, 그리하여 역사와 진실 그리고 시간에 대한 회의의 산물임을 짚어내지 못하는 것이다. 포스트모더니즘이 질서 자체에 대한 회의임을 의식했더라면 이들 아동문학 작품에서 난무하는 패러디가 소설 내부에서 발사된 저항임을 눈치챘을 것이다. 그리고 포스트모더니즘이 갖는 자아 성찰적 태도와 주인공의 심리적 변화에 치중하게 되는 판타지 아동문학이 연관되는 까닭도 밝혀냈을 것이다.

니콜라예바의 부분적 침묵은 왜 생겼을까? 아동문학을 연구하는 새로운 도구로써 포스트모더니즘이 적절치 않아서일까? 그보다는 그가 일반 문학의 주요한 흐름인 이 사조가 배태된 사회 문화적 배경과 이로 형성된 철학의 변화에 관심을 기울이지 못한 데서 연유한다. 그 현상의 전개 이유와 의미를 음미하는 것은 그가 풀어야 할 과제이다. 그러나 이 과제는 니콜라예바에게만 국한된 것은 아니다. 아동문학을 문학으로 접근하려는 사람들이라면 문학을 둘러싼 무수한 담론에 대한 공부는 공통 과제이다. 아동문학이 자기를 평가할 새로운 도구를 발견하는 데 있어서 가장 핵심 과제라면, 새로운 흐름을 파악하면서 자기와 시대에 의미 있는 글쓰기를 찾아내고, 그러한 글쓰기를 알아차리는 명민한 글읽기일 것이다.

2) 아동문학에 대한 인식의 전환

니콜라예바는 다성부, 상호텍스트성, 메타픽션이 드러난 작품들을 차례로 분석하면서 매번 말미에 이들이 포스트모던의 특성을 드러낸다고 적고 있다. 이런 설명은 포스트모더니즘이라는 하나의 사조로 최근 서구 아동문학을 모두 설명한다는 느낌이 든다. 서술 형식, 주제, 구조, 기법 등 거의 모든 요소에 걸쳐 진행된 아동문학의 변화는, 그도 제시한 다양성이라는 말로 정리하는 것이 더 타당해 보인다. 다양성이 포스트모더니즘의 한 특징이라고 할 수 있지만, 포스트모더니즘이 일정한 이론적 체계를 갖춘 사조가 아님을 염두에 둘 필요가 있다. 다양성에 눈뜰 수밖에 없는 시대이다. 시대가 정해진 구조와 뻔한 결말을 갖춘 고리타분한 이야기를 접고 새로운 이야기를 꺼내라고 요구하기 때문이다.

일정한 가치 체계를 지향하는 시대의 아동문학은, 성인이 아이에게 들려준다는 것 때문에 지나치게 교육적인 목적에 묶여서 자유롭고 다양한 사유를 허락하는 문학 고유의 숨쉬기를 제 것으로 하기 어려웠다. 그러나 다원성을 중시하는 시대의 아동문학은 성인 작가와 아동 독자간의 보다 자유로운 대화를 허락한다. 자유로운 숨쉬기는 아동문학을 본격적인 문학의 광장으로 안내할 것이다.

그러므로 좋은 아동문학 작품에 대한 기준도 달라져야 한다. 좋은 아동문학 작품이란 하나의 진리 체계가 존재한다는 생각에 더 이상 봉사할 필요도 없어 보이고, 감동적이고 완결된 결말을 가진 서사 구조물만은 아닌 것도 분명하다. 아동문학 작품을 평가하는 새로운 기준은 아동문학에 대한 인식의 전환과 맞물린다. 탈서사가 가져오는 다양성의 세계를 주저하지 않고 받아들이게 하는 의식의 변화는 아동문학이 포스트모더니즘이라는 사조를 받아들였다는 데서 비롯되는 것이 아니라 다양성에 대한 적극적인 탐색에서 찾아야 한다. 다양성을 내보인다는 것은 오늘의 아동문학이 여타 문학처럼 자기 시대의 진실 탐색에 적극적임을 의미하기 때문이다. 아동문학의 자기 변신은 아동문학에 대한 인식의 전환을 필연적으로 요청하며, 아동문학에 대한 새로운 평가 도구는 이 지점에서 출발해야 한다.

3) 독자 수용론의 도움

아동문학 연구에서 늘 전제가 되는 것은 아동문학의 특수한 성격이다. 이 특수성은 어린이를 위해 글을 쓰는 성인 작가가 있고, 그들의 작품을 읽는 아동 독자가 있다는 이중적인 코드 시스템에서 발생된다. 이는 자신을 변별되게 해왔던 내용이나 형식에 있어서의 규범성을 접어 버리고 일반 문학의 흐름을 따르고 있어도 없어지지 않을 전제이다. 여기에 주목한다면 여러 문학론 중 독자 수용론으로부터 특별한 도움을 받을 수 있으리라는 기대가 생긴다.

독자 수용론은 텍스트의 완성이 저자가 아니라 독자의 글읽기에 의해서 이룩된다고 보는, 문학에 있어서 독자의 역할을 강조하는 이론이다. 독자가 텍스트의 의미 산출에 적극적으로 참여케 하는 근래 서구 아동문학 작품이나, 매듭진 손수건처럼 독자들이 완성시켜야 할 여백을 성인 문학보다 많이 가지고 있는 전통적인 아동문학 작품에 있어서나, 모두 아동 독자의 능동적인 글읽기를 요청한다는 점은 독자 수용론에 더 큰 관심을 갖게 한다.

그런데 볼프강 이저에 따르면 독자 수용 비평에서 전제되는 독자는 문학적 능력을 가진 고급한 독자이다. 따라서 어린이가 이런 고급한 독자가 될 수 있는가를 문제삼을 수 있다. 아동이 성인보다 미성숙한 존재인 것은 사실이어서, 볼프강 이저가 뜻하는 고급한 독자의 자격을 선뜻 줄 수가 없는 것이다. 이러한 특성을 무시하고 독자 수용론을 아동문학 연구에 직접적으로 적용한다면 무리가 따를 것이다.

그러나 앞의 아동 이해를 조금 벗어난다면 새로운 가능성이 발견된다. 어린이는 미성숙한 존재에서 그치는 것이 아니라 성인과 다른 사고 체계와 정서 구조를 가진 존재이기도 하다. 때로는 세계에 대해 성인과 다른 반응을 보이는 것은 그 때문이기도 하다. 이로써 어린이의 고급한 독자로의 성립 문제는 보다 복잡한 이해를 요구하는데, 다른 코드를 가지고 있는 존재로의 분류는 가능할 것이다. 독자 수용론이 그대로 아동문학 연구에 적용되기는 어렵다. 그러나 창작자와 코드를 달리하는 독자로 존재한다는 측면에서 독자 수용론의 변용적 적용이 가능할 수도 있을 것이다.

서사 구조로 근대의 단일한 세계관을 들려주든, 탈서사 구조로 다양성을 주입하든 아동문학의 이중 코드는 변할 수 없다. 그러나 그 이중 코드가 형성하는 기능은 고정적이지만은 않을 것이라는 생각이 든다. 과거에는 가장 효과적인 교육적 도구로 기능했다면 이제는 독자 수용론의 도움을 받아 독특한 문학적 특성을 밝혀내는 도구로 활용될 수도 있을 것이다. 이 변화로 말미암아 아동문학이 무엇인지 밝히고자 하는 사람들을 혼란시킨다면 그것은 즐거운 혼란임이 분명하다.

4) 아동문학과 일반 문학 사이의 영향의 방향

아동문학만 일반 문학으로부터 영향받는가? 그 역도 가능하지 않을까? 데리다의 해체론 덕택으로 이분법적 사고 방식과 제일 원칙에 특권을 주는 태도에 반발할 만한 힘도 생겼다. 이분법적 사고로 성인문학과 아동문학을 나누고 성인문학에 우위를 주어 왔던 고정관념이 그릇된 것이라는 시각이 형성될 수 있는 것이다. 이런 측면에서 아동문학에 대한 평가는 다시 시작해야 한다. 시대 흐름이 아동문학을 덮치는 동안 다른 한 구석에는 주류 문학이 아동문학으로부터도 중요한 시사점을 발견해 가면서 제 흐름을 노정하고 있을 수도 있다. 뿐만이 아니다. 제일 원칙으로서의 성인 작가가 차지했던 우위가 무너지고 아동독자의 중요성이 부각될 수 있으리라는 추정도 해본다. 새로운 전망대에서는 이중 코드로 말미암아 독특하고 다이나믹한 시스템을 가진 이 예술 양식에 가장 열광할지도 모른다. 아동문학을 영화와 비견되는 젊은 예술 양식으로 지적한 니콜라예바의 발언이 떠오른다. 중심 무대를 차지하는 아동문학은 그때까지의 평가 도구를 무시하고 또다시 새로운 도구를 필요로 할 것이다.

5. 젊은 예술 영역의 화려한 전개를 점치며

이 모든 것은 우리의 지금과는 긴요하게 연결되지는 않지만, 앞으로의 우리를 생각하면 니콜라예바가 열어 준 생각의 살을 타고 날아가는 것은 의미가 있다. 아동 산문문학은 1980년대의 혁신에 뒤이어 1990년대에 들어와 또다시 새로운 변모를 이룩하여 그 발전은 손에 잡힐 듯 선명하다. 그러나 기존의 규범성을 벗어나서 다양성을 내보이는 작품은 몹시 드물다. 하지만 변신이 느린 학교 교육도 열린 교육을 수용하며 개인의 개성과 창의적인 사고력을 키우는 수업을 시도하는 걸 보면, 아동문학의 움직임에 곧 탄력이 붙으리라는 예측을 해본다. 현재 많은 작가들은 전통적인 규범에 충실한 작품들을 쓰면서도 이전과 다른 새로운 작품들을 내놓고자 분투하고 있다. 새로운 경향의 작품 출현이 예기되는 것이다.

정확하거나 개연적인 시기를 점칠 수는 없지만 다양성을 중시하는 아동문학의 시대는 곧 찾아올 것이다. 그러나 다양성을 배태한 시대의 흐름을 깊숙히 호흡하며 이를 영민하게 표출한 작품과, 단순한 창작상의 기발한 발상 내지는 고갈된 상상력을 감추기 위해 서구 작품에 대한 모방품으로서 등장하는 작품은 분명 다르다. 다양성은 진리에 대한 근원적 회의를 통해 인류 문명에 대한 새로운 성찰을 진행하는 작가의 손끝에서만이 야무지게 피어날 것이다. 따라서 오늘의 작가들에게 아동문학하기란 전에는 느낄 수 없는 무게를 지닌다. 연구자들이라고 해서 이 무게로부터 자유로울 수는 없다. 성인 작가의 글쓰기와 아동 독자의 글읽기가 만나는 그 특이한 시스템이 유발하는 문학적 특성을 더 분명하게 고구하라는 시급한 과제가 던져진 셈이다. 성실하게 숙제를 하다 보면 보다 근원적인 통찰이 드러날 수도 있고, 이를 바탕으로 드러난 성찰은 니콜라예바가 해낸 것 이상의 값진 이야기를 들려줄는지도 모른다. 이런 일련의 작업은 니콜라예바가 이미 지적했듯이 아동문학이라는 이름을 가진 독특한 예술 장르의 화려한 전개를 가장 앞서서 가장 명료하게 점쳐 가는 과정일 것이다. (1998년)

아동문학에 부는 신세대 문학 바람

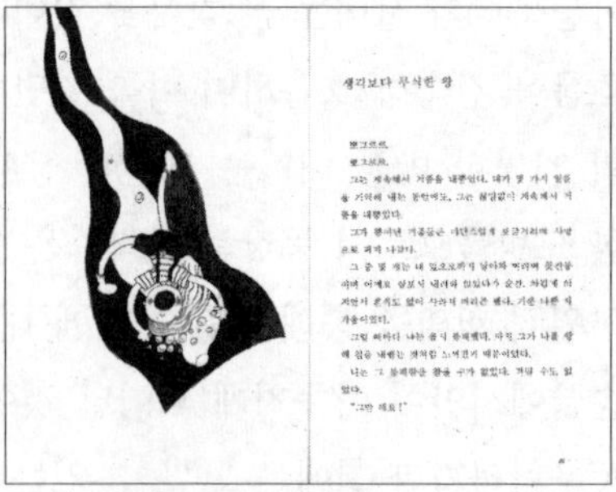

이혜원 글, 위승희 그림 『방구 아저씨의 우주여행』(현암사, 1992).

1. 신세대 문학이란 무엇인가

이데올로기 일변도의 1980년대가 해체되며 토해낸 탈이념, 중심 해체, 다원화 현상이 1990년대의 거리를 누비고 있다. 정신적 기반은 하나의 가치를 위해 헌신하던 1980년대에 묶여 있지만 글쓰기는 가치의 해체와 회의가 진행되는 1990년대에 놓인 일련의 젊은 작가들은, 의도적으로 혹은 무의식적으로 1980년대의 글쓰기에서 탈피한 새로운 문학적 성과를 내놓고 있다. 1990년대의 문학 담론의 장에서 신세대 문학이라고 지칭되는 것은 바로 이를 가리키고 있다. 요컨대 성인문학에서의 신세대 문학 출현은 시대 변화에 대한 젊은 작가들의 대응 전략이 형성한 문학적 산물인 것이다.

이념적 중심 형성이 뚜렷이 드러나지 않았던 아동문학계에서는 이와는 다른 변화 양상을 드러냈다. 경제 발달에 따라 영상 매체와 컴퓨터를 중심으로 한 뉴 미디어가 보급되자 아동문학의 독자 소실 내지는 신세대 독자의 성립이라는 현상이 나타났다. 이러한 위기를 극복하는 과정에서 아동문학 작가들은 과거와 다른 새로운 문학적 경향을 드러냈다. 이들이 보여준 일련의 작품을 아동문학에서의 신세대 문학이라고 지칭할 수 있을 것이다.

물론 성인문학에서의 신세대 문학과 아동문학의 그것에는 중요한 차이가 있다. 성인문학에서의 신세대 문학은 시대 정신의 변화에 기반하여 일부 젊은 작가들의 적극적 대응에서 유발된 것이다. 반면 아동문학에서의 신세대 문학 출현은 독자의 변화가 초래한 위기 극복 과정에서 출발한 작가들의 수동적 대응에서 비롯된 것이다. 그러나 양자 모두 변화 시점이 1990년대에 들어서서 이루어졌다는 점, 변화의 내용이 전통적인 문학 경향으로부터의 일탈이라는 점, 그리고 비교적 젊은 연령층의 작가군들의 활동 산물이라는 점에서 두 문학 집단이 겪는 새로운 변화를 신세대 문학으로 함께 묶어 보고자 한다.

이 글은 아동 독자의 변화와 이에 따른 신세대 독자의 성립을 먼저 살피고, 이로 야기된 위기를 어떻게 극복하는지 그 극복 과정을 전통적 경향으로부터 일탈이라는 측면에서 더듬어 보고자 한다. 그 결과 한국 아동문학의 어제는 위기의 전시대로 독자와 작가의 교감이 있던 때이며, 오늘은 근래의 작가와 독자의 불일치에서 위기가 야기되고 이것의 극복 노력이 전개되는 때로 정리된다. 한국 아동문학의 미래는 일련의 인식 전환과 새로운 동화 문법을 시도하는 젊은 작가들의 활동에 있다고 할 수 있다. 이 글은 신세대 아동문학을 담당하고 있는 이들에게 보다 많은 지면을 할애하고자 한다.

2. 아이들이 변했어요—신세대 어린이들

경제 성장이 가져온 여러 문제 중의 하나가 세대간의 분열이다. 대표적인 것이 소위 'X세대'라 불리는 젊은층의 등장이다. 변화는 젊은이들에게만 일어난 것이 아니다. 어린이들도 바뀌었다. 누나, 형들이 'X세대'로 불리는 것처럼 이들은 '요즘 아이들'로 불리며 기존의 어린이에 대한 통념을 거부한다. 이들은 부모들과 성장 환경과 경험이 다르고 어른들과 함께 살면서도 자신들만의 독특한 문화와 생활 감각을 형성한다. 이러한 요즘 아이들은 과거의 아이들을 바라보는 눈길에 반란하는 그야말로 어린 신세대들이다.

신세대 아동의 출현을 조성한 가장 직접적인 기제는 영상 매체와 컴퓨터이다. 현란한 색채와 기분을 맞추는 음악 속에서 물처럼 흐르다가도 극도로 클로즈업된 정지 화면으로 순식간에 변하는 동화상. 이 동화상을 내보이는 TV 모니터는 마법 상자처럼 아이들의 정신을 빼앗아간다. 숨돌릴 틈을 주지 않는 컴퓨터 게임은 마술 피리처럼 아이들을 홀린다. 새로운 영상물과 더 자극적인 게임팩이 날마다 쏟아진다. 시시각각 새로워지는 마법의 숲을 지나더니 어린이들이 변했다. 어린이에 대한 지난날의 시선으로는 이해되지 않는 새로운 감각을 가진 신종 어린이가 생겨났다.

한두 자녀로 이루어진 핵가족 제도도 새로운 어린이의 출현을 부추겼다. 가족의 일상은 더 이상 어른을 중심으로 움직이지 않는다. 어린이를 중심으로 식단과 주말 계획표가 짜진다. 이들은 첨단의 기계문명의 수혜자일 뿐만 아니라, 도시의 아파트에서의 생활하며 전면적으로 몰려드는 서구 문화 상품들에 직접적으로 노출되어 있다. 이러한 생활 환경도 신세대 어린이의 등장을 부채질했다. '어린이가 어린이로 존재하지 않는 현실'[1]이, 어린이다운 어린이를 대상으로 하는 아동문학을 위기로 몰아넣고 있는 것이다.

3. 아동문학의 어제: 농경문화적 정서 속에서 작가와 독자의 교감

김용희에 따르면 1980년대만 해도 작가의 창작 의욕과 독자의 정서 사이에는, 양자 소통이 가능한 공통적 정서 구조가 묵시적으로 유지되었음을 알 수 있다.[2] 김용희는 그 내용을 '자연과의 교감'은 '동심과의 교감'이라는 정서 구조로 요약한다. 위기를 겪기 전인 1980년대까지는 동화가 농경문화적 감성을 토대로 쓰여졌으며, 이를 기반으로 독자와 작가가 교감을 나누고 있었음은 다수 작품을 통해 확인할 수 있다.

사실 농경문화적 감성은 아동문학의 전통적 기조로 1990년대에도 주요한 자장을 형성하고 있다. 젊은 작가들도 이러한 전통에서 자유로운 것은 결코 아니다. 오늘날의 생활과 감각을 담은 작품을 추구하는 30대 초반을 주축으로 한 신진들의 경우에도, 작가 자신의 출생이나 유년 시절이 시골 생활이었다면 한편에서는 농경문화라는 자신들의 정서 기반으로 돌아가려는 의식을 드러내곤 한다.

4. 아동문학의 오늘 — 위기와 두 가지 극복 양상

작가들은 그러하건만, 고도화된 기계문명 속에서 나고 자란 어린 독자들의 정서는 다른 경향을 드러내고 있다. 공감의 정서 구조가 1990년대에 들어서면서 흔들리고 있는 것이다. 아이답지 않은 요즘 어린이

1) 정채봉, 「위기의 아동문학」, 『한국아동문학』 9호, 1995년 8월, 24쪽.
2) 김용희, 「90년대 아동문학과 새로운 징후」, 『아동문학평론』, 1995년 봄호, 28쪽.

들은 어른들을 깜짝깜짝 놀래키며 당당히 자신을 드러내고 있다. 이들은 농경사회 출신의 어른 작가들에게 자기들에 대한 적극적인 이해를 요청한다. 책읽기가 싫다고 한다. 1980년대까지만 해도 통했던 작가와 독자와의 교감 시대가 끝났음을 작가들도 이제는 선선히 인정해야만 한다. 독자의 소실은 문학의 위기이다. 작가들은 독자가 배반한 연유를 밝혀 위기를 극복하고자 한다. 위기 극복 양상은 크게 두 가지로 나눠진다.

하나는 조급성을 드러낸 단순 대처이다. 독자 소실에 대한 원인을 영상 매체와 컴퓨터로 보고 이에 대해 다소 단순한 반응을 보이는 것이다. 이 태도는 원인에 대한 대립적 자세와 성급한 수용이라는 양가적 태도를 노출시킨다. 어린이들이 동화책을 덮고 비디오 테잎을 돌리거나 게임을 찾는 현상에 주목해서, 영상 매체와 컴퓨터를 아동문학의 위기를 가져온 죄인으로 지목한다. 기계문명의 발달을 문자 매체의 위기와 직결시키는 생각의 이면에는 양자를 대립적으로 파악하는 사고틀이 자리한다. 텔레비전이 보급되면 신문은 곧 없어질 것이라는 추측이 나돌았다. 그러나 그런 일은 없었다. 문제가 그리 간단한 것은 아니다. 반면에 영상 매체의 매력을 문학작품 속으로 성급하게 수용하려는 움직임도 있었다. 그러나 성급한 수용은 첨단의 이기를 소재로 삼았으되 작품 속에서 미처 소화시키지 못하고 급체 현상을 드러내고 말았다. 소재주의적 자세만 드러내고 만 것이다.

다른 하나는 변화된 독자의 정서와 여지껏 유지되어 온 작가 자신의 감성을 서서히 조율하려는 자세이다. 아동문학의 위기 원인을 정직한 자세로 살펴, 변화된 독자를 작가 자신을 둘러싼 상황 변화로 인식한다. 새로운 상황에 대한 작가들의 이러한 적응 전략은 오늘날 아동문학의 대략적인 흐름이라고 할 수 있다.

예로써, 가족 문제를 다룬 글들을 보자. 김숙희의 『이건 꿈일거야』

(여명출판사, 1996), 이규희의 「아빠 좀 빌려 주세요」(『뱅뱅이의 노래는 어디로 갔을까』, 성바오로, 1995), 차보금의 「아득한 나라에서」(『아동문예』, 1995년 9월호)를 함께 살펴볼 필요가 있다. 이들 작품을 통해 작가들은 저마다 구체적인 상황을 설정하여 결손가정이 파생시키는 여러 문제들과 이에 대처하는 아동의 모습을 그린다. 예전 작품들이 천편일률적인 접근 속에서 어린이가 겪는 고통의 강도를 표현하는 데 치중했음에 비해, 이들 작품들은 각기 다른 렌즈로 아이가 처한 상황의 전개에 따라 고민의 양상과 괴로움의 정도가 달라지고 있음을 보인다. 다양한 삶의 양식과 새로운 윤리관이 내포된 이들 작품에서 결손 상황에 처한 요즘 아이들의 고민이 명료하고 실감나게 전개되어 있다. 오늘의 아동문학이 주제의 다양화로 말미암아 권선징악에서 탈피하여 아동이 자기 현실에서 겪는 구체적인 고민을 다루고 있음을 알 수 있다. 그 결과 가난한 사람=인정 많음/부자=정이 없고 비인간적임//도시=사악한 물질문명의 온상/시골=순수하고 인간미가 흐르는 곳 등의 도식은 상당 부분 허물어졌다고 볼 수 있다.

사실 기존의 어린이를 바라보는 통념에서 벗어난 아이들을 요즘 아이들로 인정하지 못하고 나무라는 것은, 눈앞의 변화를 보면서도 이것의 의미 파악에는 무신경한 작가라고 할 수 있다. 독자 변화에 대한 수용과 이에 따르는 문학적 변화를 내보이지 못한 작가의 태만은 다름 아닌 작가 의식의 부재로, 이것이 위기의 정직한 원인이었던 것이다. 작가들은 위기를 인정하고, 이로부터의 탈출을 위해 변신의 노력에 나섰다. 그러나 이것은 신세대 어린이 독자를 만족시키기에는 다소 역부족이다. 작가 자신을 떠받치고 있는 묵은 정신적·정서적 기조란 쉽게 바꿀 수도 없고, 또 기존의 동화적 사명에 대한 오랜 복무의 습관을 벗어나기도 힘들기 때문에, 이들의 변신 의지는 마음만 바쁘게 했을 뿐 근원적 처방이라고 보기는 어렵다. 따라서 위기 극복에 대한 보다 근원적 변화를 보인 작가들을 찾아보게 된다. 비록 아직 미세한 징후에 불과하지만, 새로운 인식으로 위기 대처 방법이 타작가들과 변별점을 보이고, 그것이 기존 아동문학의 변혁을 유도하고 있다면 그들을 주목해야 할 것이다.

5. 반란을 통한 위기의 극복—신세대 작가들의 위기 타개 전략

위기란 전통적인 아동문학의 일이고, 코페르니쿠스적인 사고의 전환을 한다면 이것은 오히려 새로운 아동문학의 출발을 위한 기회를 의미할 수도 있다. 반란을 통한 위기의 극복, 그리고 아동문학의 발전. 이것이 신세대 독자를 영민하게 이해하는 일부 젊은 작가들의 위기 극복 전략이다. 도전적이고 독자적인 자세로 기존의 창작동화의 개념과 문법을 해체시키고자 하는 작가들을 신세대 아동문학가로 부를 수 있을 것이다. 일단 『방구 아저씨의 우주여행』(현암사, 1992)을 쓴 이혜원, 『코뿔소에게 안경을 씌워 주세요』(서광사, 1993)의 이윤희, 『나야, 뭉치 도깨비야』(웅진출판, 1994)의 서화숙을 이 부류의 작가로 묶어 볼 수 있다.

이들의 작품을 읽고 나면 신세대 작가의 인식 전환은 신세대 독자의 전폭적인 수용에서 출발함을 알 수 있다. 독자와 작가가 모처럼 동시대인의 감각을 나누고 있는 것이다. 낡고 진부한 구세대적 감각이 아닌 자신들에게 맞는 호흡이 배어 있는 동화를 읽는 것은 신세대 독자들에게 퍽 반가운 일일 것이다. 작가가 독자들에게 통하는 동시대인의 감각을 확보하고 있다는 것은 두 가지 측면에서 효용을 발휘한다. 우선은 새로운 독자의 흡입에 강력한 효과를 발휘한다는 점이다. 두 번째는 이 새로운 감각이 전통적인 동화 문법의 해체와 변혁을 꾀한다는 점이다.

이혜원의 『방구 아저씨의 우주여행』의 첫번째 이야기 주인공은 호오가 분명하고 자기 감정에 솔직하다. 이 화자의 모습은 야무지고 당당한 요즘 아이들의 모습 그대로이다. 턱없이 순진하거나 망설이긴 하지만 위험에 정면으로 맞서는 용감한 주인공의 시대는 간 것이다. 상황이 어떻게 돌아가는지 살핀 후, 영악스럽게 위험으로부터 자신을 방어하는 모습에 신세대 독자들은 공감을 표할 것이다.

방송국 PD의 전언에 따르면 드라마의 승부는 처음 몇 초에 달려 있다고 한다. 초반부터 재미 없는 드라마를 끝까지 보는 시청자는 없다는 것이다. 어린 독자의 동화책 읽기도 크게 다르지 않을 것이다. 다음은 『방구 아저씨의 우주여행』의 첫이야기인 「나 혼자 아는 이야기」의 첫장에 해당되는 '뭐, 때꾹 대왕?'의 첫 장면이다.

> "엄 마 야 아!"
>
> 이것이 내가 한 가장 마지막 말이었던 것 같다.
>
> 누군가가 나를 끌어당기는 것 같다고 느끼는 순간, 나는 나의 몸에서 모든 중력이 갑자기 사라지는 듯한 느낌을 받았다. 내가 '엄마야아!' 하고 비명을 지른 것은 바로 그 때였다.
>
> 그러나 그것도 잠깐이었다. 비명의 여운이 채 가시기도 전에 나는 나를 끌어당기는 그 엄청난 힘에 말려 어디론가 빨려 들어갔던 것이다.
>
> 정말이지 눈 깜빡할 사이에 벌어진 일이었다. (9쪽)

이 경우 동화에서 오랫동안 서두를 지켜 왔던 서정적 감성이 담빡 묻어 있는 공간적 배경 묘사나 화자가 누구인가를 밝히는 정보가 미련없이 제거되었다. 화자가 누구인지, 어디에 있는지 알 틈을 주지 않고 독자를 사건의 중심에 서게 함으로써 처음 몇 초 안에 독자의 눈길을 사로잡는다.

MBC 방송문화원의 황선길 역시 뉴 미디어 시대가 작가에게 문장 위주의 문체에서 영상 문체로의 일대 전환을 요구하고 있다고 본다. 요즈음 작가들은 전통적인 인쇄 매체의 문자 문법을 무시하고, 영상 매체의 영상 문법을 도입해서, 문자가 가지고 있는 추상적 이미지를 영상이라는 사실적 이미지로 구체화시키고 있다는 것이다.[3] 일반 문학 평론가 도정일도 영화적 영상 기호에 대한 매혹이 소설 쓰기에 매우 현저한 영향을 주고 있음을 지목하고 나섰다.[4] 두 사람의 지적은 이혜원에게 잘 적용된다.

도정일은 구체적인 문학작품을 실례로 들어 영상 문법의 도입으로 정통 문자 매체의 이야기의 조직과 제시법에 새로움이 나타나고 있음을 세밀하게 분석했다. 특히 서술 질서라는 측면에서 소설과 영화가 어떻게 상호 교환하는가를 밝힌 대목은 주목할 만하다. 그는 일단 현대 소설이 사건의 시간 질서와 서술 질서를 일치시키지 않고 오히려 두 질서의 끊임없는 교란과 왜곡을 통해 서사적 긴장과 재미를 얻어내고 있다는 점에 지적한다. 서술 질서가 시간 질서와 일치하는 정상 질서(abc), 일치하지 않는 교란 또는 회상 질서(acb), 중간에서 시작하는 생략 질서(bc)는 소설에서 시작해서 영화 역시 빈번히 사용하는 서술 형태임을 덧붙인다. 그러나 하나의 에피소드를 완전히 거꾸로 배치한 역순 배치(cba)[5] 기법은 영화가 개발한 이야기 조직법이다. 도정일은 장정일의 『아담이 눈뜰 때』와 박일문의 『살아남은 자의 슬픔』에서 이것이 도입되어 있음을 밝힌다. 이 경우 영화가 소설에 영향을 끼친 서

3) 황선길, 「영상 시대의 어린이문학」, 『아침햇살』, 1995년 가을호, 58쪽.
4) 도정일, 「90년대 소설의 영화적 관심과 형식 문제」, 『시인은 숲으로 가지 못한다』, 민음사, 1994, 187쪽.
5) 도정일이 제시한 예에 따르면, '남자가 깨진 유리를 쓰레기통에 내다 버린다, 유리가 깨진다, 부부가 싸운다'라는 순서로 장면이 제시된다.

사 조직법이라는 것이다. 이혜원의 경우 아직 역순 배치식 장면 제시는 없다. 그러나 8개의 짧은 장이 모여서 이루어진 중편 분량의 「나 혼자 아는 이야기」의 장면 배치 순서를 보면, 그가 교란 또는 회상 질서의 능란하게 구사하고 있음을 알 수 있다. 그가 전통적인 동화에서 즐겨 사용되는 정상 질서에서 벗어나려는 의도가 강한 작가임을 알려 주는 대목이다.

1. 수도관을 통해 낯선 곳으로 빨려 들어가기: 이로써 때꼭 대왕과 대면하게 됨.
2. 낯선 곳에 오기 전의 상황: 샴푸로 머리 감고 있었음. 환경 오염을 이유로 엄마의 샴푸 사용 금지 명령이 시행되고 있었음. 그러나 외국 여행에서 온 이모가 샴푸를 준 바람에 향긋한 샴푸 냄새에 반해 기분 좋게 머리를 감았음. 샴푸한 머리를 헹구려는데 수도꼭지에서 물이 나오지 않는 이상한 상황이 되어 버림. (과거 회상)
3. 다시 낯선 곳: 계속해서 거품을 내뿜는 때꼭 대왕과 그 앞에서 서로 신경전을 벌이는 주인공. 이윽고 주인공이 샴푸 병을 꺼내 비누 방울을 띄우자 대왕은 주인공을 옥에 가둠.
4. 감옥 안 — 농게와의 만남.
5. 농게가 들려주는 이야기 — 게 공화국이 가재의 지배를 받게 된 과정. (과거 회상)
6. 농게와의 대화 — 주인공이 이곳으로 빨려 온 이유와 감옥에 갇힌 이유 알아내기.
7. 농게를 밀고하기 — 때꼭 대왕을 유인하기 위해 주인공은 일부러 농게를 밀고하고, 때꼭 대왕이 나타나자 꾀어 샴푸를 통째로 먹게 하기.
8. 서서히 죽어 가는 때꼭 대왕 — 쏟아지는 수돗물 세례를 받는 틈에 다시 자기 집 목욕탕이라는 현실로 되돌아온 주인공. 샴푸를 쓴다고 엄마

에게 혼나기.

위의 장면 제시에서 빠르고 재치 있는 장면 변화의 구사가 이혜원의 장기임을 알 수 있다. 정상 질서를 차분히 따르고 있는 것은 6장부터이고 그 전까지는 회상 질서와 정상 질서를 교차해서 쓰고 있다. 뿐만 아니라 판타지 동화이기 때문에, 현실 세계와 낯선 세계라는 두 개의 시공간이 나타나고, 이들 각각에서 회상 질서가 나타나 한결 복잡한 이야기 제시를 보이고 있다. 여기서 알 수 있는 것은 정상 질서라는 전통적인 서술 기법을 훌쩍 벗어났다는 사실뿐만이 아니다. 도정일이 지적한 장면의 설명 없는 전환이라는 영화의 특권이 이혜원의 동화에서도 어느 정도 나타나 있음도 확인된다. 도정일은 영화는 '어느 날 버스를 타고 가는데……'라든가 '책방에서 잡지를 들여다보고 있다가……'와 같은 장면 전환의 설명이나 묘사를 필요로 하지 않고, 버스 타고 가는 장면, 책방에 서 있는 장면을 보여주기만 하면 된다고 적고 있다.

뽀그르르.

뽀그르르.

그는 계속해서 거품을 내뿜었다. 내가 몇 가지 일들을 기억해 내는 동안에도, 그는 끊임없이 계속해서 거품을 내뿜었다.

그가 뿜어낸 거품들은 야단스럽게 보글거리며 사방으로 퍼져 나갔다.

그 중 몇 개는 내 앞으로까지 날아와 머리며 콧잔등이며 어깨로 살포시 내려와 앉았다가 순간, 차갑게 터지면서 흔적도 없이 사라져 버리곤 했다. 기분 나쁜 차가움이었다. (3장의 시작 장면—25쪽)

한동안 침묵이 흘렀다.

불에 타는 듯 이글거렸던 그의 눈빛도 침묵이 흐르는 동안 서서히 빛을 잃어가기 시작했다.

"저, 뭣 좀 물어도 될까요?"

계속 침묵을 지키며 생각에 잠겨 있는 그에게 내가 물었다. 궁금한 것만큼이나 묻고 싶은 것이 많았다. (5장의 시작 장면—43쪽)

위의 것들은 설명이나 묘사적인 장면 전환이라기보다는 그대로 보여주기만 함으로써 장면의 전환을 이루는 영화적인 장면 제시에 가깝다고 할 수 있다. 이혜원은 영상 기법의 동화로의 능란한 적용을 통해 즐거움을 주고 있다. 다시 말해 이러한 즐거움은 그 이면에 자리한 새로운 동화 문법에서 유발된 것임을 간과해서는 안 되는 것이다.

『코뿔소에게 안경을 씌워 주세요』를 쓴 이윤희는 한국 동화에서 지루하게 이어지던 식물들을 행렬에 동물 군단을 몰고 와서는 단숨에 자기 자리를 잡아 버린 작가이다. 농경 정서가 지배하던 시대의 작품들에서 꾸준히 이어지던 식물성 정서들, 그 여리고 순한 감성들을 동물들을 데려와 중지시킨다. 그렇다고 역동적이고 거친 것은 아니다. 열두 마리 동물을 한데 담은 이 동화집은 크게 보아 동물 우화집 범주에 속한다. 그러나 이 동물 군단은 권선징악적 교훈에 따라 착실히 자기 역할을 수행하는 과거의 우화담과는 다르다. 작가는 우선 우화에서는 그리 철저하게 고려되지 않는 각 동물들의 생태적 특징에 주목했다. 눈이 나쁜 코뿔소, 물 속 생활을 즐기면서도 수영에는 젬병인 하마, 육지 생물이었다가

이윤희의 동화집 『코뿔소에게 안경을 씌워 주세요』(서광사, 1993).

바다 생물이 된 고래 등 아이들이 신기해 하며 호기심을 느낄 장면을 포착한다. 이런 접근은 자칫 학습동화로 미끄러지기 쉬운 작업 방식이다. 하지만 이윤희의 동화들은 그것과도 구별된다.

그 생태적 특징을 기반으로 깔되 이야기 자체는 산뜻한 철학적 성찰로 안내하기 때문이다. 「술래가 된 낙타」의 메시지는 별로 새로울 것은 없다. 낙타는 목마름과 굶주림을 이겨내며 사막을 횡단한다. 낙타 역시 다른 사막의 생물들처럼 힘겹지만, 낙타만은 끝끝내 오아시스 찾기를 포기하지 않는다. 그 까닭은 오아시스는 어딘가에 반드시 있다는 믿음 속에서 그것을 찾아낼 수 있다는 희망을 버리지 않았기 때문이라는 것이다. 그러나 동물 우화로써 이만한 깊이를 담은 동화가 드문 것이 현실이다. 「원숭이 그림자」는 남의 흉내만 내며 살아가는 원숭이 이야기이다. 원숭이의 그림자가 그를 버리고 대신 해바라기 그림자가 따라붙었다. 원숭이는 새로 생긴 해바라기 그림자를 보고, 그것이 자신의 원래 모습이라고 생각하고 해바라기 모습을 취한다. 자신의 본질을 망각하고 남의 것만 흉내내며 살아가는 사람의 우스운 꼴을 드러낸 작품이다.

일부 동화는 우리가 일상을 어떻게 꾸려야 할 것인가를 생각하게 한다. 「하마의 팔자 타령」은 매일 다른 핑계만 대다가 결국에는 수영을 못 배우고 마는 하마 이야기이다. 어른 아이 막론하고 독자들은, 기분이나 남의 탓만 일삼아 하는 일에 전력질주하지 못하는 하마에게 쉽게 공감을 표시할 만하다. 결국은 '하마 꼴이 되지 않으려면, 팔자 타령은 그만 해야지' 하는 경각심을 갖게 된다. 게으름에 덧대어 게으름을 늘리고, 이를 토대로 더한 게으름을 피우는 나무늘보의 삶은 나태함의 끝이 어떤 말로를 갖는지 보여준다. 작품은 독자에게 부지런하라고 한마디도 하지 않지만, 부지런할 것을 다짐하게 한다.

삶의 대한 기본적인 자세를 검토하게 하는 철학적 성찰이나, 구체적 일상에서 어떤 행태를 취할 것인지 결정하게 하는 내용들은 권선징악이라는 규범적 윤리도덕과는 차이를 갖는다. 뻔히 알지만 현실에서 죽은 윤리도덕관이 되기 쉬운 주제들을 벗어났다는 것이, 이윤희의 동물 이야기가 신세대 어린이에게 보다 환영받는 이야기가 되는 이유이다.

이윤희의 동물 이야기가 신세대 독자의 입맛을 자극하는 또 한 가지의 요소가 있다. 옆에 앉아서 들려주는 이야기 같은 종결어미, 일상어가 갖는 편안함을 주고 문자 매체의 딱딱함을 완화시키는 주술의 위치 변화, 몹시 간결한 형태의 지문이나 소리의 시각적 배치가 바로 그것이다.

탁 트인 바다를 본 순간, 아기고래는 숨을 훅, 들이쉬었어. 바다에서 살고 싶어진 거야.

"난 바다가 좋아요. 바다에서 살겠어요."

그 때부터 아기고래는 만나는 동물들에게 이렇게 말했지.

그런데 동물들이 아기고래에게 어떻게 했는지 알아?

머리를 한 대씩 쥐어박았어.

쿵!

딱!

꽝! 하고.

넌 알지, 그 이유를! 사실 바닷속에는 물고기들이 사는 것이고, 아기고래는 고기가 아니잖아. (「고래의 소원 두 가지」 중에서, 17쪽)

악어를 기르고 싶었던 적은 없니?

투명 인간이 되어 보고 싶었던 적은?

옛날에, 너처럼 엉뚱한 생각을 했던 호랑이가 있었단다. 글쎄, 그 호랑이의 꿈이 뭔지 아니?

노래를 잘 하는 것이었대. 이른 봄의 시냇물처럼. 햇빛 눈부신 날의 꾀꼬리처럼.

모든 동물들의 왕이 되겠다든가, 세상에서 가장 멋진 가죽을 남기고 싶다든가 하는 것이 꿈이었다면, 그 호랑이는 얼마나 행복했을까?

노래라니, 호랑이가 노래를 부르고 싶다니! (「웃는 호랑이」 중에서, 81쪽)

어쩌면 이러한 진술 형태는 작품을 가벼워 보이게 할지도 모른다. 어쨌든 '-습니다'와 '-요'체가 주류를 이루었던 동화 어투에서 이러한 문체와 문장 진술법이 퍽 신선한 것만은 사실이다. '새 술은 새 부대에'라는 격언도 있다. 진부한 주제를 벗어난 동물 이야기를 새로운 어투로 들려주는 이 동화책은 새로운 동화 문법이 드러나고 있는 현장으로 이해된다.

오늘날 수많은 아동 독자가 아파트에서 산다. 아파트야말로 현대 사회를 과거와 절연케 하는 대표적인 생활 양식이다. 서화숙의 『나야, 뭉치 도깨비야』는 아파트에 사는 도깨비 이야기이다. 많은 동화에서 도깨비는 도시의 개발과 현대 문명에 밀려 사람들과는 멀리 떨어진 곳으로 숨어들거나 사라진 존재로 그려지고 있다. 그런데 이 작품에서 도깨비는 도시의 네온사인과 자동차 소리에는 아랑곳하지 않는 듯 보인다. 아파트라면 일반 주택에 비해 평면적 구조를 가진 가옥이기 때문에 도깨비가 살기에는 더더욱 불리한 조건이다. 그런데 뭉치 도깨비는 이곳에 살면서, 아파트에서의 삶을 거북살스럽게 여기지 않고 자연스럽게 활보하고 인간과 어울리고 있다. 게다가 이 도깨비는 요즘 아이들의 입맛에 맞게 아주 귀여운 캐릭터를 갖추고 있다. 이런 도깨비라면 아이들 입장에서는 대환영이다. 주인공 보람이는 이 도깨비와 친구처럼 잘 지낸다. 보람이는 아파트에서 살아가는 보통 꼬마의 모습을 그대로 드러낸다. 엄마가 골라 주는 옷 대신 자기 고집대로 옷을 입으려고 하고, 어떻게 하면 양치를 하지 않고 엄마의 검사를 피하려는가 궁리하는 평범한 꼬맹이이다. 보람이네 집에 사는 도깨비는 이런 보람이를 착하게 인도하는 대신 자신의 비법을 알려 주거나 보람이를 따라 멋진 옷을 입으려는 신세대 도깨비이다. 독자는 보람이에게 쉽게 동화되고, 그 보람이와 스스럼 없이 지내는 뭉치 도깨비를 이야기 속의 주인공으로만 남겨 두지 않고 자기도 만나고 싶은, 갖고 싶은 존재로 가슴에 품게 된다.

이 작품이 갖는 새로움은 도깨비에 대한 발상의 전환을 통해서 다시 도깨비를 어린이들에게 친근하게 만들었다는 점이다. 도깨비를 문명의 대립물 내지는 희생물로 파악하는 것이 일반적이었다. 그러나 도깨비를 문명화된 일상 속에서 함께 호흡하는 존재로 그렸다는 것은 작품이 보여주려고 하는 내용적 측면에도 필연적으로 변화를 일으킨다. 이 작품의 뭉치 도깨비는 아이들의 일상의 생활 감정을 그대로 표현하는 매체 역할을 담당한다. 보람이라는 평범한 아이의 일상을 평이하게 드러낸다. 어른이 보기에는 별것 아니지만 아이들에게는 생생하고 소중한 일상의 경험과 자질구레한 감정들이 그들의 입장에서 현실감 있게 그려지고 있는 것이다. 수많은 동화책이 아이들이 읽는다는 것 때문에 교훈적인 내용을 담으려고 하고 있다. 지금도 많은 작가들이 어떤 주제를 형상화하느냐에 많은 고심을 바치고 있다. 이러한 경향은 아동문학에 대한 뿌리 깊은 교육적 관점이 작용한 탓이다. 그러나 『나야, 뭉치 도깨비야』는 특정 주제나 교훈을 담으려는 시도가 없다. 아이들이 읽는

서화숙의 동화책 『나야, 뭉치 도깨비야』 (웅진닷컴, 1994).

문학이기에 그들의 일상의 감성을 드러내고자 한다. 이것은 과거 동화와의 변별점이다. 특정한 주제나 교훈 없이 일상의 자잘한 이야기를 나열했는데도 훈훈함이 남는 동화는 전통적인 동화 문법을 해체하는 새로운 동화 문법임에 틀림없다.

6. 신세대 아동문학의 비전

신세대 아동문학이란 일반화된 용어도 아니고, 성인 문단에서처럼 신세대 문학에 대한 담론의 성행이 있었던 것은 더더욱 아니다. 또한 문학에서의 새로움은 늘 추구되어 온 것일 뿐 특정 세대의 문학만을 가지고 신세대 문학이라고 할 수는 없다. 그렇지만 전 세대와는 구분되는 새로운 의식을 드러내는 문학적 현상이 존재하고, 이것의 파장이 만만한 것이 아니라면 이에 대한 명명과 담론의 성립도 가능하다. 우리 아동문학에서 새로운 감각으로 신세대 독자에게 적절한 접근을 하고 있는 일군의 작가에 대한 주목이 과민한 반응만은 아닐 것이다. 미세한 흐름에 대한 날렵한 포착은 앞으로 진행될 거대한 흐름의 한 단서를 움켜쥐는 일이다. 이 글에서는 신세대 아동문학으로 볼 만한 세 작가의 세 작품을 더듬어 보았다. 그 결과 각기 독특한 방식으로 신세대 독자와 호흡하고, 새로운 동화 문법을 구축해 간 것을 알 수 있었다.

이들이 하려는 것은 새 시대 문물의 단순한 반영을 넘어선다. 신세대 작가들이 원하는 것은 새로운 것들로 인해 형성된 새로운 감각의 포착이다. 첨단의 소재를 취급했다 할지라도 감각이 후지면 독자의 외면을 받을 수밖에 없다. 조상의 지혜가 담긴 전래동화가 끊임없이 재화되는 것은 바로 이런 변화되는 감각을 만족시키는 것이다.

그러나 뛰어난 감각의 소유자인 신세대 작가라 할지라도 이러한 감각을 보편적인 차원으로까지 승화시키지 못한다면 그는 잘 나가는 당대 작가에 불과하다. 문학과 어린이의 마음을 둘러싸고 끊임없이 영향력을 행사하는 사회 구조와 시대 정신까지를 꿰뚫어 보는 눈이 있어야 한다. 기계문명의 본질을 꿰뚫어 그 유용성과 폐해를 짐작할 때 섣부른 문학적 실험은 자제될 것이고, 유구한 생명력이 있는 문학을 이루어낼 것이다. 컴퓨터에 대한 반응은 이에 대한 유용한 예가 될 것이다. 컴퓨터가 처음 등장하던 무렵에는 이것이 인간을 지배하리라는 판단이 지배적이었다고 한다. 부정적인 결과 예측에 따라 그 사용과 보급을 저지하는 목소리가 높았다. 그러나 이제는 그를 거부하던 사람들조차 컴퓨터 없이는 살아갈 수 없게 되었다. 문명과 인간성은 반목을 이루다간 동반자적 길을 걷곤 한다. 기계문명에 대립하는 수구적 자세가 언제나 유효한 것은 아니다. 때에 따라서는 이를 인정하고, 이것의 올바른 운용에 더 관심을 기울이는 적극적인 자세가 절실히 요청되는 것이다. 더욱이 아동 독자는 문명에 대해 어떤 비판적 견해도 없이 무방비 상태로 노출되어 있으므로, 이에 대한 무조건적인 거부만이 어른으로서 취할 적절한 태도라고 할 수가 없다. 어른 작가들의 시대 흐름에 대한 명확한 간파와 이에 대한 적극적 대체가 절실하다. 변화에 부응과 동심의 보호, 이 두 가지를 동시적으로 만족시켜야 하기 때문이다.

신세대 작가들이 쓴 작품이 고전으로 살아남으려면 김용희의 발언에 귀 기울여야 할 것이다. "아동문학에는 우리 아이들이 21세기 세계의 보편적 질서에 친숙하게 하고 공통의 가치관을 소화할 수 있도록 새로운 문학적 인식이 담겨져야 한다."[6] 시대의 감각과 아울러 보편적 가치가 담지되었을 때 명실공히 영상 매체 시대의 아동문학의 위기를 타

6) 김용희, 위의 글, 29쪽.

개하는 전위적 역할을 담당할 수 있을 것이다. 오늘의 문제로 보편성이 있는 문학을 이룩하는 것은 신세대 아동문학가들의 숙제이며, 이것의 해결에 그 비전의 유무가 판가름날 것이다. (1996년)